stb 13

Halldór Kiljan Gudjónsson, der sich nach dem väterlichen Hof *Laxness* nennt, wurde am 23. April 1902 in der Nähe von Reykjavik geboren. Wie kein anderer isländischer Schriftsteller schöpft Laxness aus der reichen literarischen Tradition der Saga-Dichtungen, die er zu einem eigenständigen Stil verarbeitet, der nicht nur für Skandinavien etwas ganz Neues bedeutet. Angeregt durch die vielen Eindrücke auf seinen Reisen durch die Welt hat er ein umfangreiches Werk – Romane, Erzählungen, Essays und autobiographische Notate – verfaßt, in dem die Island-Besessenheit eines Kosmopoliten dichterisches Wort wird. 1955 erhielt Halldór Laxness »für sein lebendiges episches Werk, das die große Erzählkunst Islands erneuert hat«, den Nobelpreis für Literatur. Sein Werk ist in alle Weltsprachen übersetzt.

Hubert Seelow, Herausgeber und Übersetzer der Werke von Halldór Laxness in Deutschland, ist Professor für Skandinavistik an der Universität Erlangen.

In der Halldór-Laxness-Werkausgabe sind bisher erschienen: *Band 1:* Der große Weber von Kaschmir, *Band 2:* Am Gletscher, *Band 3:* Atomstation, *Band 4:* Sieben Zauberer, *Band 5:* Die glücklichen Krieger, *Band 6:* Sein eigener Herr. Band 7: Die Islandglocke. In Vorbereitung ist der Roman *Das wiedergefundene Paradies.*

Halldór Laxness

Lesebuch

Herausgegeben von
Hubert Seelow

Steidl

1. Auflage März 1992
2. Auflage April 1992
3. Auflage Juli 1993
4. Auflage März 1995

Umschlaggestaltung: Klaus Detjen/Gerhard Steidl
Gesetzt aus der Baskerville der H. Berthold AG
Gesamtherstellung: Steidl, Düstere Straße 4, 37073 Göttingen
ISBN 3-88243-209-8

Inhalt

Ein Telegramm

Stein Ellidis Elternhaus hatte keine feste Adresse. Es lag bald hier, bald dort auf der Welt. Reykjavik und Bilbao, Genua und Baden-Baden, Brighton und Paris, frisch renovierte Luxuswohnungen, wo die Möbel nach Politur rochen; Hotels, Eisenbahnzüge und Passagierdampfer – das war sein Zuhause. Seine Eltern hatten mehr als ein Vaterland.

Das Leben und die Arbeit Grimulf Ellidasons gründeten auf dem Sprichwort *ubi bene, ibi patria,* oder besser gesagt: *ubi pecunia, ibi patria.* Er war wie eine Maschine, die Gott dazu geschaffen hat, auszurechnen, wo und wie seelenlose Unternehmen den größten Gewinn bringen können. Er tat immer das Richtige, und es gelang ihm alles, gleichsam instinktiv, denn er nahm sich nie die Zeit, darüber nachzudenken, wozu der Mensch auf die Welt kommt. Es machte ihm nichts aus, in fünf Wochen zehn Fahrten über die Alpen zu unternehmen, wenn die Aussicht bestand, daß seine Reisen einem idiotischen Profitunternehmen nützlich sein konnten. Sein Eifer war wie der eines Kindes, das Sandburgen baut. Er war in Wirklichkeit ein naiver Künstler, dem das Talent dazu fehlt, sich auf etwas so Abenteuerliches wie das, einen neuen Gedanken zu denken, einzulassen, ein Narr, der draußen sitzt und die Sterne zählt, nicht etwa weil er wissen will, wie viele es sind, sondern weil es ihm Spaß macht zu zählen, ein Schlafwandler in den Händen der Vorsehung. Seit Stein Ellidi kein kleines Kind mehr war, war ihm nie eingefallen, seinen Vater für etwas anderes als einen Dummkopf zu halten.

Für seine Mutter sah das Dasein anders aus. Sie lebte in einer anderen Welt, unter einer anderen Vorsehung. Diese Menschen hatten durch ein Versehen ihre Schicksale zusammengeworfen, ohne daß ihre Seelen die Möglichkeit gehabt hätten, einander kennenzulernen – falls sie überhaupt eine Seele hatten. Seine Mutter hatte ihr Vaterland für sich allein, ihren Götzen, das war die Lungenschwindsucht. Sie lebte für dieses Vaterland. Und es gab keinen Zweifel, eines Tages würde sie dafür sterben, so wie ein französischer Soldat auf dem Felde der Ehre. Die Tuberkulose war ihr ein und alles. Jeder, der sie kennenlernte, wurde sogleich in eine Kapelle mit bläulichen Vorhängen und lila Blumen an den Wänden geführt, und dort stand ein Götze auf einem Podest: die Lungenschwindsucht. Alle mußten auf Zehenspitzen um diesen Götzenteufel herumschleichen und vor ihm den Kopf senken. Man durfte nicht laut sprechen. Keinen Lärm! Vielleicht hatte ursprünglich irgendein niederträchtiger Arzt den Einfall gehabt, ihr dieses Leiden anzudichten, weil er hoffte, dann in Zukunft gut zu verdienen, wenn er ihr Rezepte und allen möglichen Unsinn aufschwatzte. Von da an hatte sie am liebsten alte, halbtote Tanten und geistesschwache Jünglinge um sich, denen sie ihr Leid klagen konnte. Ihr Sohn hingegen verspürte überhaupt keine Neigung, die Lungentuberkulose anzubeten. Er hatte nie Mitleid mit seiner Mutter. Er wurde wütend, sooft er sie von ihrer Krankheit sprechen hörte. Doch als er älter wurde, gewöhnte er sich an, ihr mit mehr Rücksicht zu begegnen als in der Kindheit, nicht aus Liebe, sondern weil er fand, daß sich etwas anderes nicht gehört hätte. Es war ein Verstoß gegen die bürgerliche Konvention, seiner Mutter Verdruß zu bereiten. Wenn er an einem sonnigen, windstillen Tag eine Spazierfahrt durch Reykjavik mit ihr unternahm oder sich einmal in der Woche zu ihr setzte, um ihr ein Kapitel aus den pseudophilosophischen Werken von Blavatsky, Trine, Besant und Leadbeater oder anderen Schwindelphilosophen, die sie sehr schätzte, vorzulesen, so war das Heuchelei; es war ihm klar, daß der Tag kommen mußte, an dem er mit seiner Mutter brechen würde. Jetzt war dieser Tag schon längst vorbei. Seine Mutter war nichts als eine unbedeutende Kindheitserinnerung. Wenn sie ihm schrieb, warf er ihre Briefe ungeöffnet in den Papierkorb.

Und als er ein Telegramm erhielt, daß seine Mutter gestorben sei, sagte er sich: Du meine Güte, warum telegrafiert man mir, wenn irgendwo im Süden eine Frau den Geist aufgibt? Was geht es mich an, ob sie lebendig ist oder tot? Das einzige, was mich angeht, ist, ob ich selbst lebendig oder tot bin; und nicht einmal das! Trotzdem warf er das Telegramm nicht gleich weg, sondern las die Buchstaben geistesabwesend immer und immer wieder: *Your mother deceased last night. Bradford.*

Er fing an, im Papierkorb zu wühlen, der bis zum Rand mit zusammengeknülltem Papier und anderem Abfall gefüllt war, bis er einige der letzten Briefe seiner Mutter gefunden hatte. Er glättete sie, riß sie auf und überflog die Datierungen. Es zeigte sich, daß der letzte in Taormina, Hotel Regina, vor einem Monat, am 15. April 1925, geschrieben war. Taormina war ein Touristenort in Ostsizilien, auf halbem Wege zwischen Messina und Catania.

Ihre Briefe waren von Anfang bis Ende nichts als die gequälten Seufzer einer bedrängten Seele, die erhofft, was sie befürchtet, und befürchtet, was sie erhofft. Sie bat ihren Sohn ständig darum, zu kommen und sie zu beschützen, doch ohne ihm begreiflich zu machen, wovor sie Schutz brauchte. Es war, als ob alle ihre Gedanken in heiße, erstickende Dämpfe gehüllt wären, und ihm wurde übel vom Lesen. Er überflog eine Seite nach der andern, bis er bei einem kleinen Abschnitt im letzten Brief anhielt, einer Stelle, von der er glaubte, daß sie eine tiefere Bedeutung hatte:

Es ist vielleicht meine schmerzlichste Qual gewesen, lieber Stein, in dieser letzten Zeit, während ich mich ganz langsam immer tiefer in die lachende Verzweiflung verloren habe, an die Verachtung zu denken, die ich von Dir verdiene. Oft glaube ich, daß vieles ganz anders gekommen wäre, hätte ich Dich immer bei mir haben dürfen, mein liebster Junge. Einmal warst Du mein kleiner Schutzengel, der mich vor einem schrecklichen Schritt bewahrte, und so hätte es auch während der letzten Jahre sein können, hätte ich nur ab und zu die blauen, reinen Augen meines Jungen sehen dürfen. Es ist, als ob ich erst jetzt, da alle Brücken hinter mir abgebrochen sind, verstehe, daß nur das Kind der Erlöser der Frau ist. Stein, vergib Deiner Mutter wenigstens, wenn sie tot ist, denn der Staub verdient es nicht, gehaßt zu werden.

Nichts war klarer, als daß diese Zeilen mit den letzten Blutstropfen eines Menschen geschrieben worden waren, über den das Schicksal das endgültige Urteil gefällt hatte. Hinter jeder Zeile lag ein ganzes Universum von Verzweiflung einer verdammten Seele. Es ist einfach lächerlich, wie sehr sich ein armes menschliches Wesen quälen kann. Ein Mann stürzt über eine Klippe, bricht sich an den Steinen am Strand die

Knochen und schreit dort bis zum Morgen, bis ihn die Flut überspült; eine Frau läßt ihr Kind in einen großen Topf fallen und kocht es aus Versehen; ein Liebender klettert auf den Eiffelturm, um sich den Hals zu brechen. Das alles sind größere Ereignisse als eine Eruption der Hekla oder ein Erdbeben in Kalifornien, und dennoch vergessen die Leute solche Begebenheiten in genau fünf Sekunden, selbst wenn sie in der Zeitung davon lesen. Warum vergißt man diese Katastrophen so leicht? Das kommt daher, daß nichts so banal ist wie menschliches Leid. In London erleiden täglich fünfzig Menschen Knochenbrüche oder andere Verletzungen bei Verkehrsunfällen. Stein Ellidi wußte, daß er, wenn er von diesen Unglücksraben Notiz nähme, nicht umhin käme, sich einen Wagen zu kaufen und dann von morgens bis abends nichts anderes mehr zu tun, als von einem Unfallort zum anderen zu fahren und Karbolwasser auf die Wunden sterbender Menschen zu gießen. Wenn er die Konsequenz daraus zöge, daß die Menschheit von Anbeginn an dazu verurteilt war, immer unter Kutschen und Lokomotiven, Latrinenkarren und Automobilen ihren Tod zu finden, dann hätte er nicht weniger Liebe zur Menschheit gebraucht als Gott, der vom Himmel herabstieg und sich aus lauter Mitleid kreuzigen ließ. Er knüllte das Telegramm aus Taormina und alle Briefe zusammen und warf sie wieder in den Papierkorb, wobei er Nietzsches Aphorismus vor sich hinmurmelte: *An seinem Mitleiden mit den Menschen ist Gott gestorben.*

Hotel Regina

Die Stimme des Herzens ist stärker als die Philosophie. Nacht für Nacht kam Steins Mutter zu ihm ins Zimmer, in ihrem blutigen und erdverschmutzten Leichenhemd. Nie geschah es, daß sie Türen öffnete; es machte ihr nichts aus, durch geschlossene Türen zu gehen. Anfangs hatte Stein Mitleid mit ihr, daß eine so feine Dame in einem so schmutzigen Leichenhemd herumgehen mußte; doch konnte er sich lange Zeit nicht dazu überwinden, sie anzusprechen, denn das Gesicht der Spukgestalt war traurig und müde. Manchmal drückte sie die gefalteten Hände an ihre Brust. Ob sie noch immer Schmerzen in der Brust hat? dachte er. Konnte nicht einmal der Tod die Brust heilen? Oh, der Tod, sagte sie, er ist der Liebhaber *par excellence!* Keine Frau wurde so stolz geboren, als daß er nicht ihre Liebe gewinnen könnte. Ich kämpfte viele Jahre lang gegen seine Zudringlichkeit, aber er kroch immer abends, nachdem ich die Lichter gelöscht hatte, zu mir ins Bett und betastete mit seinen kalten, schlanken Fingern meinen nackten Busen und hauchte mir Grabgeruch ins Gesicht. Und schließlich nahm er mich ganz. Das Leben! Gott segne das Leben – ich mache ihm keine Vorwürfe! Doch der Tod nahm mich, ehe er mir einen süßen Trank angeboten oder mich im Sonnenschein draußen im Wald heiß auf die Wange geküßt hatte. Hätte ich dich bei mir haben dürfen, mein liebster Junge, so wäre vieles ganz anders gekommen.

Was nützen philosophische Argumente, wenn man mit einem Gespenst spricht? Denn als Stein glaubte, sie davon überzeugt zu haben, daß er nicht für ihren Tod verantwortlich war und daß sie froh sein könne, unter die Erde gekommen zu sein, während andere Seelen sich auf der Erde abplagen mußten, da fing sie an zu tanzen, wie die bekannte Tänzerin Anna Pawlowa, die sich auf eine Südamerika-Tournee vorbereitet. Er bat sie, zu verschwinden, doch sie verschwand nicht. Er las das Vaterunser, doch sie gähnte nur, als wäre ihr das völlig gleichgültig. Er beschimpfte sie und sagte, sie solle zum Teufel gehen, doch sie richtete ihre dummen und seelenlosen Augen auf ihn und blieb ruhig stehen. Er schnitt Grimassen und brüllte, doch sie nahm keine Notiz davon und blieb immer noch ruhig stehen. Und obwohl ihn vom philosophischen Standpunkt aus überhaupt keine Schuld traf, litt er die Seelenqualen eines Mörders, genau wie Raskolnikow, der eine alte Frau umbrachte und dann hunderttausend Mal um sich selbst im Kreis herumging: Er wußte, daß er keine Ruhe finden würde, ehe er nicht die Stelle gesehen hatte, an der er das Verbrechen begangen hatte.

Als Stein Ellidi in Giardino, der Bahnstation von Taormina, aus dem Zug stieg, nach fünftägiger, ununterbrochener Reise, da hatte er überall am ganzen Körper Schmerzen, wie ein Märtyrer, den man ein paar Tage auf der Folterbank vergessen hat. Nach zahllosen Kurven einen kaktusbewachsenen Hang hinauf lieferte ihn das Auto vor der Halle des Hotels Regina in Taormina ab. Es war die Zeit des Tages, zu der die Hitze am größten ist, an den Häusern alle Fensterläden geschlossen sind und sich, abgesehen von deutschen Touristen und Hunden, keiner auf die Straße hinauswagt. Sobald man ihn in sein Zimmer geführt hat, wirft er sich auf das Sofa, ohne die Energie aufzubringen, sich den Staub und Schweiß aus dem Gesicht zu waschen, das Hemd zu wechseln und den Eisenbahnruß aus den Falten seiner Wembleyhose zu bürsten, und schläft ein.

Erst um die Abendessenszeit ließ er den Wirt rufen, einen dunkelhäutigen Sizilianer mit stattlichem Bauch in einer weißen Flanellhose und einem Sporthemd, das in Schnitt und Farbe der neuesten Mode folgte, stellte sich vor und fragte nach seiner Mutter.

Der Wirt setzte eine Maske herzlicher Teilnahme auf, als er wußte, mit wem er es zu tun hatte. Mit zweitausend Jahre alter Höflichkeit erklärte er, es sei ihm ein Vergnügen, ihm alle Auskünfte zu geben, die er über die letzten Stunden der Signora Ellidaso, wobei er die Betonung auf das A legte, geben könne, einer Frau, die *molto simpatica* gewesen war und die *il buono Dio* nun so weit von Verwandten und Vaterland entfernt zu sich gerufen hatte. Keiner, der die Dame kennengelernt habe, konnte daran zweifeln, daß sie aus vornehmer Familie stammte und außerdem hochgebildet sei: Sie sprach fließend Englisch, Spanisch und Französisch. Er erwähnte jedoch, daß es möglicherweise jemanden gab, dem vielleicht noch weitere Einzelheiten dieser Angelegenheit bekannt waren, den Freund der Dame, Signor Bambara Salvatore, ein Wissenschaftler und Besitzer eines *istituto,* der ihr Begleiter gewesen sei, als sie Anfang April mit ihrer jungen englischen Gesellschafterin nach Taormina kam. Es war gut, daß Signor Bambara Salvatore noch nicht zu seiner geplanten wissenschaftlichen Expedition nach Rußland aufgebrochen war. Und er fügte hinzu:

Es wird Ihnen ein Vergnügen sein, die Bekanntschaft von Signor Bambara zu machen. Er ist Millionär und stammt aus Mailand, Antiquitätenhändler und Archäologe, und hat die ganze Welt bereist; sein Spezialgebiet ist die Ikonographie. Sein Wissen ist grenzenlos. Aber im Gegensatz zu vielen Wissenschaftlern verachtet er auch nicht *le bellezze della vita,* und deshalb gibt er nie einer glücklichen Frau einen Korb. Ich kann Ihnen also versichern, daß es ein schreckliches Erlebnis für Herrn Bambara Salvatore war, mitanzusehen, wie eine glückliche Frau bei einem unschuldigen Charleston in seinen Armen den Geist aufgab – an einem Abend gegen Ende der Saison, als wir hier unten im Salon eine kleine *soirée internationale* arrangiert hatten. Keiner ahnte, daß Ihre Frau Mutter schon seit langem an Lungenschwindsucht litt, und Sie können sich das Entsetzen vorstellen, das uns alle ergriff, als die Dame während des Tanzens plötzlich Blut spuckte. Nach dem Abendessen hatten Ihre Frau Mutter und Herr Bambara einen Spaziergang zum Hotel Castello a Mare gemacht, um die Isola Bella im Mondschein zu sehen, und da war nichts Besonderes. Zwei Stunden später war sie tot. Wir sahen plötzlich, daß Herrn Salvatores Weste rot von Blut war, und die Dame lag ohnmächtig in seinen Armen. Er trug sie sofort in ein Nebenzimmer, wo sie wenige Minuten später starb. Ein junger englischer Arzt, der sich unter den Gästen befand, erklärte, daß keine irdische Macht etwas hätte tun können. Eine schlecht verheilte Wunde in der Lunge war aufgebrochen, und sie verblutete innerhalb weniger Minuten. Der Tod der Dame wurde sofort Ihrem Herrn Vater in Genua telegrafiert, und zwei Tage später kam er mit dem dänischen Konsul aus Palermo und einem englischen, protestantischen Pfarrer aus Rom hierher. Wir haben alle unvergeßliches Leid erfahren, und ich kann Ihnen versichern, daß wir untröstlich sind, Signore!

Als Stein Ellidi wenige Minuten vor dem Abendessen in Begleitung des Wirts in das Restaurant hinunterkam, saß in einer Ecke ein Mann in einem tiefen Sessel, versteckt hinter Il Mondo, klein und schlank, das kastanienbraune Haar sorgfältig gewellt, das Gesicht leichenblaß mit schwarzen Ringen unter den Augen, mit einem Monokel im linken Auge und in einem Faschistenhemd aus schwarzer, glänzender Seide. Das war Bambara Salvatore. Er legte die Zeitung weg, nahm das Monokel geschickt zwischen seine kleinen, schlanken Finger und verneigte sich unterwürfig:

Mein Herr, sagte er zu Stein Ellidi. Es erfüllt mich mit größerem Entzücken, als sich mit Worten ausdrücken läßt, endlich das Glück zu haben, das zu erleben, was ich so lange ersehnt habe: Sie begrüßen zu dürfen.

Er sprach nicht nur fehlerfreies Englisch, sondern seine Aussprache und sein Wortschatz stammten eindeutig aus Boston.

Mir kommt es so vor, als ob ich Sie schon lange kennen würde, fuhr er fort. Ich kann Sie versichern, daß ich mehr Gutes über Sie gehört habe als über irgendeinen anderen Menschen. Und es ist erst eine knappe Woche her, seit ich eine englische Literaturzeitschrift erhielt, in der Ihr Porträt abgedruckt ist und eine überaus begeisterte Besprechung Ihrer kürzlich erschienenen Gedichte, in der Sie vorbehaltlos den größten Meistern an die Seite gestellt werden.

Als sie sich zu Tisch gesetzt hatten, wechselte Bambara Salvatore ins Französische über, denn die meisten Gäste im Restaurant waren Amerikaner, die sich auf englisch unterhielten.

Es schmerzt mich überaus, sagte Bambara Salvatore, und es zeigte sich rasch, daß ihm das Französische nicht schwerer fiel als das Englische, daß ich mir nicht das Vergnügen gönnen kann, mich während der Zeit, die Sie vielleicht in Taormina zu verbringen gedenken, Ihrer Gesellschaft zu erfreuen. Aber es ist so, daß ich gezwungen bin, mich morgen abend auf eine längere Reise zu begeben, und morgen früh bin ich nach Giarre vorgeladen, einer Stadt, die fünfundzwanzig Kilometer von Taormina entfernt liegt, um dort vor Gericht mein Urteil über ein paar vor kurzem verkaufte Antiquitäten abzugeben, bei denen der Verdacht besteht, es handle sich um Fälschungen. Diese braven Amerikaner lassen sich immer wieder zum Narren halten, was nicht verwundern kann, denn das einzige, von dem sie etwas verstehen, sind Wertpapiere, und dann rennen sie vor Gericht, sobald ihnen jemand sagt, daß ihr Adonis mit der heilen Nase gefälscht sei. Ich würde mich ganz besonders gern mit Ihnen unterhalten, bevor ich abreise, und obschon es spät ist, hoffe ich, daß Sie es mir nicht übelnehmen, wenn ich Sie bitte, mir die Ehre zu erweisen, mich heute abend zu besuchen. Ich wohne in der zweiten Etage, Nummer fünf bis acht.

Eine halbe Stunde später saßen sie unter den Palmen draußen im Garten und tranken Kaffee. Zwei Europäer des zwanzigsten Jahrhunderts, zwei maskierte Seelen, zwei Schauspieler. Hätte Fra Angelico sieben Jahre nach dem Weltkrieg gelebt, dachte Stein, dann hätte er Bambara Salvatore als Modell für seine Heiligen genommen.

Stein war im Vergleich zu Salvatore ein Kind. Zweifellos hatte Salvatore tausendmal mehr Abenteuer erlebt als Stein. Er hatte sicher nach dem Becher getaucht. Er war offensichtlich ein alter Hase auf der Rennbahn des Ultramodernismus, während Stein noch ein Grünschnabel war, und sein Vaterland war die *terra nullius* zwischen den Schützengräben. Salvatore hatte sich in Sicherheit gebracht und verbeugte sich höflich vor dem Chaos der Eitelkeit, im schwarzen Hemd der Faschisten und mit Monokel. Er betrieb Ikonographie. So etwas tut nur der, der die Welt auswendig kann. Bambara Salvatore hatte sich in Rom unter Prälaten aufgehalten, in Monte Cassino unter Mönchen, in England unter Lords, in Paris unter Künstlern, in Berlin unter Homosexuellen, in New York unter Millionären, in Kalifornien unter Filmschauspielern, in Indien unter Jogis, in Moskau unter Schachspielern. Während die Europäer einander für Freiheit und Vaterland an der Gurgel hatten, hielt sich Bambara Salvatore abwechselnd im Orient und in Amerika auf und machte sich lustig über diese Affen. Als sie nach dem Essen aufstanden, nahm er geschickt den Faden wieder dort auf, wo das Gespräch abgebrochen worden war, und erzählte sehr lebendig von seinen Reisen durch Radschputana im Jahre 1917, von seinem Aufenthalt in Dschaipur, dem Paris Indiens, von der heidnischen und göttlichen Erhabenheit, die über dem Stil der sonnenweißen Mausoleen und prächtigen Tempel von Dschaipur liegt.

Auf dem Friedhof

Stein Ellidi geht in der Mittagshitze den Corso Umberto entlang, durch die Porta di Messina hinaus, fragt sich weiter, bis er westlich der Stadt hohe Zypressen aufragen sieht. Ihm ist, als ob er auf seinem Scheitel glühende Holzscheite trüge. Hier ist gut sein für die, die auf dem Weg zur Hölle sind und sich an die Hitze gewöhnen möchten. Bei jedem Schritt wirbelt weißer Staub auf vom Weg. Das Mittelmeer ist ein schönes, grünes Einsprengsel in dem gelbblauen Sonnendunst draußen am Horizont, eine Wirklichkeit, die in nicht deutbare Träume übergeht. In diesen Ländern haben die Todgeweihten wollüstige Visionen wie der heilige Antonius.

Er geht an der Mauer entlang und bleibt vor dem Friedhofsportal stehen, wo die Zypressen sich mit böcklinischer Feierlichkeit vom glühenden Mittagshimmel abheben. Er hatte sich nie in einer seltsameren Umgebung befunden. Schließlich legte er die Hand an seine Stirn, wie um einen bösen Traum abzuwehren, und seine Handfläche wurde naß von Schweiß. Zwei schwarzäugige Bauernmädchen mit großen Körben auf dem Kopf kamen den Weg entlang, hielten nicht weit vom Friedhofseingang an, stellten ihre Körbe ab und setzten sich auf eine verfallene Mauer, um sich auszuruhen. Sie hatten dicke Hintern und fingen an, die Inschrift über dem Portal zu entziffern.

Questa soglia divide due mondi. La pietà li congiunge.

Das eine Mädchen sah das andere an, feierlich und nachdenklich: *È vero!* sagte sie und nickte.

Auf der Innenseite des Portals standen zwei stattliche Bananenstauden. Dann führte eine breite Zypressenallee quer durch den Friedhof, und aus den kegelförmigen Baumkronen tönte ununterbrochen das Zirpen der Zikaden. Zu beiden Seiten des Hauptweges lagen die Gräber erster Klasse, denn der Friedhof war nach Rang und Ansehen in drei Abteilungen aufgeteilt. Hier war ein Grabstein schöner als der andere, denn unter ihnen ruhten angesehene Menschen, während diejenigen, die in der dritten Klasse am Rand des Friedhofs begraben waren, meist unter nackten Gräbern lagen. Stein suchte und suchte, ohne zu finden. Er studierte die Inschriften auf den Grabsteinen und hatte keine Hemmungen, auf die Gräber zu treten, trotz der Hitze froh darüber, auf der Erde spazieren zu dürfen, während diese armen Teufel in der Erde verwesen mußten.

Schließlich kam er zu einer grauen Mauer, die voller Grabkammern war. Es ist im Süden sehr gebräuchlich, Leichen auf maurische Art unterzubringen: Der Sarg wird in ein Fach in der Mauer geschoben, dann wird eine Platte vor die Öffnung geschraubt und der Name dessen, der darinliegt, auf die Platte geschrieben. Grün schillernde Eidechsen liefen schnell und behende über die Mauer und verschwanden in den unglaublichsten Ritzen, wie die Seelen Verstorbener. Ihre Augen waren wie lebende Stecknadelköpfe. Stein las sorgfältig die Inschriften auf den Platten, möglicherweise war seine Mutter in eines der Fächer gesteckt worden. Aber es war vergebens.

Schließlich sah er ein, daß es kindisch war, eine Ausländerin in einer so großen Stadt suchen zu wollen. Nichts war wahrscheinlicher, als daß sie in einem nackten Grab dritter Klasse lag, deshalb sah er keine andere Möglichkeit, als sich an den Friedhofswärter zu wenden. Links vom Portal, auf dem Friedhof selbst, stand ein kleines Haus mit einer Hundehütte davor, dort lag ein alter, nachdenklicher Wachhund und ruhte sich auf seinen Pfoten aus. Der Hund sah Stein an, als er an ihm vorbeiging, und erkannte sogleich, daß dieser Mann den Kopf gesenkt hielt, deshalb fiel es ihm auch nicht ein zu bellen, und sein Blick war voller Mitleid, als wollte er sagen: *nihil humani a me alienum puto.*

Das Haus stand offen, und zwei Frauen mittleren Alters machten sich in der Küche zu schaffen; die eine war die Hausfrau. Sie kam zur Tür und stellte sich vor den Fremden hin, schwarzgekleidet, groß und vertrocknet, wie die Klageweiber bei den billigsten Begräbnissen. Stein lüftete den Hut und fragte nach der Ausländerin, die hier beerdigt worden war.

Die Hausfrau antwortete, daß ihr Mann seinen Mittagsschlaf halte; er wisse Bescheid über alle, die hier im Friedhof ihre letzte Ruhestätte gefunden hätten.

Aber vielleicht kann ich Ihnen weiterhelfen, sagte sie und fügte hinzu: War diese Ausländerin denn rechtgläubig, oder war sie eine Ketzerin?

Sie war sehr rechtgläubig, sagte Stein und hoffte, allen unangenehmen Fragen zu entgehen.

Katholisch? bohrte die Frau weiter.

Nein, sie war nicht direkt katholisch, aber dennoch sehr rechtgläubig, antwortete Stein und lachte im stillen darüber, daß dies das erste Mal in seinem Leben war, daß er etwas Gutes über seine Mutter sagte.

Dann ist es etwas anderes, sagte die Frau. Wenn sie nicht katholisch ist, dann liegt sie auf dem anderen Friedhof.

Was für einem anderen Friedhof?

Nun, es gibt noch einen anderen, kleinen Friedhof hier ganz in der Nähe, für Türken, Juden und Ketzer. Die werden nämlich nicht in der Kirche aufgebahrt, wie Sie wissen, sondern wie Hunde verscharrt.

Ja, sehr traurig, sagte Stein Ellidi.

Ich glaube trotzdem, daß der liebe Gott, der die ganze Welt regiert, sich ihrer erbarmt, sagte sie Frau. Übrigens höre ich an Ihrer Aussprache, daß Sie aus Norditalien sind, mein Herr, fügte sie hinzu.

Ja, ich bin aus Norditalien.

Nein, was für ein glücklicher Zufall! sagte die Frau. Mein Mann stammt nämlich auch aus Norditalien. Wenn Sie ihm ein paar Soldi für Tabak geben, dann glaube ich fast, er würde sich wecken lassen, anziehen und mit Ihnen zum Ketzerfriedhof hinübergehen. Warten Sie ein Weilchen, mein Herr, mein Mann wird gleich hier sein.

Als die Frau wieder im Haus verschwunden war, schlug Stein beide Hände vors Gesicht. Vor der Hundehütte lagen zwei Reisigbündel. Einen Augenblick lang war ihm, als ob er das Gleichgewicht verlieren und in Ohnmacht fallen würde. Er ließ sich auf einen der Reisighaufen fallen, stützte den Ellbogen auf die Knie und vergrub das Gesicht in seinen Händen. Sein Körper wurde plötzlich von einem unkontrollierbaren Schütteln gepackt. Es war, als ob seine Brust springen würde, und sein Schluchzen drängte sich wie unaufhaltsames Lachen durch seine wunde, trockene Kehle. Der Wachhund schaute Stein Ellidi an wie ein Weiser, während Stein Ellidi heulte wie ein Wachhund.

Er selbst wußte nicht, ob er lachte oder weinte. Natürlich lachte und weinte er zugleich. Seine Brust ließ sich keine Vorschriften machen. Weder der Himmel mit all seiner Macht noch die Erde mit all ihrer Weisheit konnte diese Kraft bezwingen. Die Tränen brachen hervor wie Wasser, das plötzlich aus dem Fels springt; sie liefen über seine Hände hinab und fielen in den weißen Staub zu seinen Füßen, den Staub, der unaufhörlich nach menschlichen Tränen dürstet, den Staub, der alle menschlichen Tränen schluckt. Der Wurm krümmt sich im Staub.

Leonardo Peppino

Ego autem sum vermis et non homo:
opprobrium hominum et abjectio plebis.

Auf den Treppen der Via dei Vespri, der steilen Straße, die zur Villa Valverde hinaufführt, wo Stein sich ein Zimmer gemietet hatte, sitzt ein einbeiniger Bettler und bläst auf seiner Flöte. Jedesmal, wenn Stein durch die Via dei Vespri geht, greift der Bettler zu seiner Flöte und pfeift eins ihm zu Ehren. Tagsüber, wenn Stein draußen auf dem Balkon sitzt und beobachtet, wie der Rauch seiner Zigarette in der Windstille durch die Finger der Palmen hinaus- und hereinschlüpft, hört er das Flöten von der Via dei Vespri herauf, während die Zikade in den Baumkronen die Begleitung spielt. Der Bettler kann drei kurze Melodien, die er ständig durcheinanderbringt, und meist verliert er den Faden, wie ein junger Hahn, der noch nicht richtig krähen kann. Aber immer klingt aus der Flöte beseligender Jubel und himmlisches Delirium. Es wirkt sehr anregend, einer solchen Musik zuzuhören.

Der Virtuose heißt Leonardo Peppino. Er hat einen gelben Hund, ein knochendürres, unbedeutendes Tier. Doch Leonardo Peppino ist nicht nur ein musikalisches Genie; er ist auch Instrumentenbauer; die Anfertigung von Flöten ist seine Spezialität; und mehr als Instrumentenbauer, Instrumentendekorateur; er verziert Flöten. Er macht sie aus ausgehöhlten Ästen oder Rohrstengeln und schmückt sie mit figürlichen Schnitzereien. Seine Bilder sind unvergleichlich. Er schnitzt verschiedene übernatürliche Pflanzen und zwischen diesen schauen Gesichter hervor, wie grinsende Leichen oder halbfertige Gespenster, aus deren Augen ein schaurig kaltes und furchterregendes Totenglück leuchtet. Zweimal am Tag kommt ein dunkelhäutiges, schmutziges Mädchen aus einem nahegelegenen Haus, reicht ihm ein Stück Brot und Wasser in einem Krug mit zwei Henkeln. Sie sagt nichts und verschwindet sofort wieder.

Peppino ist klein, sein wirres Haar graumeliert, graue Bartzotteln hier und dort im staubigen Gesicht. Er hat leuchtend rote Augenlider, ist aber für gewöhnlich schmutzig um den Mund, weil er jedesmal, wenn ein Amerikaner vorbeigeht, die Erde küßt. Doch er ist ein glücklicher Mensch und lächelt den ganzen Tag, freut sich von morgens bis abends über das Glück im Anblick der Dinge. Er lächelt die Gespenster an, die unter seiner Messerspitze ihre Gesichter zeigen, lächelt seinen Hund an, während er ihn laust, lächelt die Amerikaner an, die seine Flöten kaufen, *Ricordo di Taormina,* lächelt die glatzköpfigen Herren und gnädigen Frauen an, die ihm im Vorbeigehen zwei Soldi geben, in Anerkennung seiner Existenz; und wenn es Nacht wird, lächelt er den lieben Gott im Himmel an, ehe er einschläft. Und er schläft in der Via dei Vespri, auf offener Straße im fünf Zoll tiefen Staub, und schläft tief und ruhig. Das Glück wohnt in Taormina auf Sizilien, denn schließlich wird Taormina die Perle Europas genannt. Es schläft draußen auf der Straße in der Via dei Vespri.

Stein fiel es schwer, der Anziehungskraft Leonardo Peppinos zu widerstehen. Er hielt oft an auf den Treppen, wo der Bettler saß, und hörte seinem Sizilianisch zu, wenn er über seine Flöten sprach und von der Großzügigkeit der Amerikaner schwärmte, dieser gottesfürchtigen Menschen, die der Herr schickt, um den Armen Gutes zu erweisen. Sonst hatte Stein nicht die schlechte Angewohnheit, Almosen zu geben, denn das heißt Gott beleidigen, der den Menschen einen ganzen Planeten voller Reichtümer überlassen hat. Peppinos Lebensfreude und Kunst waren jedoch von der Art, daß zwanzig Soldi kein zu hoher Preis dafür waren, daß man in den Genuß seiner Bekanntschaft kam, und es stand nicht in Steins Macht, diesem Wunschkind des Glücks auf andere Weise seine Bewunderung zu zollen. Und er lachte innerlich darüber, daß er in der Via dei Vespri als *gran'signore* galt, denn er fühlte sich nicht würdig, die Schuhriemen eines Mannes zu lösen, der einen solchen Sieg über sich errungen hatte, daß er den Staub vor jedem Amerikaner küßte. Und eines Tages, als er in der Villa Valverde beim Essen saß und das Flötenspiel durch das offene Fenster hereindrang, sagte der Kellner:

Der Herr muß dieses ständige Dudeln aus dem Lärminstrument des Bettlers entschuldigen. Aber er hat nun einmal vom Präfekten die Erlaubnis bekommen, hier auf der Straße zu sitzen, und obwohl wir uns bei der Obrigkeit immer wieder über ihn beschwert haben, ist es uns noch nicht gelungen, ihn wegjagen zu lassen.

Wollen Sie damit vielleicht sagen, daß Sie schöner Flöte spielen können als Leonardo Peppino? entgegnete Stein.

Da der Kellner einräumen mußte, daß dem nicht so sei, war es ihm ein Trost, hervorheben zu können, daß dieser arme Teufel vierzehn Jahre im Zuchthaus zugebracht hatte.

Im Zuchthaus? fragte Stein Ellidi.

Ja, er mußte eine Zuchthausstrafe verbüßen, mein Herr, sagte der Mann.

Weshalb?

A fatto malo a una piccola ragazza, antwortete der Kellner, scheute sich aber davor, das näher auszuführen. Und der Tag verging. Am Abend spielte ein Blasorchester auf der Piazza San Agostino, und ein rosa Mond wachte im grünen Nebel über dem Horizont des Mittelmeers, und vor dieser Zauberwelt als Kulisse standen die zinnoberroten Pfeiler am Rand des Platzes und achteckige Säulen an jedem zwanzigsten Pfeiler und Blumengefäße auf den Säulen und Agaven in den Gefäßen. In der Menschenmenge, die über den Platz hin- und herwogte, stand Stein Ellidi ruhig an eine Palme gelehnt, rauchte eine Zigarette und schaute aufs Meer hinaus. Die Blaskapelle spielte einen ganzen Satz aus dem Barbier von Sevilla, und Stein kannte jeden einzelnen Ton und spürte in jeder Schwingung den Atemzug des Meisters, doch *durch alle Töne tönte ein zarter Liebeston,* das war die Flöte des Bettlers, die von Strafe und Buße sang, wild vor Freude und Dankbarkeit wie ein Singvogel.

Saluti, saluti, Eccellenza! sagte der Bettler, als Stein am Abend vorbeiging. Er erhob sich aus dem Staub, um nach seiner Pfeife zu greifen und zu Ehren des Vorbeigehenden zu spielen. Stein blieb stehen, lehnte sich dem Virtuosen gegenüber an die Mauer, schaute ihn an und wartete, bis das Perpetuum mobile zu Ende war. Dann fragte er:

Stimmt es, Leonardo Peppino, daß Sie sich an einem kleinen Mädchen vergangen haben?

Der Bettler wackelte ein paarmal mit dem Kopf und schielte, blies darauf einen langen Heulton auf seiner Pfeife und antwortete:

Mein Herr, ich bin ein schrecklich schlechter Mensch. Wie kommt es, daß ich ein schlechter Mensch bin, während Sie ein guter Mensch sind? Die Tochter des Schreibers war zwölf Jahre alt, mein Herr, und stand unter der Tür. Sie hatte zwei Tauben. Und abends, wenn ich von der Arbeit kam, sah ich, wie sie auf der Schwelle stand, sich an den Türrahmen lehnte und ihre Tauben an den Füßen hielt und sie auf die Brust küßte. Sie vermied es, mich anzusehen, wenn ich vorbeiging. Aber wenn ich vorbeigegangen war, schaute sie mir nach. Gott und die Menschen haben mich gerecht bestraft. Ich glaube, ich verstehe immer besser, wie gerecht Gott und die Menschen sind. Vierzehn Jahre im Zuchthaus, mein Herr, vierzehn Jahre im Zuchthaus mit Tuberkulose im Bein, vierzehn Jahre. Doch was ist das? Es ist genauso glücklich, sie hinter sich zu haben, wie vierzehn Jahre auf dem Thron, denn wer zählt die Stunden, wenn sie vergangen sind? Es heißt, Gott höre die Tränen der Elenden fallen, und wenn Gott meine Tränen fallen hört, wie könnte ich es dann besser haben als der König auf dem Quirinal in Rom? Und da Gott und die Menschen gut sind, wie verdiene ich es da, etwas anderes als ein armer Teufel vor Gott und den Menschen zu sein? Habe ich vielleicht keinen Grund, Gott und Unserer Lieben Frau dafür zu danken, daß ich hier sitzen und für die netten Amerikaner Flöte spielen darf? Als ich mehr tot als lebendig aus dem Zuchthaus entlassen wurde, mit Krücken unter beiden Armen und nur einem Bein, da hatte ich keinen, der mir half, mein Herr, keinen außer dem lieben Gott, der die Welt regiert. Da dachte ich bei mir: Wie selig ist es doch, unter deinem freien, weiten Himmel atmen zu dürfen, mein Gott. Du hast dich unter deinem Himmel kreuzigen lassen, mein Gott, aus Liebe zu mir. Und ein Mörder aus Kalabrien, der ein ungeheuer großer Musiker war, denn er hatte sein Leben lang droben im Gebirge Kohlen gebrannt – er lehrte mich, auf der Flöte zu spielen, als ich im Zuchthaus Tuberkulose hatte. Und am Tag bevor ich freigelassen wurde, durften wir uns im Gefängnishof voneinander verabschieden, und er schenkte mir zum Abschied seine Flöte, seine einzige Flöte, und von da an hatte er keine Flöte mehr.

Der Balkon

Stein hatte den festen Vorsatz, aller Eitelkeit, allem, was sein Dasein an das Gesetz des Lebens band, ein Ende zu machen, und er hatte – nicht ohne lustbetonte Gefühle – versucht, sich vorzustellen, wie er auf die komischste Weise den Tod finden könnte. Er wollte auf aufsehenerregend schmähliche Weise sterben und fragte sich immer wieder: Was würde Bambara Salvatore am besten gefallen?

Er war in Kaschmir geboren, im Tal der Rosen, mit einer Harfe in der Hand, wie die Götter. Eines Tages erwachte er von seinem Harfenspiel und sah sich selbst. Die Rosen waren unter seinen Fußsohlen verwelkt und verdorrt. Doch die menschliche Gesellschaft kennt nur zwei Möglichkeiten für ihre Genies, sie macht sie zu Verbrechern oder zu Selbstmördern. Vor der Tür des Totengräbers hatte er seine letzten menschlichen Gefühle fortgeweint. Und diese ganze lächerliche Tragödie ging auf kein größeres Ereignis zurück, als daß seine Mutter vergessen hatte, Spermatozoontabletten zu benutzen. Doch nun war er wiedergeboren. Sein Selbstmord symbolisierte nicht die Angst davor, zum Verbrecher zu werden, wie der Selbstmord Dr. Otto Weiningers, sondern die Flucht aus einem Kerker.

Er war wahrhaftig wiedergeboren. Es war bei weitem nicht mehr so, daß die Gefühle einen wilden Tanz in seiner Brust vollführten, wie früher, als er ein gewöhnlicher Mensch war. Heute nacht war er nicht verzweifelt. Er murmelte beinahe unfreiwillig diesen verrückten Aphorismus Maupassants, den Schluß von *Une Vie: La vie, ça n'est jamais si bon ni si mauvais qu'on croit.* Selbstmord ist in Wirklichkeit keine schrecklichere Tat, als ein Wurstbrot zu essen. Es gibt überhaupt keine nebensächlichere oder unbedeutendere Handlung. Über einen toten Menschen hat das Schicksal keine Macht; ein Toter hat die Fesseln seines Daseins abgestreift. Ein Toter ist freier als Gott. Was Stein wollte, war, diesen Gott der Tiefen und der Morgenröte, dem man nirgends entgehen kann, zu besiegen, diese Macht zu besiegen, die selbst dazu verurteilt war, zu leben und leben zu lassen. Wie arm und wertlos ist alle Pracht des Daseins vor dem eigentümlichen Siegeslächeln auf dem Gesicht eines Toten! Selbst die Vierzeiler des göttlichen Omar Khajjam verblassen dagegen.

Er sitzt im Sessel auf dem Balkon, böse wie ein Troll in einem Grabhügel, mit eiskaltem Sinn. Unten auf der Via dei Vespri brennt eine Laterne, und die Elektrizität und der Mond erleuchten mit vereinten Kräften den Garten draußen, Fledermäuse, *bêtes à bon dieu,* und Heuschrecken spielen in den Kronen der Palmen, und die giftigen Stechmücken summen wie Geigen. Er zündete sich eine neue Zigarette an, riß ein Blatt aus seinem Notizbuch und schrieb:

An das dänisch-isländische Konsulat in Palermo, Sizilien.

Ich Unterzeichneter usw. bitte Sie zu entschuldigen, daß ich Sie hierher nach Taormina bemühen muß, um sich um meine Beerdigung und anderes mehr, was mein Ableben angeht, zu kümmern. Da ich davon ausgehe, daß die Gesandtschaft in Rom nähere Auskünfte über meinen Tod verlangen wird, ist es mir ein Vergnügen, Ihnen mitzuteilen, daß ich heute nacht um zwei Uhr Zyankali einnehmen werde. Mit vorzüglicher Hochachtung, usw.

Er las den Brief durch und fand, daß er noch nie bei klarerem Verstand gewesen sei als heute nacht. Er hatte seine fünf Sinne erbärmlich gut beisammen. Am meisten schmerzte ihn der Gedanke, zu sterben, ohne ein Frauenzimmer vergewaltigt oder wie Egil Skallagrimsson einem Mann die Kehle durchgebissen zu haben. Doch als er darüber richtig nachdachte, sah er, daß es in Wirklichkeit nicht seine Absicht sein konnte, durch seinen Tod Verwirrung zu stiften.

Er mußte nur noch einen Brief schreiben, bevor er starb, und zwar an Bambara Salvatore, nur wenige Zeilen, ein paar geistreiche Sätze, die genügten, um Bambara zu beweisen, daß es dem Sohn der Frau Ellidaso nicht an Mut und tiefschürfendem Geist gefehlt hatte. Seine Gedanken suchten und suchten nach diesen geistvollen Worten. Der Mond über dem Ätna grinste ihm direkt ins Gesicht und machte es ihm um so schwerer, ernsthaft nachzudenken, je schelmischer er wurde. Es war, als ob der Mond ihm aus seinen engen Pupillen das bißchen Genialität, das noch in seiner Seele übrig sein mochte, heraussaugen würde; ja, der Himmelskörper hielt diese arme Seele zum Narren, wie eine schamlose Dirne, die einem Heiligen eine Schnute zieht. Schließlich hielt Stein es nicht mehr aus, er warf sich wie ein Akrobat über den Balkon hinunter und machte zwölf Saltos, ehe er unten ankam.

Träume

1. Gänseliesel

Ein kleines Mädchen hütete Gänse an einem blauen Teich auf einer grünen Wiese. Und die Gänse plätschern und planschen und schnattern oder zupfen sich mit den Schnäbeln an den Federn. Bisweilen stecken sie den Kopf ins Wasser und schauen auf den Grund, den Hintern in der Luft, denn sie sind sehr unhöfliche Vögel. Das Mädchen hat die Beine im Gras ausgestreckt und strickt einen roten Strumpf für ihre Aussteuer, denn sie will heiraten, wenn sie groß ist. Ich nehme sie zur Geliebten! sagt Stein Ellidi und geht geradewegs auf sie zu. Als das Mädchen merkt, was er im Schilde führt, windet sie sich aus seiner Umarmung und macht sich auf und davon. Verdammtes Luder! denkt er und läuft schreiend und fluchend hinter ihr her. Ich bringe dich um, wenn du nicht stehenbleibst! Die Gänse machen ein erbärmliches Gezeter und rekken die Hälse. Die Sonne ist mitten im Zeichen des Schützen und kommt bald in den Widder, dann in die Waage. Das Mädchen flieht um den Teich herum, so schnell sie ihre Füße tragen. Stein ihr hinterher, während er die neueste Operette von Verdi singt:

> La Donna ist mobil
> und herrlich im Profil,
> hat kein Automobil,
> fährt Dampfer auf dem Nil.

Und als der Gänserich das hörte, verstand er, was es mit all dem auf sich hatte, und begann, mit seinem ganzen Harem Stein nachzulaufen. Diese Jagd dauerte einen ganzen Tag. Da erinnerte sich Stein plötzlich daran, daß er nur ein Bein hatte und seine Krücken drunten in der Via dei Vespri vergessen hatte und deshalb in Wirklichkeit gar nicht laufen konnte. Er setzte sich traurigen Mutes ans Teichufer und nahm zum Trost seine Flöte zur Hand, doch auf der anderen Seite des Teiches saß das Mädchen mit dem halbfertigen Strumpf und sang:

> Zum Spaß im Westen die Sonne schien, Sonne schien, Sonne schien,
> Ach, du lieber Augustin, Augustin, Augustin,
> Ach, du lieber Augustin, Augustin, Augustin,
> Zum Spaß im Westen die Sonne schien, Sonne schien, Sonne schien.

Da merkte Stein, daß die Flöte gar keine Flöte war, sondern eine primitive Wasserpistole aus einem Engelwurz-Stengel mit einem Loch am Ende. Nun fing er an, mit aller Kraft zu spritzen, bis er sah, daß das Mädchen tot zu Boden fiel. Da bekam Stein Gewissensbisse, nahm sich aber dennoch vor, zum Vater des Mädchens zu gehen und zu fragen, was er bezahlen mußte. Doch die Sonne hatte ihm nur etwas vorgegaukelt.

2. Die Lage in Kairo

In Kairo soll ein großes Fest stattfinden. Man erzählte ihm, daß die Frauen des Sultans sich gegen den Sultan erhoben und ihn kastriert hätten. Das fand in der Presse kein gutes Echo, man machte die bolschewistische Agitation dafür verantwortlich. Um das wettzumachen, hatten die Frauen alle wichtigen Männer des Landes eingeladen. Stein stieg vom Pferd und band es an die Säulen vor dem Eingang zum Palast und ging hinein, um die Gobelins anzuschauen. Die Teppiche auf dem Boden stammten sämtlich aus berühmten Teppichländern. Der Samt quoll in üppigen Falten von den Ottomanen auf die Teppiche herab. Die Fenster waren oben unter der Decke, und in jedem Fenster saß ein schlafender Vogel, im

Hintergrund der abendblaue Himmel und vereinzelte Sterne. Eunuchen servierten Wein, und die Mädchen verließen ihre Gemächer und erschienen im Festsaal in langen, seidenen Hüllen, die man mit einem Ruck von oben bis unten zerreißen konnte und die mit langbeinigen Pelikanen und anderen bösen Vögeln bestickt waren. Ihre Lenden und Brüste wogten unter der Seide wie die Wellen des Meeres im Sonnendunst. Ihre Augen blitzten wie schwarze Diamanten. Und die feinen Herren kamen herein, mit weißen Zähnen, langem Schnurrbart und Fez auf dem Kopf, im übrigen aber gekleidet wie Dandys aus London oder Paris, sie sahen aus wie Tausendkünstler, Alchimisten und Auguren. Nach einer langwierigen Begrüßungszeremonie setzten sich jeweils zwei Frauen und zwei Männer an einen Tisch; die Becher wurden bis zum Rand gefüllt und das Gespräch über Politik begann:

Mosul, sagte einer.

Angora, antwortete das Mädchen und lachte.

Moskau, sagte ein anderer.

Afghanistan, sagte ein anderes Mädchen und lachte.

Einmal geschieht alles zum erstenmal, sagte der dritte, wie um philosophische Tiefe in das Gespräch zu bringen.

Alles ist schon einmal geschehen, sagte das dritte Mädchen und lachte.

Bena Kipa! sagte der vierte, als ob es ihm gleichgültig sei.

Bena Kipa, Bena Kipa! sagten alle und lachten schallend. Was haben die Chinesen nicht schon zweitausend Jahre vor uns gekannt? Prosit!

Stein Ellidi hatte noch nie eine geistlosere oder verrücktere Gesellschaft erlebt.

Im ganzen Saal hörte man das Klingen von Gläsern, und der Wein wurde in hohen Bögen in die Luft gespritzt; er fiel nieder wie Regen. Es war ein Chaos von glühenden Blicken, glitzernden Diamanten, wogenden Busen, schwitzenden Händen und glänzenden Lippen.

Ich träume goldene Träume hinter einer leuchtend roten Mauer,

sagt einer.

Du Mißgeburt! sagt das Mädchen, um abzulenken.

Ich träume von mörderischen Geliebten,

sagt der Mann.
Und die Musik
jubelt
die Kanone
klingt
im hunderttausendmillionenfältigen Gewimmel des Urwalds,
wo sich die Riesenrosse der Sturmwolken aufbäumen
und betrunkene Nilpferde rücklings auf den Felsen liegen,
wie Rhodymenia palmata,
auf den Hinterbeinen stehen und schnauben,
wiehern
sich bäumen
schnoben
fauchen
pissen

wie das Schicksal der Millionen. *Il piacere, il piacere!* – meine Herren. Der Sinn des Lebens ist der Genuß. Oder richtiger gesagt, der Genuß des Lebens ist der Tod, der das Bewußtsein des Lebenden im bodenlosen Chaos des Wahnsinns verschluckt. Aus allen Richtungen klingt es: Hurra! Hurra! Hurra! Her mit dem Wein, *ave Dionysos!* In heulendem Gelächter und weinendem Gesang schlummern die Geheimnisse der Lotosblume. OM! meine Damen und Herren, OM! Und die Männer gießen Becher um Becher ihren Frauen über den Kopf und trinken den Wein aus lebenden Quellen und seufzen das tibetanische Gebet wie Geigen mit schlaffen Saiten: *Om mani padmi hum!* Und sie beugen sich über ihre Geliebten wie Lotosblüten über das trübe Wasser. Oh, Freude der Lotosblüte! Bis sich alles beruhigt. Hier und dort hört man, wie Seide auseinandergerissen wird, atemlose Geschöpfe stöhnen, und die Eunuchen sprengen Wein und duftende Essenzen über die Gesellschaft, deren Teilnehmer einander umschlingen wie Tang, auf dem Boden und auf den Ottomanen. Sie streuen Rosen über die Leichen und kreischen wie Teufel auf diesem herrlichen Friedhof. Es ist Mitternacht, und von einem nahem Minarett hört man den Ruf:

Allah ist Allah, und Mohammed ist sein Prophet!

Die Vögel in den Fenstern antworten mit müdem Krächzen:

Allah ist Allah, und Mohammed ist sein Prophet!

Die Pelikane liegen überall in zerrissenen und klatschnassen Fetzen oder hängen wie Notsignale an den Beinen umgestürzter Tische. Vom Minarett klingt es ein drittes und letztes Mal:

Allah ist Allah, und Mohammed ist sein Prophet!

Die Tausendkünstler, Alchimisten und Auguren stehen langsam und müde auf und wickeln sich die klatschnassen Seidenlappen mit den Pelikanbildern um die Köpfe. Es ist drei Minuten nach zwölf Uhr. Meine Herren, wir kommen zu spät zum Nachtgebet; wir wollen schnell in die Moschee gehen, oder wenigstens hinaus in die klare Luft, vielleicht haben wir das Glück, den Osten zu finden. Wir wollen das Andenken des Propheten ehren! Die Türen gehen auf, und der blaue Nachthimmel drängt herein; von den Sternen weht ein frischer Hauch durch den Saal; die Männer eilen zum Gebet. Zurück bleiben die Mädchen, die verstreut auf dem Boden und auf den Ottomanen liegen, volltrunken und nackt.

3. Jesus auf dem Leicester Square

Die Erlösung ist näher, als irgend jemand ahnen kann. Auf der Türschwelle traf Stein einen Benediktinermönch und erinnerte sich, daß er zusammen mit ihm im Rom-Paris-Expreß gefahren war. Dieser Benediktiner brachte ihm das erlösende Wort.

Leicester Square! *Farewell, farewell!* sagte der Mönch und legte ihm die Hand auf den Kopf, doch Stein hielt die Kutte des Mönchs fest und folgte ihm. Und der Mönch sprach das erlösende Wort bei jedem dritten Schritt:

Leicester Square, eins, zwei drei. *Farewell, farewell,* eins, zwei drei, Leicester Square.

Hier auf dem weltberühmten Leicester Square ging es recht lustig zu. Das Menschengewühl war so ungeheuer, sowohl auf dem Platz selbst wie in den angrenzenden Straßen, daß Straßenbahnen und Autos nicht mehr fahren konnten, während alte Frauen und Kinder zu Tode getrampelt wurden, ohne daß jemand davon Notiz nahm oder sich die Mühe machte, diese armen Geschöpfe aufzusammeln und wegzuschaffen.

Was war los?

Stein drängte sich durch das Gewühl und gab nicht eher auf, bis er gesehen hatte, worin die Belustigung bestand. Mitten auf dem Leicester Square wurde Jesus gekreuzigt. Alle waren gekommen, um die Kreuzigung zu sehen; um sie herum kreiste der Pöbel. Christus hing dort an einem riesigen Baum, offenbar war er in großer Eile angenagelt worden, wahrscheinlich wider alles Recht und Gesetz, denn die Leute hatten sich nicht einmal die Zeit genommen, ihm die Kleider vom Leib zu reißen. Er war nach der neuesten Mode gekleidet, wie ein junger Akademiker. Nachdem die Armut schon längst nicht mehr als Tugend gilt, das Hemd aus feiner, dezent gestreifter Seide, goldene Manschettenknöpfe, Diamanten in der Krawatte, das Haar sorgfältig gescheitelt, die Socken aus heller Seide, Bügelfalten in der Hose, dandyhafte Schuhe. Das helle, glattrasierte Gesicht hatte offensichtlich bis zu diesem Tag von Begabung und guten Eigenschaften gestrahlt, aber jetzt war es verschwitzt und verzerrt, die Augen blutunterlaufen.

Was für eine unglaubliche Menge Pack! So weit man über das Gewimmel schauen konnte, sah man nichts als Huren. Lauter Huren! Die ganze Menschheit nichts als lauter niederträchtige Huren! Und alle wollen sich in Seide und Diamanten, Federn und Pelze kleiden und verlangen Musik, Rosen und Glück! – dürre oder fette Huren, dreckige oder aufgedonnerte Huren, gewaschen und gestriegelt bis in die Seele hinein, schöne oder häßliche Huren, dumme Huren oder kluge, Huren mit Baßstimmen oder betörendem Säuseln. Sie stehen hier dichtgedrängt wie Sardinen und schreien Jesus Christus, dem Gekreuzigten zu: Ich! Ich! Mich! Mich!

Und da bemerkte Stein Ellidi, daß er keine Ausnahme war: Er war selbst eine Hure, wie die anderen, und als er an sich hinabsah, entdeckte er einen großen Fleck auf seinem Kleid, unten auf dem Bauch. Da hatte bei der letzten Orgie jemand Champagner über ihn geschüttet. Er war eben darum gekommen, den Gekreuzigten um ein neues Kleid zu bitten, als Blitze aufzuckten und Donner erdröhnte und Himmel und Erde anfingen zu beben. Der Tag des Zorns war da. Die Sonne verdunkelte sich und die Berge barsten, und aus ihnen heraus liefen Tote in Unterhosen und wußten weder aus noch ein. Stein kam es so vor, als würde auch der Vorhang des Tempels von oben bis unten zerreißen.

Gäste in Haus Ylfing

Schwiegermutter und Schwiegertochter verbrachten wie gewöhnlich den Hochsommer in Thingvellir. Haus Ylfing wurde zu einem komfortablen Aufenthaltsort, wo man in tiefen Sesseln saß, in Tidens Kvinder und Times Weekly las, Klavier spielte, Gäste bewirtete. In der milden Sommerluft spazierten Gäste und Gastgeber über die Lavawege, rauchten Zigaretten im Birkengestrüpp und machten Pläne für die Arbeit der Wohltätigkeitsvereine im nächsten Winter. Auf der Landstraße blitzen blankpolierte Autos. Manchmal erzittert die Gegend von Hurrarufen und Gesang aus dem Hotel Walhall, wo Gesellschaften für einflußreiche Leute aus dem In- und Ausland gegeben werden, doch dazwischen ist alles ruhig, denn die Dauergäste des Hotels sind vor allem geschlechtslose, belesene Lehrerinnen, Kunstmaler mit Fliegen und Damen mittleren Alters, die im Durcheinander des Lebens ihre Männer aus den Augen verloren haben. Die Kunstmaler sind auf der Jagd nach Stimmungen und stehen krummgebückt im Heidekraut und betrachten die Landschaft zwischen ihren Beinen hindurch, um sich besser orientieren zu können. Diese Menschen streben nach dem theosophischen, spiritistischen Frieden der Seele in sommerlichen Hainen und diskutieren über Oliver Lodge, Conan Doyle und Krischnamurti, und über den Wunderheiler Fridrik.

Eines Abends kurz vor Mitte August waren Gäste in Haus Ylfing, Bekannte, die ihre Sommerfrische im Hotel Walhall verbrachten, einige Damen und junge Mädchen nebst einem geistig interessierten Kaufmann aus dem Nordland. Es wurde des langen und breiten über die neuen Richtungen gesprochen, die in Island neu genannt werden, nachdem sie in England schon zwanzig Jahre passé sind. Alle interessierten sich sehr für Fords Selbstbiographie und Dr. Helgi Pjeturss' Theorie der Bioinduktion. Denn wenn des Lebensrätsels Lösung nicht die ist, daß die Erde auf einem Elefanten steht und der Elefant auf einer Schildkröte, wie es in Indien gelehrt wird, dann ist es sehr wahrscheinlich, daß Dr. Helgi Pjeturss recht hat und es den Menschen vorherbestimmt ist, sich auf anderen Sternen weiterzuentwickeln. Aber es ist leider zwecklos, eine neue Religion zu erfinden, die nicht auf abergläubischen Amerikanern oder Lamamönchen in Tibet aufbaut. Aus dem Nebenzimmer hört man die Toselliserenade.

Frau Valgerd nahm prinzipiell nicht an religiösen Diskussionen teil, denn in Dinge, die sowohl unwichtig als auch heilig sind, soll man sich am besten nicht einmischen.

Übrigens, ich habe gehört, Frau Valgerd, sagte eine der Damen, daß Ihr Enkel, der Dichter, katholisch geworden sei.

Das behauptet er jedenfalls, antwortete Frau Valgerd, als ob sie daran zweifelte, daß es mehr als ein Gerücht sei.

Wie gefällt es ihm bei den Katholiken? fragte eine andere.

Es dürfte wohl kaum ein großer Unterschied zwischen den verschiedenen Religionen bestehen, erwiderte Frau Valgerd. Ich stelle mir vor, daß ihr Gott weder schlechter noch besser ist als der unsere.

Es erfordert enormen Mut, so weit zu gehen, sagte der geistig interessierte Kaufmann aus dem Nordland. Aber die Gewißheit ist dort!

Ob die Katholiken wohl aufgehört haben zu bannen? sagte eine geschiedene Pfarrersfrau leise.

Nein, rief der Kaufmann, darauf können Sie sich verlassen, gnädige Frau; die haben nicht aufgehört zu bannen. Die würden Sie in Null Komma nichts bannen. Die bannen und bannen, was das Zeug hält. Da gibt es kein Erbarmen.

Aber die Ablaßbriefe sind sicher schon längst abgeschafft, hoffte eine andere.

Ablaß ... nein, mein Fräulein, ich will Hans heißen, wenn die die Ablaßbriefe abgeschafft haben.

Und nehmen sie tatsächlich immer noch Bezahlung dafür?

Bezahlung? Ja, darauf können Sie sich verlassen; die nehmen den vollen Preis, in Abgaben, Butter oder Geld, genau wie früher. Die würden Sie ganz gehörig schröpfen, meine Liebe! – Schließlich ist der Ablaß eine ernste Sache, genauso wie früher.

Es ist eigentlich traurig, wie intolerant die katholische Kirche ist, sagte eine der Damen; sie erkennt keine dieser neueren Richtungen an.

Neuere Richtungen! Nein! darauf können Sie Gift nehmen! Die katholische Kirche läßt sich von diesen neuen Richtungen nicht beeindrucken! Die Katholiken glauben an Gott und den heiligen Columcille, genau wie in alten Zeiten. Die geben nie zu, daß sie sich geirrt haben.

Aber ihre Zeremonien sind trotzdem hinreißend, sagte eine der Damen.

Ich werde nie den Sonntag im letzten Jahr vergessen, sagte die geschiedene Pfarrersfrau, als ich zusammen mit einer Freundin in die katholische Landakotskirche ging. Es war am späten Nachmittag, und die Sonne schien auf Jesus Christus. Die Nonnen sangen lateinisch, und die Ministranten schwenkten die Weihrauchgefäße, und ganz vorn in der Kirche beteten ein paar Katholiken. Finden Sie es nicht auch herrlich, Leute knien zu sehen? Ich hatte das Gefühl, daß Gott diesen Leuten viel näher war als uns.

Die Gewißheit ist nur dort! tönte der Kaufmann. Aber wer in ihre Krallen gerät, ist nicht zu beneiden.

Im Nebenzimmer wurde die Humoreske von Dvorák gespielt, wie eine Begleitung zu neckischen, melancholischen Küssen.

Ich würde so gern Ihren Enkel Stein kennenlernen, Frau Valgerd, sagte eine. Ich habe zwar seine Gedichte nicht gelesen, denn meine Englischkenntnisse sind beschränkt, aber ich habe oft davon sprechen hören, was er für ein außergewöhnlicher junger Mann sei.

Ich habe seine Gedichte gelesen, bekannte eine andere. Aber es ist nicht allen gegeben, sie zu verstehen, denn sie sind tiefsinnig und dunkel, und außerdem in so schwierigem Englisch geschrieben, daß man jedes dritte Wort nachschlagen muß. Aber man spürt dabei immer, daß das Gehirn des Dichters nicht wie gewöhnliche Menschengehirne gebaut ist. Seine Harfe ist weder in Dur noch in Moll gestimmt. Man fragt sich in jeder zweiten Zeile unwillkürlich: Sind das Klänge, oder was höre ich? Ich fühlte nur eines: Er muß ein außerordentlich begabter Mensch sein.

Ich erinnere mich an ihn, als er hier ins Gymnasium ging, sagte die dritte. Er war ein wirklich charmanter Junge. Alle Mädchen himmelten ihn an, denn er war zum Teil in südlicheren Ländern aufgewachsen. Ob er wohl in Reykjavik einen Vortrag hält, bevor er wieder ins Ausland fährt, oder eine Lesung seiner Gedichte veranstaltet?

Frau Valgerd hielt das nicht für wahrscheinlich. Er ist in letzter Zeit nicht sehr gesellig. Die Familienähnlichkeit wird immer stärker, je älter er wird. Sein Großvater brach zu langen Reisen auf, ohne sich zu verabschieden. Vor drei Wochen verschwand Stein aus der Stadt, und ich habe erst von ihm gehört, als er im Ostland angekommen war.

Vielleicht können wir ihn dazu bringen, auf einem bunten Abend bei uns im Fünfundzwanzigöre-Verein zu sprechen? sagte eine würdige alte Dame, die Vorsitzende eines Wohltätigkeitsvereins, der sich dadurch finanzierte, daß er unschuldigen Menschen auf der Straße fünfundzwanzig Öre für ein wertloses Papierabzeichen abnahm. Man hat mich nämlich gerade damit beauftragt, einen guten Redner für Samstag in zwei Wochen zu beschaffen.

Mitten in diesem Trubel erschien Stein Ellidi, als ob er geahnt hätte, daß von ihm die Rede war. Man hörte Pferdeschnauben, und draußen klirrte eisernes Zaumzeug, im nächsten Augenblick stand er in der Tür, in einem grauen, schmutzigen Sportanzug, mit Pferdeschuppen bedeckt, in Reisestiefeln, die bis zu den Knien hinauf geschnürt waren, mit langen Handschuhen, barhäuptig, mit staubigem und sonnengebräuntem Gesicht und wirrem Haar; Größe 180 Zentimeter. Guten Tag, sagte er um zehn Uhr abends. Und als er den Geruch wahrnahm, fragte er:

Tee?

Stein! Willkommen Kind! sagte die alte Dame und stand vom Tisch auf, um den Gast zu begrüßen. Wo kommst du her?

Er kam vom Gullfoss, hatte auf einem Bauernhof übernachtet, wollte Tee.

Am Tisch wurde geflüstert, und neugierige Blicke richteten sich zur Tür hin. Die Frau Direktor versicherte allen, daß das Stein Ellidi sei. Frau Valgerd führte ihn an den Tisch und stellte ihn ihren Gästen vor: Mein Enkel Stein Ellidi. –

Eine Hochzeit? fragte er.

Er kam ganz aus dem Osten, aus den Öraefi, war mit drei Engländern von Reykjavik aufgebrochen, hatte sie aber unterwegs verloren. Schöne Gegenden, herrliches Wetter, gute Heuernte, fette Milch. Die Isländer erinnern an heilige, alte Völker in Asien. Ist noch Tee in der Kanne?

Vor einigen Jahren strandete ein französischer Trawler bei Björg. Der Bauer in Björg ist arm, aber ein tüchtiger Fischer, und es gelang ihm, alle Menschen aus dem Schiff zu retten. Er allein rettete fünfzehn Menschenleben. Er nahm die Schiffbrüchigen mit zu sich in sein Haus, und die Familie überließ ihnen ihre Betten und schlief selbst in der Heumiete. Er schlachtete seine fetteste Kuh, wie wenn reiche Leute Hochzeit halten. Am Tag darauf machte er sich zu Fuß und trotz des Unwetters auf, um Tabak für seine Gäste zu beschaffen. Aber niemand in der Gegend rauchte, deshalb mußte er in ein anderes Kirchspiel gehen, und er kam nach zwölfstündiger Reise wieder nach Hause, und es wurde ein großes Fest gefeiert und Tabak geraucht.

Ein halbes Jahr später an einem Sommertag warf ein französisches Kriegsschiff Anker vor Björg. Sie schickten nach dem Bauern, und an Bord wurde für ihn und seine Familie ein Fest gegeben. Und bevor die Tafel aufgehoben wurde, sagte der Kommandeur: Mein Herr, Sie haben für ein großes Land weit draußen in der Welt fünfzehn Menschenleben gerettet. Das Land heißt Frankreich. Und ich bin beauftragt, Ihnen anzubieten, was immer Sie sich wünschen, bis zu einem Wert von fünfzehntausend Goldkronen, oder bares Geld, wenn Sie das lieber wollen.

Doch der Bauer in Björg wollte lange nichts davon hören und sagte: Gott sei Dank, daß die Männer nach Hause gekommen sind. Das waren anständige Leute.

Doch als er nicht umhin konnte, eine Belohnung anzunehmen, ließ er dem Kommandeur sagen:

Hochgeehrter Herr Kommandeur! Gott segne Frankreich und den König in Frankreich. Sagen Sie ihm, daß ich am Meer wohne und daß der Hof nicht viel abwirft. Mein Auskommen – das ist das Meer. Aber mein Boot hat angefangen zu lecken, denn es ist alt geworden, und ich habe oft darüber nachgedacht, wie ich mir ein neues Boot beschaffen könnte. In meinem ganzen Leben habe ich noch nie etwas gesehen, das ein so unchristliches Begehren in mir geweckt hat, wie die Rettungsboote auf dem Deck dieses schönen Kriegsschiffes. Das sind, weiß Gott, richtige Boote, sagte ich mir, und wenn Torfi in Björg eines davon hätte, bräuchte er sich um die Zukunft seiner Kinder keine Sorgen zu machen.

Das war ein echter Isländer! rief der Kaufmann und schlug so heftig auf den Tisch, daß die Frauen es mit der Angst zu tun bekamen.

Mehr Tee! sagte Stein Ellidi. Der Käse ist wie Gummi, Großmutter. Wie kommt es, daß so wenig gutes Gebäck auf dem Tisch ist? Die Gäste haben doch hoffentlich kein Bauchweh?

Es heißt, daß zwei Mandarine in China drei Stunden brauchen, um einander zu begrüßen, weil das Hofzeremoniell verlangt, daß sie unzählige Male voreinander hüpfen, knien, sich auf die Erde werfen und auf dem Kopf stehen, singen, Hurra rufen, pfeifen, trällern, mit den Fingern schnalzen und auf einem Bein stehen, bevor sie es wagen, nach Neuigkeiten zu fragen oder über Politik zu sprechen. Als der heilige Franz zu den Vögeln im Wald sprach, hatte er Bedenken, denn er fühlte sich nicht würdig, zu Geschöpfen von Gottes Hand zu sprechen, und er begann folgendermaßen: Vergebt, liebe Geschwister, daß ich es wage, euch zu stören! Wenn ihr eure Rede beendet habt, könnte ich dann die Erlaubnis bekommen, etwas zu sagen, das mir am Herzen liegt? Doch wer hat es je mit Beintein von Fagurhol an Höflichkeit aufgenommen? Ein wohlerzogener, höflicher Mann begleitet seinen Gast zumindest bis über die Türschwelle, wenn er Abschied nimmt. Ein noch höflicherer Mann begleitet seinen Gast bis vor die Haustür, oder vielleicht sogar bis zum Gartentor. Beintein von Fagurhol begleitete seine Gäste heim bis zur Mauer um ihre eigene Hauswiese. Die Gegend ist sehr abgelegen, deshalb wird in Fagurhol jeder Gast wie eine Offenbarung empfangen. Dreimal hat Beintein Gäste aus Reykjavik vom Hofplatz in Fagurhol bis zu den Ellidaflüssen kurz vor Reykjavik begleitet; das sind elf Tagereisen, wie von Paris nach Peking mit der Transsibirischen Eisenbahn. Der Weg geht durch zwanzig

Gemeinden, Sandwüsten und einige der gefährlichsten Flüsse Europas. Beintein läßt nicht zu, daß unterwegs die Pferde des Gastes benützt werden. Vor einigen Jahren übernachtete in Fagurhol ein junger Mann aus Reykjavik, der drei Landwirtschaftsschulen in Dänemark, Island und Norwegen absolviert hatte. Er untersuchte die landwirtschaftlichen Gegebenheiten im Ostland und kam auf einer rückenlahmen Schindmähre angeritten, die er wahrscheinlich irgendwo im Mula-Bezirk gestohlen hatte. Er holte droben in der Schlucht zwei kleine Steine, schlug sie gegeneinander, so daß sie zerbrachen, und untersuchte die Bruchfläche, anschließend nahm er Messungen am Wasserfall vor. Er wurde in Fagurhol wie ein König empfangen, und als er abreiste, brachte der Bauer Beintein ihn auf den Weg und ritt elf Tagereisen mit ihm. Als sie zu den Ellidaflüssen fünf Kilometer östlich von Reykjavik kamen, saß der Bauer Beintein ab, sie legten den Sattel des Gastes auf dessen Gaul und verabschiedeten sich dann mit einem Kuß, wie es auf dem Land üblich ist, wenn man von einem lieben Gast Abschied nimmt.

Hör, Beintein, sagte der Landwirtschaftsexperte, als sie sich verabschiedet hatten. Du bist nicht zufällig so gut bei Kasse, daß ich dich um einen Zehner anpumpen kann? Ich werde ihn dir mit der Post zurückschicken.

Nichts war selbstverständlicher. Beintein machte die Sicherheitsnadel an seiner Brusttasche auf und holte seinen Geldbeutel heraus, der in drei weiße Taschentücher eingewickelt war, nahm zehn Kronen aus dem Geldbeutel und gab sie dem Landwirtschaftsexperten. Hierauf trennten sie sich.

Es vergingen zwölf Monate, und zwölfmal kam die Post, doch kein Geld vom Landwirtschaftsexperten. Beintein hatte noch nie davon gehört, daß Schulden nicht bezahlt wurden, und dergleichen widerstrebte seinem Gewissen, deshalb nahm er an, der Landwirtschaftsexperte sei gestorben. Doch zwei Jahre später fuhr er mit dem Dampfschiff nach Reykjavik und erfuhr, daß der Landwirtschaftsexperte nicht tot war, sondern auf der Halbinsel Kjalarnes ein hypermodernes Versuchsgut errichtet hatte. Der arme Mann! Vergessen zu haben, seine Schuld zu bezahlen! dachte Beintein, und das ging ihm so nahe, daß er bei Wind und Wetter im Herbst zu Fuß nach

Kjalarnes hinausging. Das Versuchsgut bestand aus einem Kater, einer Frau und drei Stühlen im amerikanischen Stil. Die paar Kronen müssen irgendwie in Vergessenheit geraten sein, sagte Beintein; nicht daß es etwas ausmachen würde, aber trotzdem...

Das trifft sich ausgezeichnet, denn ich habe gerade heute morgen fünfhundert Lämmer gekauft, sagte der Landwirtschaftsexperte, trieb sie zusammen und zum Pferch hin und gab Beintein einen winzigen Spätentwickler von einem Lamm als Bezahlung für die Schuld.

Beintein entschuldigte sich dafür, daß er diese Kleinigkeit erwähnt hatte, bedankte sich und machte sich auf den Weg nach Reykjavik, mit dem Lamm auf den Schultern. Es wurde schon Abend, das Wetter war schlecht, die Herbstnacht dunkel, und deshalb entschloß sich Beintein, auf dem ersten größeren Bauernhof, den er erreichte, zu übernachten. Am Morgen, als er aufwachte, erinnerte er sich plötzlich daran, daß er das Lamm am Abend zuvor am Rand der Hauswiese vergessen hatte. Aber er machte kein Aufhebens davon, sondern bezahlte für die Übernachtung, wie es sich für einen Mann von Welt geziemt, verabschiedete sich von seinen Gastgebern mit einem Kuß und ging.

Wie wundervoll, diesem Mann zuzuhören! seufzte die Dame vom Fünfundzwanzigöre-Verein pathetisch.

Doch Stein Ellidi ließ sich von seiner Großmutter noch mehr Tee eingießen und aß weiter.

Auf dem Hof Hvol übernachtete ich zusammen mit Adalbjörn von Hris. Er war früher ein wohlhabender Bauer und Gemeindevorsteher in Lon. Doch wegen seiner Gutmütigkeit gegenüber Würdigen und Unwürdigen leerte sich die Gemeindekasse, und Adalbjörn wurde der Prozeß gemacht; er wurde dazu verurteilt, seinen ganzen Besitz herzugeben, aber nicht einmal das war genug. Er hatte sechs Söhne, große und tüchtige Männer. Zwei ertranken im Meer, einer in einem Fluß, der vierte starb an Schwindsucht, der fünfte wanderte nach Amerika aus. Der sechste studierte und wurde Säufer in Reykjavik. Nach dem Bankrott zogen der Gemeindevorsteher und seine Frau bettelnd von Hof zu Hof, doch die Frau starb unterwegs. Seitdem zieht Adalbjörn allein herum. Er ist zweiundachtzig Jahre alt. Er sieht aus wie ein Kardinal, altersschwach und würdevoll, ungewöhnlich häßlich und ungewöhnlich gut zu Kindern. Er erfindet Maschinen, schlägt sich auf die Schenkel und sagt: Oh, Kinder, wie viele Maschinen ich noch erfinden werde! Er hat so wichtige Aufgaben zu erfüllen, daß er keine Zeit hat zu sterben. Wir unterhielten uns fünf Stunden lang über Maschinen. Er erklärte mir sieben Maschinen, die er in den letzten Jahren erfunden hatte, und sagte, sie seien schon so verbreitet, daß ich sie auf jedem Hof im Ostbezirk und auf jedem zweiten Hof im Westbezirk finden würde. Dann fragte er mich, ob ich noch nie eine Maschine erfunden hätte? Da das nicht der Fall war, vertraute er mir ein Geheimnis an. Er ist nämlich dabei, eine neue Maschine zu erfinden, die alle früheren übertrifft, eine Daunenreinigungsmaschine, die eine Revolution auf dem Gebiet der Daunenreinigung herbeiführen und fünfundsiebzig Prozent Arbeitskraft einsparen würde. Er war zu Fuß über Berg und Tal gezogen und wollte nach Westen, um mit dem Kreisrichter in Vik über diese großartige Neuerung zu sprechen. Er wollte sich seine Erfindung patentieren lassen und dann seiner Gemeinde das Patent vererben, damit man dort mit der Zeit eine Volksschule bauen konnte. Er machte sich früh am Morgen auf den Weg, und er hatte große Angst vor dem Husten, den er unterwegs bekommen würde, denn der Wind blies ihm genau ins Gesicht. Der Weg wand sich wie eine Rauchfahne den steilen Hang hinauf. Er wollte noch heute in den Westbezirk hinübergelangen. Er ging vornübergebeugt und ein wenig unsicher, stützte sich auf einen Wanderstab. Der Wind spielte mit seinen silberweißen Locken. Ein scheckiger Hund lief ihm nach; im übrigen war er allein.

Das gute Fräulein und das herrschaftliche Haus

1. Ein Spätsommertag

Der Sommer ist kurz vor dem Herbst am schönsten. Deshalb beginnen gute Geschichten, während noch Sommer ist und die Vögel singen und die Sonne ihre Strahlen über Land und Meer ergießt. Zu dieser Zeit beginnt auch die Geschichte von dem guten Fräulein Rannveig, der Tochter des Propstes, die sich nun endlich dazu entschlossen hatte, ins Ausland zu reisen, und an diesem Spätsommertag durch ihr Dorf ging, um Abschied zu nehmen, während die Schären sich wie stolze Burgen in Luftspiegelungen über die glatte Fläche des Meeres erhoben. Frau Thurid, die ältere Tochter, hatte man auch ins Ausland reisen lassen, aber sie war ungeduldiger als die jüngere Schwester und voller Sehnsucht nach der Ferne, sie reiste ins Ausland, sobald sie die Frauenschule absolviert hatte, im Alter von sechsundzwanzig Jahren, und blieb zwei Jahre lang fort. Fräulein Rannveig hingegen hatte nicht gleich, nachdem sie die Frauenschule abgeschlossen hatte, ins Ausland reisen wollen, sie hatte sich eigentlich nie wirklich nach der Ferne gesehnt, sie liebte ihr Dorf und seine Menschen. Und sie war so überaus geschickt im Verfertigen von Handarbeiten, daß sie sich nur widerstrebend von ihren Stickereien trennte, wobei sie sich hauptsächlich mit dem Gedanken tröstete, daß sie diese Reise unternahm, um sich im Nähen zu vervollkommnen und das Kunstweben zu erlernen. So war die Auslandsreise vier Jahre lang immer wieder hinausgeschoben worden, und Fräulein Rannveig war jetzt eine Frau von dreißig Jahren. Doch der Propst und seine Frau hatten stets mit Nachdruck darauf beharrt, daß sie ins Ausland reisen sollte, denn etwas anderes schickte sich nicht für ihren Stand, »bei den Anforderungen, die heutzutage gestellt werden«. Sie sollte zwei Jahre lang wegbleiben und bei der Familie Kristensen wohnen, wie die ältere Schwester; der selige Kristensen und der Propst hatten sich auf der Universität kennengelernt und dann Freundschaft gehalten, solange beide lebten.

Es ließ sich nicht leugnen, daß der Propst und seine Frau beim erstenmal, als sie ihre ältere Tochter auf die Reise schickten, gewisse Bedenken gehabt hatten, Frau Thurid war nämlich ein ziemlich lebhafter Backfisch, und der Propst hatte unter vier Augen der Pröpstin gegenüber geäußert, daß Mädchen ihres Naturells immer ein bißchen in Gefahr seien auf dem glatten Eis des Lebens, doch seine Frau hatte darauf entgegnet, sie hoffe, daß eben ihr Temperament sie schütze. Dies erwies sich als richtig. Außerdem hatte der Propst sie darauf hingewiesen, welche Gefahr sich in Thurids Schönheit verbarg, doch die Pröpstin sagte, bei einem wohlerzogenen Mädchen stehe der Stolz im rechten Verhältnis zur Schönheit. Auch dies erwies sich als richtig. Sie kam nach zwei Jahren zurück, temperamentvoller als früher und schöner als zuvor. Zu einer solchen Frau paßten selbstverständlich nur Männer aus besseren Kreisen. Und wie es dann weiterging? Es ging so weiter, wie es weitergehen sollte. Pastor Jon, der nicht nur das Propstamt versah, sondern auch die Fischreederei hier in Eyvik betrieb und seinen Schäfchen das Christentum mit derselben Tüchtigkeit einzutrichtern versuchte, mit der er die Dorsche ausnehmen ließ, und zwar so gekonnt, daß sogar der Bischof sagte, er sei der einzige Mann im Landesviertel, der das Wort Christi widerlegt habe, keiner könne zwei Herren dienen, er suchte seinen Altersgenossen, den Faktor bei Trifolii in Adalvik, auf und machte den Vorschlag, die Handelsfirma solle eine Filiale in Eyvik gründen, und der Faktor schickte seinen Sohn, einen gutaussehenden jungen Mann, nach Eyvik, um hier Gebäude für das Geschäft der Firma Trifolii zu errichten, und er sollte dann die Faktorstelle übernehmen. Der Sohn des Faktors wohnte beim Propst, während diese Vorbereitungen getroffen wurden, und verlobte sich sofort mit Thurid, der Tochter des Propstes, und ließ unverzüglich das Faktorshaus bauen, das jetzt schon seit mehreren Jahren die anderen Häuser in der Vik überragte und das im täglichen Umgang nur »das herrschaftliche Haus« genannt wurde, und im Frühjahr danach heirateten sie und nahmen in dem Haus Wohnung, und jetzt hatten sie vier vielversprechende Kinder, und der Handel blühte im Schutze der Fischreederei und die Fischreederei im Schutze des Handels, und sie waren ausgesprochen wohlhabende Leute, weshalb sie im täglichen Umgang auch stets nur »die Herrschaft« genannt wurden. So grundlos waren die Befürchtungen des Propstes und seiner Frau wegen der Zukunft Thurids gewesen. Kein Mädchen konnte auf direkterem Weg im sicheren Hafen landen.

Das alte Ehepaar machte sich dagegen nie Sorgen, was aus Fräulein Rannveig werden sollte. In ihrem Wesen gab es nichts, was ihnen Anlaß hätte geben können, sich nochmals zu bedenken, ehe sie sie ins Ausland reisen ließen. Man konnte sich gar kein Mädchen von ausgeglichenerem Wesen vorstellen als Fräulein Rannveig. Das etwas laute Temperament der älteren Schwester suchte man bei ihr vergebens. Und sie besaß auch nicht diese verführerische Schönheit, die eine Zeitlang die ältere Schwester ausgezeichnet und sowohl jungen Männern aus besseren Kreisen als auch solchen einfacher Herkunft Gesprächsstoff geliefert hatte. War Fräulein Rannveig etwa körperlich oder seelisch zurückgeblieben? Durchaus nicht. Während Frau Thurid nur durchschnittlich groß gewesen war und schlank in ihrer Jugend, war Fräulein Rannveig hochgewachsen und blühend, zwar nicht gerade beleibt, doch ihre Körperformen waren voll und üppig, und ihre Bewegungen, obgleich ein wenig langsam, waren dennoch nie schwerfällig, sondern hatten eher etwas Gesetztes an sich. Ihr Haar war blond, das der Schwester dagegen kastanienbraun, und sie errötete noch hübscher, und es gab nichts, das sich mit ihren Augen vergleichen konnte, die strahlend blau waren, es sei denn der Sommerhimmel selbst mit seinem Flimmern über Bucht und Inseln. Es mag durchaus sein, daß sie nicht besonders intellektuell veranlagt war, aber sie war gut durchschnittlich begabt, und das Lernen war ihr leichtgefallen, und was das Handarbeiten betraf, war sie so geschickt, daß man kaum ihresgleichen fand, und sie beherrschte jegliche Art von Stickerei, die damals in Island bekannt war, nicht nur Plattstich, Stielstich, Blumenstickerei, Kreuzstich, Klosterstickerei, Hinterstich und Plüschstickerei, sondern auch die englische und die französische Stickerei, die Gobelinstickerei, die Venezianer Stickerei, die Hardangerstickerei und sogar die Hedebo-Stickerei; sie häkelte ganze Schultertücher und Bettüberwürfe, strickte Rautenmuster, Knöpfchenmuster,

Kronenmuster, Kreuzlochmuster und Fischgrätmuster, stickte mit Gold- und Silberfäden, klöppelte ganze Wäscheeinsätze und fertigte die schönsten Litzen an. Doch ihre Herzensgüte war noch schöner als alle Stickereien auf der Welt. Sie hatte Mitleid mit allem, was leiden mußte, und behandelte Hoch und Niedrig, Mensch und Tier mit der gleichen Freundlichkeit. Und wenn irgendeine arme Frau sich dazu hinreißen ließ, eine Plüscharbeit zu bewundern, die sie eben fertiggestellt hatte, dann zog sie diese Arbeit sofort über ein Kissen und schenkte es der armen Frau, und aus diesem Grund besaßen alle armen Frauen im Dorf ein besticktes Kissen von Fräulein Rannveig. Sie brachte die Wonne des Sommerhimmels in die armseligsten Hütten und überall dorthin, wo ein Mensch in Bedrängnis war; deshalb wurde sie im Haus des Propstes Sonnenschein genannt, und wenn sie ins Dorf hinausging, sprangen alle Hunde um sie herum.

So war ihre Jugend in edler Gesinnung und Schönheit vergangen, bis sie jetzt im Alter von dreißig Jahren reisefertig war. Manch einer hatte sich darüber gewundert, wie es kam, daß kein würdiger Freier erschien, um eine so gute Partie zu machen, und es hieß, früher sei bei den Beratungen der Herrschaft häufig vorgeschlagen worden, man solle sie doch hin und wieder für einige Zeit in die Hauptstadt schicken, damit sie sich umsehen könne, doch dieser Plan traf stets auf den Widerstand des Fräuleins selbst, so sehr liebte sie ihr Dorf Vik und jedes Menschenkind in Vik, und so sehr war sie mit der Landschaft verwachsen, ganz besonders mit den Schären, die sich in den Luftspiegelungen des Sommers wie Burgen hoch über die spiegelnde Weite des Meeres erhoben. Also wurde auf Drängen der beiden verheirateten Damen bei der Herrschaft die Neuerung eingeführt, daß der Faktor vielversprechende junge Männer, die sich auf das Staatsexamen vorbereiteten, zu einem Sommeraufenthalt einladen sollte, einen oder zwei in jedem Jahr. Diese Methode wurde zwei Sommer lang ausprobiert. Die jungen Männer wurden im Haus gut bewirtet, sowohl mit Essen wie mit Trinken, und man veranstaltete lustige Ausflüge zu Pferd und mit dem Boot, außerdem fröhliche Abendgesellschaften mit Gesang und Tanz bis in die Nacht hinein, wenn der Sommer zur Neige ging und die

Nächte wieder dunkel wurden, doch es stellte sich kein greifbarer Erfolg ein. Fräulein Rannveig war auf ihre Art freundlich und nett zu den gutaussehenden jungen Männern mit großer Zukunft, aber die Zeichen ihrer Zuneigung unterschieden sich in keiner Weise von den Freundlichkeiten, die sie selbst den erbärmlichsten Menschen im Dorf, und deren Hunden und Katzen, zuteil werden ließ. Diese Männer, die es zu etwas bringen würden, spürten bei ihr nie jene verstohlene Art von Koketterie, die zur Jagd anstachelt. Sie schenkte nie mit einem Blick, was sie mit einem anderen wieder nahm, ihr Lächeln und ihr Händedruck waren stets nur Zeugnis ihres uneigennützigen, edlen Charakters, und obgleich sie sich eines Nachts im Boot an die Brust des stud. med. & chir. Jon Gudmundsson gelehnt hatte und dort im salzigen Windhauch der Nacht eingeschlafen war, zeigte sich ihr Herz am Morgen nicht davon berührt, und der junge Arzt hatte sich im folgenden Frühjahr in der Hauptstadt verheiratet, nachdem er das Staatsexamen abgelegt hatte. Dasselbe galt auch für den stud. theol. Einar Stefansson. Dieser begabte Student war im letzten Jahr hier zu Gast gewesen, und im Familienrat hatte man einmütig festgestellt, daß er von dem Fräulein angetan war, und die beiden gingen abends und morgens am Strand spazieren. Leider war die Liebe des jungen Theologen von so geistiger Natur, daß er, wenn sie sich beide auf denselben Stein setzten, nicht wagte, so dicht neben ihr zu sitzen, daß er sie berührte. Und die Briefe, die er ihr im Winter aus der Hauptstadt schrieb, waren so hochtrabend und enthielten so viele Zitate aus der Doktorarbeit des Bischofs über den Apostel Paulus, daß die Familie zu der Überzeugung gelangte, daß auch dies zu nichts führen würde. Deswegen kam man wieder davon ab, diese Männer mit Zukunft einzuladen, und konzentrierte sich ganz darauf, Fräulein Rannveig auf das sorgfältigste für ihre Auslandsreise auszustatten.

Ja, die Frauen im herrschaftlichen Haus und im Haus des Propstes wußten wahrlich, was sie in diesem Sommer zu tun hatten, da wurde mit Nadeln, Scheren, Nähmaschinen und Bügeleisen hantiert bis zum letzten Tag, alles in Übereinstimmung mit ausländischen Modejournalen und Schnittmustern, die man aus der Hauptstadt hatte kommen lassen, denn selbstverständlich wurde gleich beschlossen, daß Fräulein Rannveig auf dem Schiff die isländische Tracht ablegen und sich dänisch kleiden würde, wie es Frau Thurid getan hatte, als sie ins Ausland fuhr. (Sie hatte sogar daheim in Eyvik weiterhin dänische Kleider getragen, bis sie aus ihrem ersten Wochenbett aufstand, da war es natürlich aus mit der Romantik.) Und wie beim erstenmal, so wurde auch jetzt eine gelernte Schneiderin aus Adalvik hergeholt, denn selbstverständlich konnte Rannveig diese zeitaufwendigen Näharbeiten an den Kleidern mit ihren Puffärmeln, Garnierungen, Rüschen und Fransen nicht alleine bewältigen, nicht zuletzt deshalb, weil sie mehr als genug damit zu tun hatte, ihre Unterwäsche zu stricken, zu häkeln, zu klöppeln und zu sticken, ganz abgesehen von Bettlaken und Kissenhüllen. Das Garn für ihre Unterhemden wurde von einer weithin berühmten Spinnerin aus einem anderen Bezirk bezogen, die alte Dame lehnte es kategorisch ab, daß ihre Töchter etwas anderes als isländische Wolle auf der bloßen Haut trugen, egal, ob sie im Ausland oder im Inland waren, wegen der Schwindsuchtgefahr. Hingegen sagte Frau Thurid, es komme der Mode wegen nicht in Frage, in Kopenhagen Strümpfe aus isländischer Wolle, so fein diese auch gesponnen sein mochte, zu tragen, so daß man beschloß, Fräulein Rannveig solle sich alle benötigten Strümpfe dort nach ihrer Ankunft kaufen, ebenso die Hüte und Schuhe, die der Mode nach zu den dänischen Kleidern erforderlich waren.

Nein, keiner sollte glauben, das Reisegepäck der Tochter des Propstes sei unnützer Tand, es war gediegene und saubere Ware, auch wenn vielleicht nicht alles nach pariserischem Geschmack war. Da sollte im Ausland keiner sagen können, der Propst in Eyvik und seine Frau statteten ihre Tochter ärmlich aus, sondern man sollte an allem erkennen können, daß es sich hier um gutsituierte Leute handelte, die schon seit langem Ansehen und Wohlstand in ihrem Landesviertel genossen. Außer den zwölf Kleidern, von denen einige aus Seide, Samt, Satin und Crêpe de Chine gefertigt waren, verstaute man in den Reisekoffern zehn weiße wollene Leibchen aus dem weithin berühmten Garn der tüchtigen Spinnerin, nebst der gleichen Zahl roter Beinkleider, zehn spitzenbesetzte Unterhemden aus dünnem Leinen und ebenso viele Unterhosen aus teurem Stoff mit Rüschen unter dem Knie, sechs Taillen, von den Trägern bis zum Saum hinunter bestickt, sechs kunstvoll gestrickte wollene Unterkleider, acht Unterröcke in verschiedenen Farben, einige aus raschelnder Seide, andere mit gehäkelten Einsätzen und bestickt, sieben bestickte Nachthemden, zwei Federbetten, zwölf Laken und ebenso viele Kissenbezüge, alles mit gehäkelten Borten, und zwanzig Handtücher. Weiterhin nahm das Fräulein eine gold- und silberbestickte Festtagstracht und eine Menge schön bestickter Tischdecken mit, doch Kissen, um sich vorne oder hinten auszupolstern, brauchte sie nicht, weil sie so reife Formen hatte. Schließlich nahm sie sämtliche Gedichte unserer Nationaldichter in Prachteinbänden sowie die Isländersagas einschließlich der Sturlungensaga mit, die meisten ihrer Schulbücher aus der Frauenschule, um die Möglichkeit zu haben, ihre Kenntnisse wieder aufzufrischen, einige in Leder gebundene Bände mit Romanen und Dramen der großen skandinavischen Dichter, das Kirchengesangbuch, die Passionslieder mit Noten, die Vidalinspostille, die ihr der Vater geschenkt hatte, als sie ihren ersten Zahn bekam, und die große Ausgabe der Bibel. Darüber hinaus nahm sie sechs vergrößerte Familienfotografien in großen Rahmen und ein Bild von sich selber im Alter von fünfundzwanzig Jahren mit, ein großes Bild von Jon Sigurdsson und ein genauso großes von Hallgrimur Petursson, Benedikt Gröndals Bild zum Nationaljubiläum mit der Tabakpflanze, auf deren Blätter die Namen aller unserer Landnehmer geschrieben sind, und schließlich ein Bild des Erlösers am Kreuz.

Jetzt ging sie reisefertig von Haus zu Haus, von Hütte zu Hütte, und küßte die Leute. Fast überall ließ sie zur Erinnerung an sich ein Geschenk zurück, denn sie konnte nicht mit leeren Händen kommen: einer Frau schenkte sie ein Umschlagtuch, einer anderen Kinderfäustlinge oder Socken, den Kindern Feigen, den Alten Schnupftabak, den Hunden Fischhäute, und alle liebten sie und umarmten sie und baten Gott, sie auf ihrem weiten Weg zu behüten und ihr in der Fremde beizustehen; die Abschiedstränen fielen heiß und rein aus manch einem armen Auge. Allen, die es schwerhatten, war sie eine liebe Verwandte; überall bekam sie Kaffee angeboten, und nirgends brachte sie es über sich, ihn abzulehnen, so daß sie an diesem einen Tag mehr als dreißig Tassen trank und allen Kuchen aß, der ihr vorgesetzt wurde, ohne Rücksicht darauf, ob er hart oder zäh war oder ob er nach Schimmel roch oder nach Fisch schmeckte.

Denk daran, daß du versprochen hast, jeden Tag zu schreiben, sagte Frau Thurid, die in der Abendsonne draußen im Garten vor dem Haus stand. Wenn du es nicht tust, dann müssen wir hier zu Hause versuchen, uns selbst einen Reim darauf zu machen. Ich kenne das Ausland, meine Liebe, und weiß, was es zu bedeuten hat, wenn Leute nicht schreiben.

Fräulein Rannveig wiederholte ihr Versprechen, regelmäßig zu schreiben.

Und dann lasse ich, wie auch mein Mann, die Familie Kristensen vielmals grüßen. Ich weiß, ich würde den verstorbenen Kristensen vermissen, der sein Haus so gut zu führen verstand. Natürlich kenne ich die junge Frau Kristensen nicht, doch der junge Kristensen war immer ein feiner Mensch, wie ich dir gesagt habe. Du schreibst mir natürlich alles über das junge Paar und sein Haus und sagst, daß es uns hier sehr gutgeht, was ja auch stimmt. Und dann schickst du mir bei Gelegenheit ein Bild von seiner Frau, aber ganz unauffällig. Und dann lasse ich natürlich die alte Frau Kristensen, seine Mutter, herzlich grüßen.

Ja, er war schön, dieser Hochsommertag, mit seinem Meer und seinem Land, so grün und blau unter der Sonne. Da schien der Herbst so weit weg zu sein, mit seinem grauen Himmel. So schön war ihr Dorf, als sie sich anschickte, es zu verlassen, das gute Fräulein, das selbst der Inbegriff des Schönsten an einem Sommertag war. Doch als sie am Abend das Gartentor bei sich daheim öffnet, ruft jemand ihren Namen, es ist ein Mann, der leichtfüßig aus der Richtung des Ladens herüberkommt; sie erkannte ihn selbstverständlich sofort, es war der alte Hans, der Ladengehilfe. Sie blieb stehen und sah zu, wie er näherkam, schmächtig und mit krummem Rücken, grauhaarig unter seiner Schirmmütze, das hiesige Geschäft hatte ihn als Zugabe vom Hauptgeschäft der Firma Trifolii in Adalvik bekommen, er war im Grunde genommen ein Stück lebendes Inventar, und abends, wenn im Herbst die Nächte wieder dunkel wurden, schlich er durch das Dorf und spähte bei den Leuten durch die Fenster, deshalb sah man in ihm eine Art Ratte, und es hieß, daß er Läuse hätte. Nun bekam Fräulein Rannveig Gewissensbisse, weil sie sich nicht von ihm verabschiedet hatte, wie von allen anderen. Ein solcher Mensch mußte sehr einsam sein, auch wenn der Faktor schon von ihm gesagt hatte, daß er über wenigem getreu sei.

Ach, liebster Hans, rief ihm das Fräulein entgegen. Jetzt hätte ich beinahe vergessen, dir wie den anderen Lebewohl zu sagen. Wie schrecklich gedankenlos ich sein kann!

Er nahm höflich die Mütze ab. Was auch immer man über ihn sagen mochte, er hatte die Manieren eines Ladengehilfen, und keinem wäre es eingefallen, ihn für einen Seemann oder einen Bauern zu halten, es hieß sogar, sein Großvater sei Pfarrer gewesen. Doch er war in jungen Jahren dem Trunk verfallen und verwahrlost, obwohl er jetzt schon lange nicht mehr trank, ja, jetzt war er eigentlich ein sehr ordentlicher Mensch, er tat keiner Fliege etwas zuleide, und sie hatte um so größeres Mitleid mit dem einsamen Menschen, je näher er kam. Seine Stiefel waren völlig ausgetreten, und in seinem schwarzen Kammgarnanzug konnte man sich hinten und vorne spiegeln. Er hatte die Gesichtsfarbe eines Menschen, der viel Schwarzbrot und Schiffszwieback ißt und wenig Butter dazu. Seine Haut war schlaff und warf tiefe Falten an den Wangen. Doch als er sie begrüßte, sah sie, daß er wohlgeformte Hände hatte, obwohl sie schmutzig waren von den verschiedenen Waren und blau, weil er nie Handschuhe trug. Er sagte, es mache nichts aus, daß sie sich nicht von ihm verabschiedet hatte, im übrigen tat er sich schwer, ihr zu sagen, was er von ihr wollte, denn er stotterte. Es stellte sich heraus, daß er sie bitten wollte, eine besondere Art von Samen für ihn zu kaufen, wenn sie im Ausland zufällig eine gute Apotheke sähe, sogenannten Sabadillsamen, schließlich schrieb er den Namen sogar auf ein Blatt Papier, vielleicht könnte sie ihm den im Frühjahr mit der Post schicken, nein, es hatte keine besondere Eile damit, er litt glücklicherweise an keiner gefährlichen Krankheit. Er zog seine Börse heraus und wollte ihr Geld geben.

Nein danke, lieber Hans, sagte sie. Das bringen wir in Ordnung, wenn ich wiederkomme. Aber er wollte sich keinesfalls etwas schenken oder leihen lassen, sagte er, er war kein solcher Mensch, und sie stritten sich deswegen eine ganze Weile, bis sie ihm mit ihrem glücklichen Lächeln Lebewohl sagte.

So endete der wundervolle Sommertag in Eyvik.

2. In besagtem Land

Es folgten sonnenlose Herbsttage mit schlechtem Wetter.

Und die letzten Schiffe im Herbst brachten die ersten Briefe von Fräulein Rannveig aus besagtem Land am Öresund, diesem Land, das bis in jene Zeit im Bewußtsein aller besseren Leute der Inbegriff der Welt war. Wie versprochen, schrieb sie lange, ausführliche Briefe und schilderte mit Genauigkeit alles, was sie im Ausland erlebte. Unterwegs war sie sehr seekrank geworden, doch alle waren freundlich zu ihr. Der dänische Steward hatte am ersten Tag zu ihr gesagt, alles, was das Schiff zu bieten habe, stehe zu ihrer Verfügung, und hatte ihr Äpfel, Orangen und Mineralwasser gebracht, nachdem sie den Braten erbrochen hatte, und zwei Kaufleute aus Reykjavik hatten ihr Gesellschaft geleistet und versucht, sie das Wetter und die See vergessen zu lassen. Sie hatten ihr auch ein wenig Rotwein zu trinken gegeben. Eines Abends hatten betrunkene Studenten versucht, mit lautem Getöse bei ihr einzudringen, doch die Kaufleute warfen sie hinaus, darüber war sie sehr froh. Diese freundlichen Kaufleute hatten auch davon gesprochen, daß sie sie in Kopenhagen ins Theater einladen wollten, das habe sie dann aber doch nicht annehmen wollen, denn sie hatte Mitleid mit den daheimgebliebenen Frauen der beiden. Als sie in Kopenhagen ankamen, war sie dem Rat der Schwester gefolgt, hatte einen Wagen genommen und war zu Kristensens gefahren. Die alte Frau Kristensen empfing sie mit Herzlichkeit und Liebe, es war, als ob sie zu einer guten Mutter gekommen wäre; zwar machte es ihr anfangs ein wenig Schwierigkeiten, das Dänische zu verstehen, doch nun hatte sie sich daran gewöhnt. Ihr Zimmer war ein Eckzimmer mit Aussicht über die Seen. Sie hatte ein ausgezeichnetes Bett, zwar mit einer Sprungfedermatratze und nicht so weich wie ihr Bett daheim, die ersten Nächte hatte sie es sogar ziemlich hart gefunden, doch im Ausland war es üblich, auf einer

Sprungfedermatratze zu schlafen, es solle auch viel gesünder sein, auf einer Sprungfedermatratze zu schlafen, nach dem, was die Ärzte im Ausland sagten, und vielen älteren Leuten, die an Rheumatismus leiden, wird geraten, auf einer Sprungfedermatratze zu schlafen. Sie richtete die Frage an ihre Eltern, den Propst und seine Frau, ob es nicht angebracht wäre, daß sie sich eine ausländische Sprungfedermatratze anschafften, eben wegen des Rheumatismus, an dem beide litten. Sie beschrieb ihr Zimmer bei Kristensens und legte überdies eine kleine Planskizze auf einem gesonderten Blatt bei: außer dem Bett hatte sie eine ausgezeichnete Chaiselongue und zwei Sessel, einen Tisch, einen Schreibtisch und einen Waschtisch mit allem Zubehör, nicht zu vergessen den Kleiderschrank, über den sie sehr froh war, denn ihre Kleider waren alle mehr oder weniger zerknittert. Gleich am ersten Tag hatte sie ihre Bilder an die Wände gehängt, die Kissen auf die Chaiselongue gelegt und ihre Decken über die Tische gebreitet; später wollte sie sich noch ein Bücherregal kaufen. Sie sagte, sie wünschte, ihre Mutter und ihre Schwester wären da, um zu sehen, wie gemütlich es in ihrem Zimmer war.

Nun wollte sie von ihrem ersten Tag in der Stadt berichten und alles erzählen, was sie über das Haus der Kristensens wußte, wie sie es ihrer Schwester versprochen hatte. Dann kamen viele Seiten mit einer Beschreibung der Wohnung und der Möbel der Familie Kristensen, denn Fräulein Rannveig hatte ein gutes Auge für alles, was geformt und gegenständlich ist. Ein geschmackvoll eingerichtetes Wohnzimmer war für sie eine Kunstausstellung, sie sprach von Tafelsilber mit derselben Ehrfurcht, mit der andere von Kircheninventar sprechen, von Küchengeräten wie von einer Handelsflotte, die Art und Weise, das Essen aufzutragen, erweckte in ihr die edelste Begabung eines Geschichtsschreibers. Sie schrieb auf ganz gewöhnliche, linierte Briefbögen und ließ nirgends einen Rand frei, meist waren noch zwei oder drei Zeilen oberhalb und unterhalb der Linien am Kopf und am Fuß des Bogens hinzugefügt, die Schrift war einfach und klar, dabei fast ein wenig grob, und nach zwölf Bogen war sie schließlich bei der Familie selbst angelangt. Und da wäre zunächst zu berichten, daß die junge Frau Kristensen nicht zu Hause ist, sie ist mit den beiden jüngsten Kindern bei ihren Eltern in Schleswig – ich habe nur ihr Bild gesehen. Sie ist eine hübsche Frau. Doch die alte Frau Kristensen sagt, sie sei verträumt und neige deshalb zur Schwermut. Aber sie soll überaus musikalisch sein und hat Pianoforte spielen gelernt. Ihr Vater ist Arzt, die Familie soll sehr wohlhabend sein. Die alte Frau ist irgendwie nicht zufrieden mit ihr, sie findet, sie sei nicht häuslich. Sie reist im Sommer immer zu ihren Eltern aufs Land und kommt erst wieder Ende September. Frau Kristensen sagt, sie sei nicht die richtige Frau für Viggo. Die beiden älteren Kinder sind schon vom Land zurückgekommen, sie müssen bald wieder zur Schule, es ist ein Junge und ein Mädchen, Adolf und Aliette, und der kleine Junge verbeugt sich so hübsch, Aliette kommt oft zu mir in mein Zimmer, um sich meine Kleider anzusehen. Sie sind natürlich ein bißchen frech zu den Dienstboten, obwohl sie sich Gästen gegenüber sehr gut benehmen. Die alte Frau Kristensen ist so mütterlich, sie ist schon über siebzig. Jetzt weiß ich, daß Ihr etwas über den Hausherrn hören wollt. Über ihn kann ich natürlich nichts sagen, denn ich kenne ihn so gut wie überhaupt nicht. Er ist den ganzen Tag in seinem Büro. Ich hatte ihn mir aber ganz anders vorgestellt. Er kam am ersten Abend nach Hause, und ich weiß nicht, was ich sagen soll, er wirkt ein bißchen melancholisch und wird schon grau an den Schläfen. Ich glaube, er ist kein sehr fröhlicher Mensch, aber ich weiß natürlich nichts über ihre Ehe. Er wollte, daß wir in diesen berühmten Park, das Tivoli, gehen sollten. Wir fuhren hin, seine Mutter, ich und er. Es war natürlich außerordentlich interessant. Er lud mich zu allem ein, wozu ich Lust hatte, wir sahen Akrobaten und Seiltänzer. Sie kletterten dort hoch oben in der Luft auf Drahtseilen herum, doch wenn ich ganz ehrlich sein soll, dann fand ich das nicht besonders lustig. Es ist natürlich eine ungeheuer große Kunst, aber ich verstehe nicht, warum die Leute das betreiben, ich finde es irgendwie so weit entfernt vom Leben. Dann hörten wir ein schönes Konzert, bei dem auf vielen Instrumenten gleichzeitig gespielt wurde, doch ich verstehe so wenig von dieser vielfachen Musik, ich bin so wenig daran gewöhnt, aber Kristensen versteht sie. Er ist wirklich ein sehr gebildeter Mann, da bin ich sicher. Dann kamen wir zu einem sehr gut besuchten Gasthaus im Park, und er wollte, daß wir Wein trinken sollten, doch da war seine Mutter schon so müde, sie ist schon recht hinfällig, und außerdem war es ziemlich windig, sie wollte nur Kaffee, sie tat mir aufrichtig leid. Ich trank ein Glas Portwein, und er trank einen Schnaps mit Soda. Dann wollte die alte Frau verständlicherweise nach Hause gehen. Und die arme alte Frau hatte sich an diesem Abend erkältet und legte sich sofort ins Bett, doch Kristensen unterhielt sich eine ganze Weile mit mir im Wohnzimmer, er sprach hauptsächlich von Dir, Schwester Thurid, er vertraute mir sogar an, daß er eine Zeitlang in Dich verliebt gewesen sei. Ich fand es sehr schade, daß seine Frau nicht daheim war. Sie müssen finanziell sehr gut gestellt sein, er trägt einen Brillantring, er war im Sommer vierzehn Tage in Deutschland für das Geschäft. Aber ich glaube, er ist kein fröhlicher Mensch. Ich weiß natürlich nichts über seine Frau, und ich freue mich darauf, sie kennenzulernen. Er sagt, seine Frau verstehe ihn nicht; ich wünschte, ich könnte ihre Freundin werden und ihnen helfen, einander zu verstehen.

Später:

Meine Schule fängt erst am ersten Oktober an, und deshalb sagen sie, ich solle die Zeit nutzen und Schlösser besichtigen und in Parks gehen, ich war schon im Kunstmuseum, aber ich weiß nicht recht, was diese Kunstwerke bedeuten sollen, das ist natürlich alles wunderschön, doch ich kann nichts dafür, ich will lieber die Natur. Genauso geht es dem, der nicht an Bäume gewöhnt ist, mit den Parks, das ist alles so groß, ich mag keine größeren Pflanzen als solche, die man in die Hand nehmen kann. Ich würde viel lieber in dieser Zeit im Haushalt helfen, doch das will die alte Frau nicht, deshalb sitze ich oft in meinem Zimmer und versuche, gute Romane zu lesen, die Kristensen mir geliehen hat, aber mir scheint es, als ob alles so weit weg vom Leben sei und ich auf etwas warte, was nie kommen will. Abends sitzen wir manchmal im Wohnzimmer und unterhalten uns, und manchmal gehen wir aus, entweder ins Theater oder in ein Restaurant, das macht Viggo solchen Spaß. Er versteht nämlich sehr viel von Theateraufführungen und kennt die Namen aller Schauspieler. Seine Mutter geht natürlich auch immer mit, wenn sie nicht unwohl ist. Ich versuchte, auf dänisch eine Karte an die Frau zu schreiben, um ihr zu sagen, wie sehr ich mich darauf freue, sie kennenzulernen, und daß ich mir wünsche und hoffe, daß sie bald kommt. Ich wundere mich wirklich, daß er sie so lange fortbleiben läßt. Mir scheint, als ob er nicht ganz glücklich ist. Ich versuche immer wieder, mit ihm über seine Frau zu sprechen, damit er zufriedener wird. Ich wünschte, es wäre schon Oktober, dann hätte ich etwas, das mich beschäftigt, und könnte alles andere vergessen. Manchmal werde ich richtig trübsinnig vor lauter Nichtstun. Ich verstehe mich selbst nicht. Ich bin irgendwie so unruhig. Zwar habe ich mein Klöppelkissen mitgebracht, aber ich habe keine Lust zum Klöppeln, ich habe nicht die innere Ruhe, etwas zu tun, und bin unfähig, etwas zu lesen, obwohl dies gute Bücher sind. Ich bin eben so dumm (bin es schon immer gewesen). Tagsüber gehe ich oft aus und sehe mir Schaufenster an und betrachte die Leute, die mir begegnen. Jetzt sind diese großen Federhüte in Mode. Einige Male habe ich isländische Mädchen besucht, die ich kennengelernt habe, und jetzt will ich Euch alles über sie schreiben. Aber ich bin irgendwie so unruhig, ich kann nichts dagegen machen. Nachts überkommt einen eine Schwere, die sich auf die Seele legt, wenn man sich vorstellt, daß ich schon über dreißig bin, und wozu ist mein Leben eigentlich nütze? Es ist natürlich völlig falsch, so zu denken, statt dem lieben Gott dankbar zu sein, und ich weiß das genau. Ich kann nichts dafür, daß ich nachts manchmal wachliege und nachdenke und jeden noch so leisen Ton im Haus höre, und dann denke ich an Eyvik und die Menschen daheim, die ich so gern habe, aber seit ich hier bin, glaube ich mich selbst nicht mehr verstehen zu können. Und manchmal glaube ich Gott nicht mehr verstehen zu können, doch man ist natürlich schrecklich undankbar, wenn man nachts weint. Aber heute habe ich nun mit der Leiterin gesprochen, und ich weiß, daß all dies besser wird, wenn die Schule anfängt. Ich bin sicher, daß sie ein sehr netter Mensch ist. Neulich kam Viggo eines Nachts ein bißchen betrunken nach Hause, doch ich sollte mich schämen, über so etwas in ein anderes Land zu schreiben. Er tat mir so leid. Ich wünschte, seine Frau käme bald. Jetzt glaubt Ihr sicher, es habe irgendwelche Schwierigkeiten gegeben, aber dem war überhaupt nicht so, er war nicht unangenehm betrunken, wie das oft in Island vorkommt. Doch man konnte sehen, daß er etwas getrunken hatte. Mir tat das so leid wegen der alten Frau. Er war so aufgekratzt, wollte mitten in der Nacht tanzen gehen. Er ist nie unhöflich, das gibt es bei ihm nicht. Er ist ein feiner Mensch, wie Du selbst sagtest. Und immer verschlossen, außer wenn er etwas getrunken hat. Ich sagte zu ihm: Viggo, Sie sind so unglücklich. Ich wünschte, Gott gäbe, daß Ihre Frau bald nach Hause kommt.

So schrieb Fräulein Rannveig jeden Tag einen langen Brief, innerhalb kurzer Zeit war Stoff für ein ganzes Buch zusammengekommen. Doch dann kam die Post immer seltener, und mit dem allerletzten Schiff im Herbst, das war kurz vor Ende Oktober, erwarteten Mutter und Tochter mindestens vierzehn Briefe, doch was kam? Diesmal kam nur ein Brief von Fräulein Rannveig, er war an ihre Mutter, und er war überaus dünn, nur ein einziger Bogen, viel weniger eng beschrieben als die früheren und nichts oberhalb oder unterhalb der Linien am Kopf und am Fuß. Sie berichtete nur davon, daß sie jetzt in der Schule angefangen habe, und dann kam eine kurze Beschreibung der Schule und des Webunterrichts, wobei sie nicht vergaß zu betonen, daß die Lehrerinnen alle sehr nette Frauen seien, doch über das Haus Kristensen stand kaum ein Wort, und dabei hatten Mutter und Tochter mit größter Spannung gerade darauf gewartet, wie auf die neue Folge eines Fortsetzungsromans, was Rannveig über die junge Frau Kristensen zu sagen hätte. In diesem kurzen Brief stand nur, daß Frau Kristensen vor einer Woche nach Hause gekommen sei, sonst nichts, es war, als ob diese Frau weder Form noch Gestalt hätte, es wurde nicht einmal gesagt, daß sie nett sei, auch die Kinder und die alte Dame wurden nicht erwähnt, und schon gar nicht Herr Viggo Kristensen selber – ich versuche, an nichts anderes als an meine Weberei zu denken, und ich habe keine Zeit zum Schreiben, liebe Grüße. Es war, wie wenn eine Geschichte vor der Pointe aufhört.

Für so etwas fehlen mir ganz einfach die Worte, sagte die Frau des Faktors.

Ja, das ist etwas eigenartig, sagte die Frau des Propstes.

Und erwähnt die Frau überhaupt nicht! Nachdem das Mädchen immer wieder versprochen hatte, uns alles über die Frau zu schreiben! Es soll mir keiner weismachen, daß so etwas normal sei.

Na ja, ich glaube, daß es durchaus normal sein kann, sagte die alte Frau.

Nun, du mußt schon entschuldigen, daß ich mir meine eigenen Gedanken mache, sagte die junge Frau.

Die Frau des Propstes griff mit würdevoller Miene in ihre Rocktasche, um ihre silberne Schnupftabaksdose herauszuholen.

Nein, sagte sie, ich kenne euch ja schließlich, meine Mädchen – was das betrifft.

Was verstehst du von der Welt, Mama? Ich weiß, wovon ich rede. War ich vielleicht nicht zwei Jahre lang dort?

Sicher warst du das, sagte die Frau des Propstes ein wenig ungeduldig, aber wenn ich ganz ehrlich sein soll, dann hätte ich für dich nie die Hand ins Feuer legen wollen, auch wenn alles noch einmal gut ausgegangen ist.

Für mich die Hand ins Feuer legen?

Du weißt schon, was ich meine. Aber Rannveig ist ein Mensch, dem ich vertraue, für sie würde ich immer die Hand ins Feuer legen, denn sie hat die Sinnesart ihrer seligen Großmutter geerbt; und außerdem das Beste aus der väterlichen Familie.

Warum schreibt das Frauenzimmer dann nicht? Ich habe immer geschrieben.

Da nahm die alte Frau endlich eine Prise, kniff die Augen im Tabakgenuß zusammen und antwortete näselnd:

Ob du nun alles geschrieben hast oder nicht.

Was willst du damit sagen, Mama?

Du wolltest die leichtsinnigen dänischen Kleider erst ablegen, als du die kleine Gudlaug geboren hattest.

Das hätte ich nicht von dir erwartet, Mutter.

Tja, ich halte damit nicht hinter dem Berg, ich war mir deiner nie so ganz sicher, solange du die dänischen anhattest, aber mir ist es ganz egal, was für Röcke meine Rannveig trägt, leichte oder schwere, denn ich weiß, daß dort die Sinnesart den Sieg davonträgt.

Dann erlaube ich mir, daran zu erinnern, Mama, daß stille Wasser tief sind.

Erkläre mir lieber, warum ihr dort im Haus nicht schlau genug wart, ein ordentliches Mannsbild für das Mädchen auftreiben zu können, ihr hattet das ja schließlich übernommen – dann hätte sie wenigstens etwas zum Nachdenken gehabt, als sie von daheim wegfuhr. Das waren alles verfluchte Waschlappen, die ihr im letzten und vorletzten Jahr hierhergeschleppt habt, schau dir nur die Briefe an, die sie von diesem jämmerlichen Menschen bekam, der Pfarrer werden wollte, zu meiner Zeit hätte man den nicht für einen zukünftigen Pfarrer gehalten, einem Mädchen solche Briefe zu schreiben, das waren die reinsten Predigten, wie bildet sich ein so erbärmlicher Mensch ein, er könne Pfarrer werden, das würde mich interessieren. Kein Wunder, daß sie schon bald keine Lust mehr hatte, ihm zu antworten.

Wenn Veiga keinen zukünftigen Pfarrer will, was hat sie dann für Möglichkeiten? Bessere Mädchen können ihre zukünftigen Männer heutzutage nicht wie Treibholz auflesen und dann auswählen. Und du solltest dir darüber im klaren sein, daß die Wohlhabenden in Reykjavik an einer Braut aus der hintersten Provinz kein Interesse haben. Kaufleute und höhere Beamte in der Hauptstadt heiraten in ihren Kreisen. Was wäre aus mir geworden, wenn Trifolii nicht gewesen wäre? Das weiß keiner. Vielleicht hätte ich selbst für meinen Lebensunterhalt arbeiten müssen.

Und ob sie nun länger oder kürzer darüber stritten, beschlossen wurde jedenfalls, daß sie beide energische Aufforderungen an Rannveig schicken würden, sie solle genau schreiben, wie es ihr und den anderen gehe und nichts auslassen, was im Hause Kristensen geschehe. Sie rieten ihr, die Abendstunden zum Briefeschreiben zu nutzen und über jeden Tag einen genauen Bericht abzufassen.

So verging die Zeit, und erst Ende November kam wieder Post in den Ort, diesmal auf dem Landweg, denn die Schiffahrt war bis Ende März eingestellt, diese Post kam den ganzen weiten Weg aus der Hauptstadt. Doch aus Kopenhagen kam kein Brief, abgesehen von Geschäftsbriefen für Trifolii und einem Katalog vom Nordischen Warenimport für den Propst. Kein Wort, kein Buchstabe von Rannveig. Frau Thurid kam trotz des schrecklichen Sturmes zu ihrer Mutter herüber, um die Sache zu besprechen, und auch der Propst selbst war zugegen. Die Frau des Faktors erinnerte ihre Mutter an das, was sie im Herbst zu ihr gesagt hatte: daß sie sich ihre Gedanken mache. Sie sagte, jetzt deute alles darauf hin, daß diese Gedanken nicht unberechtigt gewesen seien. Sie berichtete nun erstmals davon, daß Kopenhagen eine schändliche Lasterhöhle sei, voll von unvorhersehbaren Versuchungen und Gefahren für ein ausländisches Mädchen, das ganz allein war. Sie sagte, daß sie abends oft von nett aussehenden Herren angesprochen worden sei, die sich anboten, sie im Wagen nach Hause zu bringen, und daß sie – aber nur dieses eine Mal – ein solches Angebot angenommen hatte, weil das Wetter so schlecht war, und er sei dann endlos lange mit ihr gefahren, zu einem alten und unheimlichen Haus weit draußen vor der Stadt, ihr Anstandsgefühl verbiete ihr, genauer zu schildern, was sich dort vor ihren Augen abgespielt habe, und es sei nur der Gnade Gottes zu danken gewesen, daß es ihr gelungen war, sich um drei Uhr in der Nacht durch eine Hintertür davonzumachen, und sie war gerannt, so schnell sie konnte, und erst gegen Morgen wieder bei sich daheim angekommen. Diese netten Herren, die Mädchen anboten, sie nach Hause zu begleiten, waren meist Verbrecher der allerschlimmsten Sorte, sie waren Agenten von Organisationen, die unschuldige Mädchen fingen, um sie als Sklavinnen an Freudenhäuser in Südamerika zu verkaufen, und die Frau des Faktors war der Ansicht, daß es dann viel besser wäre zu sterben.

Warum hast du uns das nie geschrieben? fragte die alte Frau.

Doch die Frau des Faktors sagte, ihr sei das hinterher wie ein böser Traum vorgekommen, und sie hatte ihren Eltern nicht unnötig angst machen wollen, indem sie davon erzählte.

Den alten Eltern verschlug diese fürchterliche Geschichte die Sprache, und nach langem, angstvollem Schweigen wurde beschlossen, im Dorf die Nachricht verbreiten zu lassen, daß Fräulein Rannveig in Kopenhagen ernsthaft erkrankt sei. In der Nacht saß der alte Propst auf und schrieb seiner Tochter einen langen Brief. Er sagte ihr, daß sie durch ihr Schweigen ihrer Mutter so großen Kummer gemacht habe, daß sie dies ohne weiteres ins Grab bringen könnte. Gott sei Dir gnädig,

Kind, daß Du Deine Mutter und mich in dieser Ungewißheit läßt, schrieb er.

Nun vergeht wieder ein ganzer Monat.

Und die Herrschaft in Eyvik kam nicht seltener als jeden zweiten Tag im Haus zusammen, um über das ungewisse Schicksal von Fräulein Rannveig zu sprechen. Und den Gesichtern der Leute sah man die Besorgnis an, und alle im Dorf konnten erkennen, wie schwer Rannveigs Krankheit auf ihren Herzen lastete.

Schließlich kam die Weihnachtspost.

Es kamen schön verzierte Postkarten mit gedrucktem Text an Verwandte und Freunde, Fröhliche Weihnachten und ein gesegnetes Neues Jahr auf dänisch, Unterschrift: wünscht Rannveig. Doch nur ein einziger Brief, nur wenige Zeilen an die Frau des Propstes. Nein, sie war nicht krank. Es ging ihr gut, sie hatte sehr viel zu tun in der Schule, war aber Anfang November aus dem Hause Kristensen weggezogen, hatte woanders ein besseres Zimmer gefunden, näher bei der Schule. Keine weitere Erklärung. Keine Schilderung der neuen Unterkunft. Kein Wort über irgendeinen Menschen. Nichts darüber, ob irgend etwas geschehen war, weder Gutes noch Schlechtes, mit einem Wort: überhaupt gar nichts. Also ließ man im Dorf die Nachricht verbreiten, Fräulein Rannveig sei Anfang November ins Krankenhaus eingeliefert worden, es ginge ihr aber schon wieder ein klein wenig besser. Und der alte Propst mußte schreiben, wenn sie nicht genauer berichte, wie es ihr gehe, sähe sich die Herrschaft gezwungen, sie zu bitten, nach Hause zu kommen, anderenfalls würde Trifolii in Kopenhagen Anweisung erhalten, die Geldbeträge, die ihr sonst von der Firma hier allmonatlich für ihren Lebensunterhalt überwiesen wurden, nicht mehr auszubezahlen. Mutter und Tochter schrieben ihr eindringliche Ermahnungen von derselben Art wie zuvor, nur daß sie nun zwischen den Zeilen unmißverständlich zu erkennen gaben, daß sie Angst hätten, sie könnte weißen Sklavenhändlern in die Hände gefallen sein, und diese Angst raube ihnen den Schlaf; sie hätten keine ruhige Minute mehr.

Das Ergebnis war, daß Fräulein Rannveig um so beharrlicher schwieg, je dringender sie aufgefordert wurde, Briefe zu schreiben. Mit der Januarpost kam kein Brief aus Kopenhagen, auch nicht mit der Februarpost, und daraufhin wurde im Dorf verbreitet, die Tochter des Propstes hätte in Kopenhagen einen Rückfall erlitten. In jeder Hütte wurde über ihre Krankheit diskutiert, alle spürten, wie heiß sie sie liebten und wie schmerzlich es wäre, sie so jung zu verlieren, der liebe Gott möge ihr die Gesundheit wieder schenken. Schließlich faßten die Leute den Entschluß, daß der Faktor mit der ersten Schiffsverbindung im Spätwinter ins Ausland fahren sollte, um selbst persönlich zu untersuchen, wie es um Fräulein Rannveig bestellt sei. Er hatte beabsichtigt, später im Frühjahr, im Mai oder Juni, eine Geschäftsreise dorthin zu machen, doch Mutter und Tochter brachten es zuwege, daß er diese Fahrt drei Monate eher als geplant unternehmen sollte, zu einer Jahreszeit, in der die Winde auf dem Meer am wildesten sind – vierzehn Tage nach der Abfahrt des Küstendampfers käme er nach Reykjavik; drei Wochen danach wäre er dann in Kopenhagen.

Dann kam der Küstendampfer.

Es war ein Unwettertag, wie man ihn sich nicht schlimmer vorstellen kann gegen Ende des Winters, schon wieder lange hell und eisiger Schneesturm. Nein, der Faktor hatte ganz gewiß keinen Grund, sich darüber zu freuen, daß er jetzt seine warmen Stuben im Haus verlassen und eine fünfwöchige Reise über das stürmische Meer antreten mußte, zuerst entlang der Wind und Wetter ausgesetzten Küste Islands, dann über den erbarmungslosen Atlantischen Ozean, an den Färöern und Schottland vorbei, bis man nach Dänemark gelangte. Doch die Frauen waren noch erbarmungsloser, schließlich war dies nach dem alten isländischen Kalender ihr Monat, und er fügte sich in sein Schicksal. Seine Reisetruhen standen fertig gepackt in der Diele, als man am Morgen dieses unwirtlichen Tages das Küstenschiff durch das Schneegestöber tuten hörte.

Er genoß diese letzten Stunden in seinem Haus mit Tapferkeit, die sich mit Trauer mischte und mit Wagemut, der nicht ganz frei von Furcht war, wie es sich bei einem Helden, der zugleich auch ein guter Familienvater ist, nicht vermeiden läßt. Er saß im Sessel, rauchte wehmütig seine Zigarre und betrachtete liebevoll seine Kinder, die dort im Zimmer spielten; er versprach ihnen schöne Spielsachen, wenn er mit Gottes Hilfe irgendwann im Frühjahr zurückkommen werde. Und wie er so dasitzt und darauf wartet, daß es Zeit wird, an Bord zu gehen, und beobachtet, wie der spätwinterliche Schneesturm mit kalten Pranken gegen das Stubenfenster schlägt, hört er, wie die Haustür aufgeht, so daß der Wind fürchterlich durch alle Ritzen pfeift, und jemand atemlos Neuigkeiten berichtet, was im Haus keinen weniger heftigen Sturm zur Folge hat als den draußen; überall schlagen Türen, und man läuft treppauf und treppab, als ob Gespenster unterwegs seien, und schließlich wird auch die Tür zu dem Zimmer, in dem der Faktor sitzt, aufgerissen, und seine Gattin steht mit wirrem Blick auf der Schwelle und stößt die Worte aus:

Rannveig ist gekommen.

Ist Rannveig gekommen? sagt der Faktor und springt auf. Das ist aber ein Glück. Gott sei Dank.

Vielleicht hatte niemand Grund, für diese Nachricht mit bewegterem Herzen zu danken als der Faktor, denn kaum etwas birgt mehr Gefahren und unerwartete Zwischenfälle als weite Reisen über aufgewühlte Meere in der schlimmsten Zeit des Jahres, zumindest war seine Gattin nicht in gleicher Weise davon überzeugt, daß Anlaß dazu bestand, Gott zu preisen.

Gott sei Dank, sagst du. Das sieht dir ähnlich, tobte die Frau. Du denkst natürlich nur an dich selber, wie immer. Dich kümmert wohl das, was die Ehre des Hauses angeht, überhaupt nicht. Ich für mein Teil kann nur sagen, daß es für die Familie nicht mehr und nicht weniger als eine Schande ist –

Jaja, jaja, meine Liebe, ganz wie du willst, ganz wie du sagst, sagte der Faktor. Ja, es ist zweifellos ein wenig seltsam. Aber daß es eine Schande für die Familie sein soll –

Was denn sonst? fiel ihm die Frau ins Wort. Und was ist eine Schmach, wenn das keine ist? Wurde sie etwa nicht für zwei Jahre ausgestattet? Und wurde sie nicht bei vortrefflichen Leuten untergebracht? Was, glaubst du, wird man sagen?

Ganz wie du meinst, meine Liebe, sagte darauf der Faktor, denn in dieser Stunde war er glücklich, was auch immer geschehen mochte, und als die Frau in den Schneesturm hinausgelaufen war, um im Haus des Propstes ihre Schwester zu treffen, nutzte er die Gelegenheit, um unauffällig wieder seine

Kisten auszupacken und sie voll Dankbarkeit gegenüber der Vorsehung auf dem Dachboden zu verstauen, und ging dann hinüber zum Arzt, um dort die inneren Stürme abzuwarten, die im Laufe des Tages durch das Haus toben würden.

Er kam übrigens erst spät am Abend heim, da war die Frau noch nicht zurück, deshalb wollte er schnell zu Bett gehen und fängt an, sich mit seinen Schnürsenkeln abzumühen, doch da kommt sie plötzlich zur Schlafzimmertür herein und hat diesen harten Zug um den Mund und in den Augen diese beißende Kälte, die immer anzeigte, daß etwas vorgefallen war, und dann war es üblich, die Schuld auf ihn zu schieben, und nun sieht sie natürlich zu allem Überfluß auch noch, daß er sich einen genehmigt hat, sie sieht es daran, wie ungeschickt und verstohlen er herumhantiert, um seine Schnürsenkel aufzubekommen.

Los, scher dich ins Bett, Björn, sagt sie kalt und bestimmt.

Siehst du denn nicht, Liebste, daß ich gerade versuche, die Stiefel auszuziehen, sagt er. Kein Wunder, daß es schwer geht, wenn es sich verknotet hat.

Hier stinkt, wie üblich, alles nach verdammtem Schnaps, sagt sie. Du hättest verdient, daß du jetzt draußen auf hoher See wärest, wie es ausgemacht war.

Aber darauf gab der Faktor keine Antwort, denn er mühte sich damit ab, diesen Knoten aufzumachen.

Da sagte die Frau:

Du bist und bleibst dir gleich, nichts als Egoismus. Dankst nur Gott, solange du selbst auf trockenem Land sitzt.

Ja, wie du, meine Liebste – auf trockenem Land.

Du fragst wohl nicht viel danach, was in der Familie passiert und die Ehre von uns allen angeht.

Nein, meine Liebe, das wagte ich nicht, sagte der Mann mit jenem liebenswürdigen Lächeln, das ihn auszeichnete, wenn er etwas getrunken hatte, und bei dem die Frau bisweilen den Verdacht hegte, es könne ein Zeichen unangebrachter und unverzeihlicher Ironie sein. Doch nun möchte ich dich fragen: Warum, meine Liebste, warum? – wenn ich mich so ausdrücken darf.

Da stellte sich die Frau vor ihrem Mann in Positur, die Hände auf den Hüften, mit einer Miene und in einem Ton, als sei er des Aufruhrs gegen den Heiligen Geist überführt, und schleuderte ihm ins Gesicht:

Meine Schwester Rannveig ist verlobt.

Der Mann bekam zunächst ein wenig Angst, doch als er sich wieder gefaßt hatte, antwortete er sanft:

Ja, aber da kann ich doch überhaupt nichts dafür, meine Liebe. Denn das weißt du selber, Thurid – und hier traten ihm die Tränen in die Augen, und er versuchte aufzustehen, was auch gelang, und er hielt das Gleichgewicht, während er dieses Bekenntnis ablegte: und Gott im Himmel weiß, daß ich bereit bin, über jedes beliebige Weltmeer zu reisen und mein Leben tausendmal bei jedem verteufelten Nebelwetter, das kommen mag, aufs Spiel zu setzen – alles für die Ehre des Hauses.

Dann ließ er sich wieder auf das Ehebett fallen, mit dem Knoten in den Schnürsenkeln, und lachte freundlich. Denn heute abend kam ihm die Welt wirklich ganz ungewöhnlich wunderbar vor.

3. Die Hochzeit

Dem Faktor wurde nie auf formellere Weise von der Verlobung seiner Schwägerin Mitteilung gemacht, und er erfuhr nie, was auf der Konferenz gesagt oder beschlossen worden war, welche die drei Frauen, teilweise in Anwesenheit des Propstes, an jenem stürmischen Tag im Spätwinter abhielten, und zwar vom Morgen, als das Fräulein an Land stieg, bis Mitternacht, als die Teilnehmer entkräftet aus der realen Welt der Wohlanständigkeit in die nicht anerkannten Kontinente der Träume entschwebten. Über diese Konferenz existieren nur Volkssagen, für die man sich genausowenig verbürgen konnte wie für die Inquisition in Spanien. Eines der Dienstmädchen soll erzählt haben, die Beratung habe hinter verschlossenen Türen im Studierzimmer des Propstes stattgefunden, und fast den ganzen Tag über sei nichts Besonderes geschehen, abgesehen davon, daß die Frau des Faktors jeweils im Abstand von einer Stunde ihre Stimme erhob; da ging sie zum Angriff über. Dann legte sich die Aufregung wieder, und aufs neue herrschte eitel Freundlichkeit. Doch man schien keine Fortschritte zu machen, weder im Guten noch im Bösen. Erst gegen sechs Uhr abends, bei einem der heftigsten Angriffe, brach mit einem Mal eine Stimme durch, mit unbekanntem Klang, und zunächst kannte keiner diese Stimme oder ihren Klang; denn wie soll man eine Stimme, die man nur im Glück gekannt hat, in der Verzweiflung erkennen? Oder war irgendeine Unbekannte im Haus, vielleicht die Verrückte, die im vorletzten Jahr an einem Sonnentag auf der Landebrücke geweint hatte? Nein, nein, nein, sagte die alte Magd Elin, es soll keiner sagen, dies sei nicht das gute Fräulein, denn ich habe sie weinen hören, als sie ein kleines Kind war, wenn auch damals das Weinen weiter oben in der Brust saß und die Kehle besser nachgab. Die Ärmste, fügte sie hinzu, die gute Seele – diesen unendlich weiten Weg über das Meer hierher zu kommen, um im Haus ihres Vaters und ihrer Mutter so bitterlich zu weinen, und das bei diesem Wetter.

Nach und nach verstummte das eigentliche Weinen, doch noch lange danach hörte man im ganzen Haus die Schluchzer, es war, als ob sie ihren Ursprung tief unten in der Erde hätten und durch das Haus nach oben drängten, durch jede Wand, jeden Balken, und erst an der Dachkante anhielten, wo sie der Wind mitnahm. Und die Konferenz dauerte noch sechs weitere Stunden, bis schließlich gegen Mitternacht jene kurzgefaßte Erklärung geboren war, welche die Frau dem Faktor so schonungslos ins Gesicht schleuderte, das einzige offizielle Ergebnis von mehr als zwölf Stunden: Meine Schwester Rannveig ist verlobt.

Dagegen sickerte die Nachricht von der Verlobung bald ins Dorf durch, über die Frau des Arztes und die Frau des Buchhalters, die einige Tage nach der Rückkehr Rannveigs zum Kaffee in das herrschaftliche Haus eingeladen worden waren.

Mit allem habe ich gerechnet, sagte Frau Thurid, doch nicht damit, daß meine Schwester Rannveig sich so Hals über Kopf verlobt.

Und wer war der Glückspilz?

Doch Rannveig selbst gab keine Antwort auf diese Frage, sondern saß nur mit bleichen Wangen und Schatten unter den Augen da. Ihre Augen blitzten nicht einmal auf, als nach dem Verlobten gefragt wurde. Wo war die unschuldige Zufriedenheit der Augusttage?

Tja, das ist eine lange Geschichte, sagte Frau Thurid und lächelte vielsagend – aber daran, wie mich meine Schwester ansieht (dabei hatte die Schwester sie überhaupt nicht angesehen), merke ich, daß sie alle Geheimnisse für sich behalten will. Aber ich darf doch seinen Namen verraten, Ranka, oder nicht?

Was? sagte das Fräulein zerstreut, nahm sich dann aber rasch zusammen: Du weißt doch, daß du sagen darfst, was du willst, Schwester Thurid.

Er heißt Magister Bögelund, sagte daraufhin ihre Schwester. Er ist Gelehrter. Er ist in Dänemark sehr bekannt.

Dürfen wir gratulieren? fragten die Besucherinnen, und dann wurde Fräulein Rannveig mit großer Herzlichkeit gratuliert.

Er wird im Frühjahr seine Doktorarbeit an der Universität Kopenhagen verteidigen, sagte Frau Thurid.

Was Sie nicht sagen, Frau Thurid, sagten die Damen.

Er hat den Entschluß gefaßt, gleich danach hierher nach Eyvik zu kommen, denn er liebt Island sehr, sagte Frau Thurid. Er möchte, daß die Hochzeit hier gehalten wird. Der armen Rannveig blieb also nichts anderes übrig, als sofort heimzukommen, um sich an das Nähen ihrer Aussteuer zu machen. Bis dahin sind es nur noch gut zwei Monate. So etwas habe ich noch nie erlebt.

Die Besucherinnen wünschten Rannveig nochmals viel Glück und küßten sie noch inniger als zuvor.

Es ist herrlich, wenn man Menschen, die man gern hat, an der Schwelle zum Glück stehen sieht, sagten sie, als sie sie geküßt hatten. Gott sei gelobt.

Doch als die Wellen der Sympathie am höchsten gingen, warf die Welt des Unbegreiflichen ihren Schatten an die Wand; es war, wie wenn das Gesicht des Mondes plötzlich an einem wolkenlosen Tag das Gesicht der Erde verdunkelt: statt vor Freude zu strahlen, vergrub Fräulein Rannveig das Gesicht in den Händen und weinte, daß die Tränen an ihren Fingern herabliefen und ihr ganzer Körper vor Schluchzen zitterte.

Im Gefolge dieser Verlobungsnachricht verbreitete sich im Dorf eine andere Nachricht: Man schloß aus Anzeichen, die kaum weniger deutlich waren als die Blässe des Fräuleins und die Ringe unter ihren Augen, und das trotz der Tatsache, daß sie gleich nach ihrer Rückkehr wieder die isländische Tracht mit ihrem weitgebauschten Faltenrock angelegt hatte: es hieß, Fräulein Rannveig sei schwanger. Nun war es zwar völlig ausgeschlossen, daß deshalb irgend jemand dem Fräulein einen Vorwurf gemacht hätte, zumal man ja im voraus erkennen konnte, daß das Fräulein in einem untadelig sicheren Hafen gelandet war, auch wenn sich nicht leugnen ließ, daß sie ihre Jungfernschaft nicht länger behütet hatte, als es nach den strengsten Maßstäben von einer Frau ihres Standes gefordert wurde. Dennoch wirkte diese Nachricht in der winterlichen Eintönigkeit sehr beflügelnd auf die Phantasie. Gewiß war es ganz und gar nicht ungewöhnlich, daß ein Mädchen schon einige Monate vor der Heirat fülliger wurde, oder sogar ohne daß Aussicht auf eine Heirat bestand; solche Mädchen erlangten nach zwei, drei Jahren wieder ihren früheren Kurswert, und wenn sie dann nach dem Ereignis volle sieben Jahre tugendhaft blieben, wurden sie wieder zu reinen Jungfrauen. Dennoch war es so, daß ein Verhalten dieser Art zu den Privilegien des gemeinen Volkes gerechnet wurde und in Wahrheit unter den besseren Leuten so selten war, daß man sich tatsächlich an kein Beispiel dessen erinnern konnte, seit Ragnheid, die Tochter des Bischofs Brynjolf, sich irgendwann im siebzehnten Jahrhundert im Hause ihres Vaters von Dadi Halldorsson verführen ließ, was so schreckliche Folgen hatte, daß noch lange davon erzählt wurde. Obwohl es sich hier also keinesfalls um eine gewöhnliche uneheliche Schwangerschaft handelte, achtete die Herrschaft in Eyvik doch darauf, daß sich das Fräulein nie sehen ließ, man wollte nicht, daß sich die Aufmerksamkeit auf ihren körperlichen Zustand konzentrierte, sondern legte statt dessen größtes Gewicht auf die Hochzeitsvorbereitungen und wollte möglichst viele an diesen Vorbereitungen teilhaben lassen oder zumindest dafür interessieren. Zu diesem Zwecke ließ man den Propst Ende April in den Sprengel hinauf reiten, um zu erkunden, ob irgendwo ein Bauer ein passendes Stierkalb besaß, das er für die Hochzeit im Frühjahr verkaufen wollte, und er fand schließlich im Aspartal einen zwei Jahre alten Jungbullen, der zu verkaufen war, und der Bauer versprach, ihn für die Hochzeit zu mästen und zur festgesetzten Zeit Ende Mai nach Eyvik zu bringen. Ein Häusler in Eyvik, der fünf Enten besaß, wurde beauftragt, diese Enten so gut er irgend konnte für die Hochzeit zu mästen. Wer Hühner besaß, wurde beauftragt, diese Hühner bis zur Hochzeit möglichst gut zu füttern, denn nach den Berechnungen von Frau Thurid würde man nicht weniger als tausend Eier brauchen. Wer junge Hähne hatte, wurde ebenfalls dazu angehalten, sie für die Hochzeit zu mästen. Es wurden auch Vorkehrungen getroffen, dem Haushalt des Propstes die gesamte Sahne zu sichern, die es in der Gegend gab. Und man schickte in einen anderen Bezirk, um eine bestimmte Sorte von Kartoffeln besorgen zu lassen, die in geothermisch erwärmtem Boden mit passendem Sandgehalt wuchsen; diese Kartoffeln waren im ganzen Land dafür berühmt, daß sie besonders mehlig und süß waren. Und im Mai kamen die ersten Sendungen mit Hochzeitsweinen, drei Anker französischer Rotwein, sechs Kisten echter Kognak und dänischer Aquavit nebst verschiedenen anderen Getränken, darunter breitschultrigen Likörflaschen mit lateinischen Aufschriften und seltsamen Zeichen, die außer dem Propst niemand verstehen konnte.

Doch wie kam es, daß Fräulein Rannveig zu weinen begonnen hatte? Wie kam es, daß sie jetzt, da sie ihren Bräutigam erwartete, so unglücklich war, diese junge Frau, die ihr heimatliches Dorf mit Wärme und Glanz erfüllt hatte? Sie besuchte niemanden, ließ sich nicht mehr auf der Straße sehen, begrüßte keinen Gast, und nur von den Dienstmädchen konnte man etwas über sie erfahren; sie sagten, morgens hätte sie Ringe unter den Augen, und abends wäre sie vom Weinen verschwollen. Sie saß allein in ihrem Zimmer, flüchtete aber hinunter in den Kohlenkeller, wenn ihre Schwester kam, und wartete dort im Dunkeln, bis sie gegangen war. Anfangs konnte niemand verstehen, was es damit auf sich hatte, doch dann zog man aus diesen Nachrichten den Schluß, daß es mit der Verlobung des Fräuleins nicht ganz stimmte, und manche waren so boshaft zu vermuten, vielleicht sei dieser Bögelund gar kein so berühmter Magister, wie im Haus behauptet wurde, und jemand wollte erfahren haben, daß seine Doktorarbeit überhaupt nur im Kopf der Frau des Faktors existierte. Mehr wurde nie laut geäußert.

Dann begann man einzuladen. Dazu wurde ein Mann mit dem Boot auf die Inseln und in die Buchten geschickt und ein anderer zu Pferd in den Sprengel hinauf; zunächst wurden alle Honoratioren der Gegend eingeladen, dann alle besseren Leute bis hinunter zu den Besitzern mittelgroßer Höfe, von den ärmeren Leuten wurden nur die zum Fest gebeten, die sich durch irgendeine Tat oder Begabung ausgezeichnet hatten, wie etwa Männer, die im gesamten Bezirk als Verseschmiede bekannt waren oder als Geschichtenerzähler, künstlerisch begabte Handwerker, berühmte Seeleute, Männer, die unter schwierigsten Bedingungen im Gebirge überlebt hatten oder durch andere Katastrophen landesweit bekannt geworden waren, des weiteren altersschwache Stammbaumforscher und Kräuterweiber. Alle ließen dem Propst umgehend ihren Dank abstatten, wünschten ihm Gottes Segen und versprachen, zum Fest zu kommen.

Die Hochzeitsvorbereitungen erreichten während der letzten Tage vor Ankunft des Schiffes, das den Bräutigam nach Island bringen sollte, ihren Höhepunkt. Es waren Tage des Backens und Putzens. Die Küchen, sowohl im Haus des Propstes als auch im herrschaftlichen Haus, wurden in infernalisch glühende Kuchenfabriken und Brotmanufakturen verwandelt, wo geübte Bäckerinnen Tag und Nacht Teig rührten und in Formen füllten, Kuchen aus Öfen holten und zu Stapeln aufschichteten, Königskuchen, grün von Zitronat oder schwarz von Rosinen, wenn man sie aufschnitt, Sandkuchen, gelb von Eiern, mürbe von Zucker und Butter, riesige Schichttorten, triefend von köstlicher Marmelade, Halbmonde, Judenkuchen, Korinthenbrötchen, gerührte Kuchen, Kartoffelfladen, Prinzeßkuchen, Schmalzgebackenes, Apfelküchlein und Waffeln zu Tausenden, schwellende Weißbrote und rötliche, in der Glut gebackene Roggenlaibe.

Sowohl das Haus des Propstes als auch das herrschaftliche Haus wurden von oben bis unten saubergemacht; Möbel, Bilder und Bettzeug wurden zum Auslüften in den frischen Frühlingswind hinausgetragen, jeder Winkel und jede Ritze wurden wie auf einer Entdeckungsreise aufgespürt und mit Seife und

Soda bearbeitet, ein kleiner Fleck an der Wand gab Anlaß zu tiefsinnigen Erörterungen und führte zu bedeutungsschweren Folgerungen, Beschlüssen und Verfahrensweisen. Jede Staubflocke in einer Ecke hinter einem Möbelstück wurde rigoros entfernt, eine nicht sichtbare Staubschicht auf einem Schrank wie ein Erzfeind ausgetilgt, ein kleiner Schimmelrand an einem Bettgestell wurde das Ziel schonungsloser Angriffe, und nicht sichtbarer Moder unter Matratzen und in Unterbetten, selbst in den Betten der Dienstboten, mußten in diesem unerbittlichen Feldzug alle Hoffnung aufgeben; ja, hier wurde wahrhaftig um das Sein und nicht um den Schein gekämpft.

Als schließlich alles sauber geworden war und man anfing, die Sachen wieder in die Zimmer zu schaffen, erwuchsen neue Schwierigkeiten. Denn jetzt genügte es nicht, die Sachen wieder an ihren Platz zu stellen, sondern sie mußten mit größerem Kunstverstand und Geschmack angeordnet werden als zuvor. Die Herrschaft ging zwischen den Zimmern hin und her und gab Anordnungen, die sich widersprachen, jeder Schrank, jede Kommode, jeder Sessel, jedes Bild, alles wurde an verschiedenen Stellen ausprobiert – man neigte den Kopf zur Seite, kniff das eine Auge zu, dirigierte mit goldverziertem Ebenholzstock, diskutierte, stimmte ab, verwarf den Antrag bei Stimmengleichheit, so daß die Damen den Sieg davontrugen, müde Seufzer, Abwischen von Schweiß, Durst, keine Mahlzeit zur rechten Zeit. Und die Zimmer rochen penetrant nach allen Arten von Reinigungsmitteln nach dieser Sintflut von Hausputz. Das Gästezimmer im herrschaftlichen Haus wurde mit großer Sorgfalt für den Bräutigam, Magister Bögelund, hergerichtet. Selbstverständlich bereitet es kein geringes Kopfzerbrechen, wie das Zimmer für den Aufenthalt eines so hervorragenden Herrn auszustatten sei, und es wurden verschiedene Ausschüsse zugezogen und um ihre Meinung in dieser Angelegenheit befragt – zuerst die Putzfrauen und ein paar zufällig anwesende Frauen aus dem Volk, dann zwei Pfarrersfrauen vom Lande, die sich gerade im Ort aufhielten, um Einkäufe zu machen, daraufhin ein paar junge Mädchen von den Inseln, die in Reykjavik die Schule besucht hatten, schließlich der Arzt und seine Frau, und auf diese Weise wurde das Zimmer auf den Inseln, auf dem Land und im Ort berühmt. Als Frau Thurid aber die Angelegenheit mit jedem dieser Ausschüsse von Spezialisten ausführlich besprochen hatte, seufzte sie ratlos und sagte, natürlich hänge in dieser Sache alles von ihrer Schwester ab – sie habe ihr fest versprochen, ohne ihre Zustimmung keine endgültige Entscheidung zu treffen.

Schließlich war das Zimmer fertig: ein breites Bett mit zwei Daunendecken und einem bestickten Überwurf, zwei bequeme Sessel, die aus einem der Zimmer unten stammten, ein Schreibtisch mit einem enormen geschnitzten Tintenfaß und anderen Schreibutensilien, ein weiches Sofa mit vielen gestickten Kissen, ein kleiner Rauchtisch nebst einer Keramikdose mit einer englischen Tabakmischung und zwei Sorten holländischer Zigarren, ein Bücherregal mit einem griechischen und einem lateinischen Wörterbuch, den Isländersagas, dem Neuen Testament, den Erzählungen des Feldschers von Zacharias Topelius samt Björnsons Werken in Ganzleder sowie zwei alten Kirchengesangbüchern, das eine in Holar, das andere in Videy gedruckt, teure und seltene Exemplare, und Ivanhoe von Walter Scott in einer Prachtausgabe, die der Faktor einmal einer plötzlichen Laune folgend in Edinburgh gekauft hatte. An den Wänden hing ein Bild der Venus von Milo, die hier stets von Milano genannt wurde, ein kleines Bild von einem Kind und einem Hund, mit dem Titel: Kannst du nicht sprechen, und ein prachtvoller Farbdruck von Venus und Psyche; im Haus des Faktors war es schon seit langem eine Art Gesellschaftsspiel, daß man erraten sollte, welche der beiden Frauen Venus und welche Psyche war, ohne daß bis heute irgend jemand zu einen schlüssigen Ergebnis gekommen wäre, man rechnete damit, daß Magister Bögelund es sogleich erkennen könnte. Der Bodenbelag hatte ein Blumenmuster, bei dem die rote Farbe vorherrschte, und vor dem Fenster, das zum Meer hinausging, hingen doppelte Gardinen, eine aus gelber Seide und darüber eine andere aus grünem Damast; und wenn man an den stillen Spätabenden im Frühling aus diesen Fenstern blickte und sah, wie die Felsen am Strand und die nahen Schären bei Flut durchsichtige Schatten auf den Meeresspiegel warfen und die Eiderente vergnügt in allen Buchten herumschwamm, oder am Morgen, wenn Landzungen und Inseln grün der frühen Sonne entgegenlachten und die draußen am Horizont gelegenen Schären sich in Luftspiegelungen wie Burgen zum Himmel erhoben, dann mußte man Island ganz einfach ein majestätisches Land nennen, und man war fest davon überzeugt, daß Magister Bögelund einen solchen Anblick gebührend zu schätzen wissen würde.

Am Abend vor der Ankunft des Schiffes war all dies aufs beste geordnet; da kommt Frau Thurid in Begleitung einiger angesehener Frauen aus der Gegend, um Fräulein Rannveig abzuholen, denn jetzt soll sie darüber befinden, ob diese Unterbringung den Ansprüchen ihres Bräutigams auch in allen Dingen gerecht würde. Nachdem Frau Thurid lange mit ihrer Schwester unter vier Augen gesprochen hatte, kamen sie zusammen aus dem oberen Stockwerk herunter, die Schwester konnte sich kaum aufrecht halten, ihre Augen waren verschwollen, ihre Wangen und ihr Mund dagegen schlaff; man begrüßte sie mit gerührten, liebevollen Umarmungen, doch sie antwortete nicht darauf und stieß alle weg. Dann machten sie sich auf den Weg hinüber zum Haus, wie eine Prozession in der Abendsonne, und die bunten Schleifen auf ihren Busen und die schillernden Seidenschürzen leuchteten. Die einfachen Frauen kamen aus den Türen ihrer Hütten und betrachteten voll Bewunderung die Prozession und sagten:

Jetzt wollen sie ihr das Zimmer ihres Verlobten zeigen.

Andere sagten:

Ach, das liebe Mädchen, ist es nicht seltsam, wie gebeugt sie geht, obwohl das große Glück auf sie wartet.

Ja, antworteten wieder andere. Und sie lächelt keinem mehr zu. Es ist, als ob das Leben in ihren Augen erstarrt sei.

Sie hatte nicht nur aufgehört zu lächeln, sie antwortete auch fast gar nicht mehr, wenn sie angesprochen wurde; sie ging mit gesenktem Kopf inmitten der Frauenschar, und es war, als ob sie nichts sähe und nichts hörte.

Sah sie wirklich nichts? Doch, sie sah einen Mann, er kam den Weg vom Laden herunter und blieb auf der Brücke über dem Graben stehen, wo der Weg vom Laden in die Straße einmündet, dort stand er ehrfurchtsvoll, während die prächtige Schar feierlich an ihm vorüberzog. Er trug den gleichen blanken Kammgarnanzug wie im vergangenen Herbst und hatte inzwischen auch nicht mehr Butter aufs Brot gegessen, seine Augen waren ein wenig blutunterlaufen, und die Falten auf seinen Wangen waren eher tiefer geworden, doch als er mit der Hand nach seiner Mütze griff, konnte man erkennen, daß er keine häßliche Hand hatte, auch wenn sie vielleicht nach allen möglichen Waren roch.

War es deshalb, weil der gute alte Schutzgeist des Ortes sich plötzlich wieder in ihrer Person niederließ, daß sie jetzt den Kopf hob, seinen Gruß erwiderte und zu lächeln versuchte? Niemand kannte damals oder später eine Erklärung für das Geheimnis, das sich hinter diesem Gruß verbarg, und für das, was danach geschah. Denn niemand ahnte, daß er ihr im letzten Jahr an dem denkwürdigen Tag vor der Ankunft des Schiffes ein bißchen Geld gegeben hatte, um eine Kleinigkeit für ihn zu besorgen, wofür sie den ganzen Winter Zeit gehabt hätte. Und sie hatte es entweder vergessen, oder aber es gab in Kopenhagen keinen Sabadillsamen. Sei getreu über wenigem und ich werde dich über viel setzen, spricht der Herr, und jetzt war sie zurückgekommen, ohne Samen für ihn gekauft oder sich bei ihm entschuldigt und ihm sein Geld zurückgegeben zu haben. Und als sie nachdenklich etwa zwanzig Schritte mit den Frauen weitergegangen war, hielt sie plötzlich an und blickte zurück, doch da war Hans der Ladengehilfe schon in die andere Richtung auf der Straße weitergegangen. Sie rührte sich nicht und sah ihm nach.

Wonach schaust du denn, Liebes? fragten die Frauen.

Doch da begann sie mitten auf der Straße in der Abendsonne zu weinen, sie schlug die Hände vors Gesicht und weinte.

Was hast du denn, Liebes? fragten die Frauen und umarmten sie.

Ich habe ihn betrogen, schluchzte sie unter Tränen, und dann immer wieder: Ich habe ihn betrogen.

Mehr sagte sie nicht.

Es war jedoch unmöglich, sie dazu zu bewegen, bis zum Haus hinüber weiterzugehen, um ihr Urteil über das Zimmer ihres Bräutigams abzugeben.

Ihr könnt weitergehen, sagte sie. Ich gehe heim.

Sie ist nicht bei Sinnen, flüsterte Frau Thurid, doch sie hörte es, nahm die Hände vom Gesicht und sah ihre Schwester mit verstörtem, tränennassem Blick an, nein, das war kein Haß und auch kein Zorn, es war nur die kleine Schwester, die die große Schwester einen Augenblick entsetzt ansah, und sie sagte nichts Häßliches, denn es war ihr nicht gegeben, zu irgendeinem lebenden Wesen etwas Häßliches sagen zu können, sie sagte nur: Sicher bin ich bei Sinnen. Aber du bist nicht bei Sinnen, Thurid.

Dann drehte sie sich um, und den Frauen blieb nichts anderes übrig, als sie nach Hause zu begleiten.

Endlich war der langersehnte Ankunftstag des Schiffes angebrochen, es war einer dieser klaren Frühlingstage, die wir alle kennen und die bei vielen von uns mit den schönsten Erinnerungen des Lebens verbunden sind. Fahnen wehten sowohl am Haus des Propstes wie am herrschaftlichen Haus; ebenso beim Buchhalter. Und noch ehe das Schiff draußen auf der Reede getutet hatte, stieß das Boot des Faktors vom Land ab, es war weiß, und in ihm befanden sich der Faktor und seine Frau und der Propst, die Herren beide in schwarzen Mänteln, mit schwarzen, gerundeten Hüten von der steifsten Sorte und mit goldverzierten Ebenholzstöcken, würdevoll, kerzengerade, und die Frau des Faktors in isländischer Tracht mit hellem Umschlagtuch und weißen Handschuhen, offensichtlich ein wenig nervös, aber stattlich und Achtung einflößend, wie immer, und sie kommandierte die Ruderer herum, weil sie immer herumkommandieren mußte. Immer mehr Schaulustige kamen zur Anlegebrücke herunter, um zuzusehen, wie die Herrschaft hinausfuhr, um ihren Schwiegersohn zu begrüßen. Und es paßte genau, als das Schiff getutet hatte und man daranging, die Anker auszuwerfen, da legte das Boot des Faktors an der Schiffsseite an.

Es verging eine ganze Weile, und je länger sich die Leute an Bord des Schiffes aufhielten, desto mehr Zuschauer versammelten sich auf der Anlegebrücke, Frauen und Männer, Kinder, Greise und Hunde, und alle warteten gespannt darauf, einen Blick auf den Bräutigam werfen zu können, wenn er an Land ging.

Schließlich stieß das weiße Boot des Faktors wieder von der Schiffsseite ab und nahm Kurs auf die Anlegebrücke, und sofort kam eine gewisse Unruhe in die Zuschauer, jeder wollte sich vor die anderen an den Rand der Brücke drängeln, um die beste Aussicht auf den Bräutigam zu haben, während das Boot näherkam. Aber das Boot hatte noch nicht einmal die Hälfte des Weges zwischen Schiff und Land zurückgelegt, als die, die am besten sahen, verkündeten, im Boot seien nicht mehr Leute als zuvor, worauf alle die Hand über die Augen legten, und als das Boot immer näher herankam, ließen sich auch die Kurzsichtigeren allmählich davon überzeugen, daß hier etwas nicht stimmte. Das Boot kam nicht nur mit denselben Passagieren an seinen Ausgangspunkt zurück, sondern auf dieser kurzen Ruderfahrt waren Dinge geschehen, die eine grundlegende Änderung des Seelenzustandes der dreiköpfigen Abordnung bewirkt hatten, die steife Haltung war plötzlich in feierliche Demut verwandelt, die Würde in Herzenskummer. Der Propst hatte den Kragen seines Mantels hochgeschlagen und seine Brille abgenommen, er hielt sich die Hand vor die Augen und neigte im Gebet den Kopf auf die Brust. Im Heck des Bootes saß der Faktor, der verzweifelt seine Frau umarmt hielt; die Frau des Faktors weinte mit krampfartigem Schluchzen im Arm ihres Mannes und nahm das Taschentuch nicht vom Gesicht, doch dem Faktor gelang es nicht, seine Frau zu trösten. Während man ihnen, die von der Übermacht des Schicksals wie gelähmt waren, beim Aussteigen half, verbreitete sich die Nachricht mit eiskaltem Flüstern in der Menge: Er ist gestorben. Statt des Bräutigams war es die Trauer, die an diesem wundervollen Frühlingsmorgen im Mai in Eyvik Einzug hielt, während die Schären sich als Luftspiegelungen wie Burgen vom Himmel abhoben. Zehn Minuten später wehten die Fahnen am Haus des Propstes und am herrschaftlichen Haus auf halbmast; ebenso beim Buchhalter.

Als aber noch am selben Tag ein Mann über Land und zu den Inseln geschickt wurde, um die Hochzeit abzusagen und bekanntzumachen, daß Magister Bögelund am Tag vor der Abreise des Schiffes unerwartet in Kopenhagen verstorben sei, da hörte man wieder einige die boshafte Vermutung aussprechen, die zwar in der breiten Öffentlichkeit nie Fuß gefaßt hatte, im zeitigen Frühjahr aber doch vereinzelte Anhänger gefunden hatte, daß dieser Bögelund vielleicht gar kein so großer Magister gewesen sei, wie es im Haus geheißen hatte, und daß seine Doktorarbeit nur im Kopf der Frau des Faktors existiert habe. Einzelne Leute waren so unverfroren zu behaupten, alle hätten von Anfang an gewußt, daß es nie ein Fest geben würde. Doch selbstverständlich waren die anderen viel zahlreicher, die tief ergriffen waren, als sie von diesem Schicksalsschlag erfuhren, und dem Propst aus diesem Anlaß die aufrichtigsten Beileidsbezeugungen und Gottes Segen schickten.

4. Wohltätigkeit und Handarbeiten

So gab es schließlich keine Macht zwischen Himmel und Erde, die hätte verhindern können, daß Fräulein Rannveig ein uneheliches Kind bekam. Und wie man auch über die Sache denken mochte, es ließ sich nicht abstreiten, daß dies ein Kind war. Es war ein schöner Junge mit blauen Augen, und wenn er schlief, konnte sie ihren Blick nicht davon abwenden, wie rosig und glücklich er war. Sie wachte über ihm und liebte ihn. An den ersten Tagen im Juni stand sie mit ihrem Sohn auf der Wiese vor dem Haus ihres Vaters, die Sonne goß ihre Strahlen über Mutter und Kind, und die Vögel sangen. Nichts konnte so einfach und ungekünstelt sein in seiner Schönheit und gleichzeitig weiter entfernt von der Vorstellung, sich für seine Existenz entschuldigen zu müssen, nichts schien von vornehmerer Herkunft zu sein als die Liebe und Schönheit, die von Mutter und Sohn auf der grünen Wiese ausging.

Das stille Mutterglück –

Und sie lächelte wieder allen zu, die vorbeigingen, sie zeigte ihnen ihren Sohn. Und alle, die vorbeigingen, bewunderten ihren Sohn und wünschten ihnen Glück und Gottes Segen. Und manchmal ging sie mit ihrem Sohn ins Dorf hinaus, wenn die Sonne in der mittäglichen Windstille am wärmsten leuchtete, und zeigte auch den armen Häuslerfrauen ihren Sohn, denn jetzt fühlte sie sich genauso reich wie diese. Und die Frauen jagten ihre Kinder aus dem Haus und neigten sich über den Sohn des Fräuleins und lobten ihn. Alle freuten sich so über das Glück der Tochter des Propstes. Es war herrlich in Eyvik.

Frau Thurid jedoch stattete ihrer Schwester nicht mehr so häufig Besuche ab wie in der Zeit vor der Hochzeit; es schien ihr schwerzufallen, ihrer Schwester zu vergeben, daß Magister Bögelund zu diesem entscheidenden Zeitpunkt plötzlich verstorben war. Und irgendwie verbreitete sich das Gerücht, Frau Thurid habe im Hochsommer einmal ihre Mutter aufgesucht und sie eindringlich gebeten, dafür zu sorgen, daß ihrer Schwester nicht erlaubt werde, vor aller Augen mit diesem Gör im Ort herumzuziehen, zumindest nicht am hellichten Tag. Aber glücklicherweise wurde es nach den Hundstagen regnerisch und kühl, so daß man sowieso nicht mehr immerzu mit dem Kind im Ort herumziehen konnte.

Ende August veranstaltete der Vater des Faktors in Adalvik ein großes Fest, denn seine Tochter verheiratete sich mit dem dortigen Arzt; die Herrschaft in Eyvik war natürlich auch eingeladen, und der Propst sollte die Trauung vornehmen. Leider konnten der Faktor und seine Frau nicht zu dem Fest fahren, denn der Faktor mußte sich auf eine Auslandsreise begeben, und seine Frau war mit den Vorbereitungen für seine Reise beschäftigt. Fräulein Rannveig meinte auch, sie könne auf keinen Fall ihren Sohn verlassen, und wäre es auch nur für drei Tage, denn sie liebte ihn so innig. Nach langem Zureden ließ sie sich jedoch davon überzeugen, daß es ihr guttäte, sich ein paar Tage von ihrem Sohn auszuruhen und Ablenkung zu finden, und daraufhin fuhr das Fräulein mit den Eltern zur Hochzeit. Die Hochzeit der Tochter des Faktors in Adalvik war so anberaumt worden, daß am selben Tag das Schiff nach Eyvik kam, und um es kurz zu sagen, als der Propst und seine Frau mit ihrer Tochter von dem Fest zurückkehren, sind der Faktor und seine Frau einen Tag zuvor mit dem Schiff abgereist und haben den kleinen Jungen, den Sohn des Fräuleins, auf Wunsch seiner Großmutter in Kopenhagen mitgenommen.

Als Fräulein Rannveig in ihr Zimmer trat, war die kleine Wiege fort, das Fläschchen verschwunden, seine winzigen Kleider alle aus der Kommodenschublade entfernt, und das ganze Zimmer war geputzt und gelüftet worden, als ob das Kind gestorben wäre, so daß nicht einmal mehr der gute Milchgeruch seines kleinen Körpers in der Luft war, außer der Erinnerung an sein Lächeln in ihrer Seele war nichts zurückgeblieben.

Auch wenn es seltsam scheinen mag, so kam dies für keinen im Dorf unerwartet – außer für Fräulein Rannveig. Dem Dorf war nämlich genau davon berichtet worden, daß aus Kopenhagen viele Briefe gekommen seien, sowohl an die Frau des Propstes und die Frau des Faktors, als auch natürlich an das Fräulein, sie kamen von der alten Witwe Bögelund, der Mutter des verstorbenen Magisters Bögelund, und die alte Dame war eher tot als lebendig vor Schmerz über den Verlust ihres einzigen Sohnes, sie hatte nur noch einen Wunsch im Leben, nämlich den, während ihrer letzten Jahre ihren Enkel um sich haben zu dürfen und ihm eine Erziehung angedeihen zu lassen, wie sie sich für eine alte, wohlhabende Familie, die in Dänemark berühmt war, ziemte. Jeder müsse verstehen, daß der Junge, auch wenn es ihm hier in Island gutginge, in einem kleinen Dorf in der Nähe des Nordpols nie eine solche Erziehung bekäme, wie sie ihm bei seiner Großmutter in Kopenhagen zuteil würde.

Einige sagten, Fräulein Rannveig sei in Ohnmacht gefallen. Aber wer wußte, ob das stimmte? Man darf nicht alles glauben, was erzählt wird! Fest stand nur, daß sie, gelinde gesagt, in diesem Winter sehr kränklich war, zunächst hütete sie im Herbst wochenlang das Bett und war gewiß krank, denn der Arzt kam zweimal täglich ins Haus des Propstes und schien dafür gut bezahlt zu werden, denn er war nicht dazu zu bewegen, sich Außenstehenden gegenüber zu ihrer Krankheit zu äußern. Ende Oktober wurde sie schließlich zur Untersuchung nach Reykjavik geschickt, und ihre Mutter fuhr mit ihr auf dem Dampfschiff, das war kurz bevor der Faktor und seine Frau wieder nach Hause kamen. Sie wurde auf einer Bahre an Bord gebracht, und obwohl sie nur zur Untersuchung geschickt wurde, schien die Sache doch so ernst zu sein, daß der Arzt den Krankentransport in die Hauptstadt begleiten mußte und erst zu Beginn der Adventszeit wieder zurückkehrte. Er brachte die Nachricht mit, daß es dem Fräulein schon wieder viel besser gehe, die Untersuchung habe nichts irgendwie Gefährliches zutage gebracht, die Ortsveränderung hatte ganz hervorragend auf sie gewirkt, er rechnete damit, daß sie sich während des Winters in Reykjavik vollends erhole, Mutter und Tochter hätten die Absicht, im Frühjahr wieder nach Hause zu kommen.

Dann kam das Frühjahr, und Mutter und Tochter kamen wieder nach Hause, die alte Dame breitschultrig und beleibt, eine lichte, stattliche Erscheinung mit glänzendem Haar, wie aus Gold- und Silberfäden, ihre Tochter hohlwangig und grau, mit erloschenem Blick, sie schien schlecht zu hören, lächelte keinem zu, zweiunddreißig Jahre alt. Sie blieb nur eine Nacht daheim im Dorf, man brachte sie sogleich aufs Land, wo sie den Sommer über beim Pfarrer von Stadur und seiner Frau war, einem im ganzen Bezirk angesehenen Ehepaar; dort arbeitete sie den ganzen Sommer mit den Töchtern des Pfarrers bei der Heuernte, manche sagten, auf ärztlichen Rat, was durchaus stimmen mochte, denn im Herbst kam sie wohlgenährt und sonnengebräunt nach Eyvik zurück, mit Schwielen und Schrunden an den Händen; ihre Jacke paßte nicht mehr richtig, doch sie hatte ihre Fröhlichkeit wiedergefunden. Und im Winter machte sie sich wieder mit größerem Eifer als je zuvor an ihre Handarbeiten, sie begann, auf einem isländischen Webstuhl mehrbindig zu weben, und versuchte es sogar mit einem sechzehnschäftigen Muster, doch das ging ziemlich langsam, deshalb bestellte sie sich einen schwedischen Webstuhl und fing an, sich auf der Grundlage dessen, was sie in Kopenhagen gelernt hatte, in die Kunstweberei einzuarbeiten; und sie war dabei so geschickt, daß sie im Jahr danach auf der Handwerksausstellung in Reykjavik einen Preis für ihre Gewebe erhielt. Jetzt kamen verschiedene tüchtige Mädchen aus den benachbarten Gemeinden und wollten diese Kunst erlernen, so daß sie schließlich noch einen schwedischen Webstuhl bestellen mußte; sie richtete eine Kunstwebschule ein, ihr vorderes Zimmer im oberen Stockwerk wurde als Unterrichtsraum verwendet. Sie sprach oft davon, daß sie sich gerne in der Hauptstadt niederlassen wollte, um dort eine Handarbeitsschule für junge Mädchen und vielleicht auch für Burschen zu gründen. Bisweilen redete sie davon, als ob es beschlossene Sache sei, aber als es dann Ernst wurde, ließ sie diesen Plan fallen, denn ihre Eltern baten sie unter Tränen, sie nicht zu verlassen. Sie konnten sie im Alter nicht entbehren, ihren Augenstern, und sie war so herzensgut und liebte ihre Eltern so sehr, daß sie es nicht über sich brachte, sie im Stich zu lassen. Und so blieb sie. Und die alten Eheleute hatten sie so gern, den Augenstern ihrer alten Tage, daß sie, wenn ihre Tochter eine kleine Reise unternahm und dabei auch nur eine Nacht fortblieb, die Wirtschafterin aus dem Haus mitschickten; sie sollte achtgeben, daß Rannveig nicht über irgendeinen Stein stolperte. Zu Hause wurde sie ständig umsorgt. Schwierig, einen Menschen zu finden, der von seiner Familie mehr Liebe empfing.

Und die Jahre vergingen, eins nach dem andern, und allmählich begann man alles zu vergessen, Fräulein Rannveigs Abenteuer in Dänemark, den Bräutigam, der starb, den Jungen, der zur Welt kam, es war, wie wenn über Ruinen Gras wächst, ja plötzlich waren fünf Jahre vergangen, seitdem dies geschah, nur noch zwei Jahre und Fräulein Rannveig würde wieder Jungfrau sein. Sie hatte sich wieder ganz erholt, ihre graublauen Augen strahlten von neuer Lebenskraft, das war dem Weben zu verdanken, doch ihre Gesichtszüge fingen an, ein wenig schärfer zu werden, besonders wenn es kalt war, die frische Farbe der Jugend war aus den Wangen verschwunden und die Lippen vielleicht manchmal ein wenig bläulich, und unter den Augen bildeten sich Fältchen, die Hüften fingen an, vom langen Sitzen am Webstuhl schwerer zu werden, der Busen war nicht mehr so üppig, und dennoch wirkte sie sehr anziehend, nun war ihre Sanftmut mit Lebenserfahrung gepaart; nur das Gehör wurde immer schlechter, eine Folge der Krankheit vor einigen Jahren.

Es war bezeichnend für sie, daß es ihr nicht nur unmöglich war, mit irgendeinem Menschen in Feindschaft zu leben, sondern daß sie auch alle mit ihrer Liebe bedenken wollte. Es hieß, daß die Beziehungen zwischen den Schwestern eine Zeitlang sehr kühl gewesen seien, doch dann vergaben sie einander und saßen beim Gottesdienst in der Kirche Seite an Seite und halfen einander und liebten einander. Fräulein Rannveig genügte es aber nicht, sich mit ihrer Schwester zu versöhnen, sondern sie versöhnte sich mit der ganzen Welt, insbesondere verspürte sie in sich einen stärkeren Drang als je zuvor, denen zu helfen, die in Not waren. Deshalb suchte sie ihre ältere Schwester auf und schilderte ihr das Elend der armen Leute im Dorf und schlug vor, das herrschaftliche Haus solle mehr für die Bedürftigen tun, nicht zuletzt für die armen kinderreichen Familien, und ganz besonders vor hohen Festtagen. Denn ihrer Ansicht nach sollten die gewöhnlichen Leute wenigstens an hohen Festtagen leben dürfen. Frau Thurid war ein wenig kurz angebunden und sagte, sie hätte selbst ein Haus voller Kinder und habe deshalb keine Zeit, sich um anderer Leute Kinder zu kümmern. Aber ein halbes Jahr später war es niemand anders als Frau Thurid, die zu ihrer Schwester kam und sagte, sie habe über die Sache mit der Wohltätigkeit nachgedacht. Sie sagte, sie sei zu dem Ergebnis gelangt, daß sie zusammen mit einigen anderen besseren Frauen in der Gemeinde einen Frauenverein gründen und zu Weihnachten ein bißchen für arme Kinder nähen sollten. Sie hatte bereits mit den wichtigsten Frauen in der Gegend und im Ort gesprochen, die Gründungsversammlung war schon anberaumt, und Frau Thurid hatte es bewerkstelligt, daß ihre Schwester für den Vorsitz vorgeschlagen wurde. Dann verlief alles, wie es verlaufen sollte, und Fräulein Rannveig wurde zur Vorsitzenden gewählt, und alle waren damit zufrieden, denn da man dem Fräulein dieses ehrenvolle Amt übertragen hatte, war es ganz klar, daß ihr Ansehen vollständig wiederhergestellt war. In wenigen Jahren würde sie wieder Jungfrau sein, und dann gäbe es nichts mehr, was seinen Schatten auf die Ehre des Hauses werfen könnte.

Wie man sich denken kann, trug Fräulein Rannveig die Last und Bürde dieses Frauenvereins fast ganz allein, denn wenn die besseren Frauen mit dem abgetragenen Zeug ihrer Kinder kamen, das zudem noch schmutzig war und voller Löcher, und es den armen Kindern zu Weihnachten schenken wollten, dann brachte Fräulein Rannveig es einfach nicht übers Herz, ihnen zu sagen, daß man so etwas nicht verschenken könne, sondern sie verbrannte den Plunder stillschweigend und saß selbst nächtelang auf, um richtige Kleider zu nähen, die sie dann im Namen dieser oder jener besseren Frau den armen Frauen für ihre Kinder schenkte. Ihre Tätigkeit bestand also nicht zuletzt darin, andere in dem Glauben zu belassen, daß sie besser seien, als sie wirklich waren, während sie dann heimlich alle guten Werke selbst tat. Wo immer jemand sich in Not befand, war sie da, um Beistand zu leisten. Und alle, die in irgendwelchen Schwierigkeiten waren, und war es auch nur wegen Abenteuern in Gefühlsdingen, kamen zum Haus des Propstes und wollten mit ihr sprechen.

Es sollte genügen, den Tischler Andres und seine Familie als Beispiel für die Hilfsbereitschaft Fräulein Rannveigs zu erwähnen. Dieser Tischler Andres hatte nicht gerade Glück gehabt im Leben: er stammt aus einem anderen Bezirk, war erst fünfunddreißig Jahre alt, hatte aber schon mit fünfundzwanzig geheiratet und hatte mit seiner Frau neun Kinder, jedes Jahr war eines geboren worden, manchmal sogar zwei, und außerdem hatte er noch das Pech gehabt, zweimal ein außereheliches Kind in die Welt zu setzen. Wie sollte der Mann diese Kinderschar versorgen können? Er war zwar tüchtig und ein sehr geschickter Handwerker, einer von denen, die zu allem zu gebrauchen waren, und außerdem recht belesen, er konnte sogar dichten; ein rotblonder, lebhafter Mensch und ein guter Sänger. Nun hatte er im Sommer immer hier und dort im Landesviertel mehr als genug zu tun, aber diese Arbeit war so schlecht bezahlt, daß es kaum zu mehr reichte als dem Schnaps für seine Freunde; daran, daß er sich ein Haus bauen könnte, war nicht zu denken, sondern er wohnte mit Kind und Kegel unten auf der Landzunge in einer Baracke, die den Regen durchließ, vielleicht war es auch Nachlässigkeit, auf jeden Fall tollten die Kinder winters wie sommers am Strand herum und aßen Flohkrebse, wie die Franzosen. Die Frau war immer mit dem nächsten schwanger, und selbstverständlich waren nie anständige Kleider für diese Schar vorhanden, sondern die Neugeborenen wurden für gewöhnlich in eine Wolldecke eingewickelt, die man sich in der nächsten Hütte auslieh. Diesen Leuten half das Fräulein oft, sie schenkte den Kindern Kleider und ließ der Frau Essen bringen, wenn sie im Wochenbett lag, und einmal, als die Frau im Wochenbett war, da machte sie kurzerhand die ganze Hütte von oben bis unten sauber, während Andres beim Arzt war und sang. Es bestand kein Zweifel daran, daß der Tischler ein wenig leichtsinnig war, wie alle Männer, die gern singen, und es kam vor, daß man ihn an dunklen Winterabenden mit einer Frauensperson in der Nähe der Fischköderschuppen des Propstes herumschleichen sah, doch wen kümmerte das? Schließlich sah er ein, daß dies nicht bis in alle Ewigkeit so weitergehen konnte; er überlegte hin und her und gelangte zu dem Ergebnis, daß es wohl das beste wäre, wenn er nach Amerika ginge. Aber wie wollte er denn mit einer Frau und neun Kindern nach Amerika kommen? Er ging zu Fräulein Rannveig. Glaubte sie, fragte er, daß sie ihm ein Darlehen für das Fahrgeld beschaffen könnte, zum Beispiel beim Propst, ihrem Vater, oder beim Faktor, ihrem Schwager? Er hatte gehört, daß es nur ganz wenig kostete, mit einem Auswandererschiff nach Amerika zu fahren, und hatte ausgerechnet, daß er, wenn er den Tischlerlohn in Amerika zugrunde legte, dem Fräulein das Geld für die elf Fahrkahrten in zwei Jahren zurückbezahlen könnte. Das Fräulein überlegte sich die Sache ernst und gewissenhaft, wie man es von ihr gewohnt war, und sprach darüber mit ihrem Vater und ihrem Schwager, aber beide wiesen das Ansinnen weit von sich, weil beide meinten, es sei besser, den Tischler bei der Hand zu haben, wenn man ihn brauchte, zumal kaum Gefahr bestand, daß er in absehbarer Zeit der Gemeinde zur Last fallen würde, denn er war aus einem anderen Bezirk gebürtig. Sie fanden, daß es entschieden zu weit ginge, wenn das Fräulein jetzt erwartete, daß sie große Geldsummen ausgaben, um Leute ins Ausland zu verfrachten, und sie sagten, wie nicht anders zu erwarten, daß die Wohltätigkeit auch irgendwo ihre Grenzen haben müsse.

5. Naturam expellas furca ...

So vergeht die Zeit; Fräulein Rannveig ist nun sechsunddreißig Jahre alt und hat sich, wie schon erwähnt, mit ihren Webarbeiten einen guten Namen gemacht, und ihr Ansehen wuchs ständig; bald waren sieben Jahre vergangen. Doch die Leute sagten, sie bewahre jetzt und für alle Zeiten in ihrer Brust jene große Liebe, die ihr einst die Mutterschaft gebracht und dann den leuchtendsten Freudentag des Lebens in den Tag düsterster Trauer verwandelt hatte. Es hieß, sie würde nie einen anderen Mann als den verstorbenen Magister Bögelund lieben können, und sie sei in seinem Angedenken so gut zu allen, daß sogar die Tiere im Dorf sich zu ihr hingezogen fühlten. Die Leute sahen denn auch in ihrer Person ein Symbol dessen, wie die Liebe sich in Trauer verwandelt und das Glück, das einem nicht zuteil wird, in Religion, die erst im jenseitigen Leben ihre Erfüllung findet. Die Leute begegneten ihr mit Ehrerbietung, und in den Augen junger Männer war sie ein Sinnbild der Unnahbarkeit. Es kann nicht verwundern, daß die Bewohner des Ortes erschraken, als ein neues Gerücht aufkam, das im Widerspruch stand zu allem, was die Leute von Fräulein Rannveig geglaubt hatten und was im Bewußtsein der Allgemeinheit mit jedem Jahr festere Formen angenommen hatte. War dann plötzlich das Bild, das sich die Leute von Fräulein Rannveig gemacht hatten, von der Wand genommen worden? Nein, natürlich nicht so plötzlich, doch das Gerücht ging weiterhin um, zunächst nur mühsam, doch dann immer bestimmter. Es hieß, sie wäre wieder schwanger.

Hatte man so etwas schon gehört! Wie in aller Welt konnte es den Leuten einfallen, einen solchen Unsinn zu verbreiten? Es ließ sich natürlich nicht abstreiten, daß das Fräulein ein bißchen dick in der Taille war, aber das kam vom Sitzen am Webstuhl, eine Arbeit dieser Art bringt es mit sich, daß die Hüften im Laufe der Zeit breiter werden. Nun konnten alle im Dorf bezeugen, daß das Fräulein all die Jahre nie mit einem Mann in Verbindung gebracht worden war, nicht einmal ganz draußen am Horizont hatte man die Spur eines Freiers entdeckt, abgesehen von unschuldigen Kaffeesatzfreiern, die beim Wahrsagen aus der Tasse aufgetaucht waren, und niemand konnte sich einbilden, sie wäre von einem solchen Spaß unnatürlich dick geworden. War es dann der Heilige Geist, der sie überschattet hatte, wie es an einer Stelle in der Bibel heißt? Nein, keine ungehörigen Scherze, liebe Freunde und Brüder! Die Leute grübelten weiter Tag und Nacht über diese rätselhafte Angelegenheit nach. Und schließlich waren die Tage und Nächte zu Monaten geworden, und die Entwicklung der Tatsachen brachte alle zweifelnden Stimmen endgültig zum Schweigen: Fräulein Rannveig, die Tochter des Propstes, war schwanger.

So eigenartig ist die Natur.

Nun wußten alle, daß Fräulein Rannveig, wenn sie sich etwas daraus gemacht hätte, nur die Hand auszustrecken brauchte, und dann hing an jedem Finger ein Freier, aber dergleichen lag ihr fern; ihr ganzes Interesse galt den Handarbeiten. Doch gesetzt den Fall, sie wäre ein solches Mädchen gewesen, das sich etwas aus flüchtigen Liebesabenteuern macht, dann hätte sie gar keine Gelegenheit dazu gehabt, denn wenn Gefahr drohte, sorgten ihre Schwester und ihre Mutter immer dafür, daß eine Aufpasserin in ihrer Nähe war. Und dennoch hatte die Natur sowohl der im voraus bescheinigten Keuschheit des Fräuleins als auch den Aufpasserinnen ein Schnippchen geschlagen.

Die Leute können sehr scharfsinnig sein, wenn sie den Ursachen von Erscheinungen dieser Art auf den Grund gehen, und dann bewahrheitet sich manchmal das Sprichwort, daß es nur wenig gibt, was die Zunge eines Hundes nicht aufspürt. Jetzt erinnerte man sich wieder daran, daß irgendwann im Herbst einige Burschen bemerkt hatten, wie ein Mann und eine Frau aus einem der Fischköderschuppen des Propstes unten am Meer herauskamen, die beiden seien wie Gespenster in der Dunkelheit vorbeigehuscht, man hatte sie ein- oder zweimal bemerkt, und jemand hatte behauptet, er könne schwören, daß dies der Tischler Andres gewesen sei, die Frau dagegen habe niemand erkennen können, sie war in Umschlagtücher eingehüllt. Deshalb hatte man die Sache bislang auf sich beruhen lassen. Doch nun geschah es, daß man sich im Dorf zu der Behauptung verstieg, daß Fräulein Rannveig nicht nur schwanger sei, sondern daß da der Tischler Andres am Werke gewesen sein müsse.

Lange Zeit gab es keine offizielle Verlautbarung in der Sache, weder aus dem Haus des Propstes noch aus dem Haus des Faktors, die Herrschaft blieb hauptsächlich unter sich, und es hieß, die Frau des Propstes sei diesen Winter sehr kränklich, sogar der Schnupftabak sei ihr verboten worden; die Webschule des Fräuleins wurde Anfang Februar geschlossen, was damit begründet wurde, daß die Tochter ihre Mutter pflegen müsse. Die Frau des Faktors war ebenfalls krank, einige sagten, es sei ein inneres Leiden, sie saß in ihrem Schlafzimmer und war für niemanden außer der Wirtschafterin zu sprechen, andere sagten, sie habe hysterische Anfälle und beklage tränenreich ihr bitteres Los.

Kränklichkeit und Gefühlsangelegenheiten hatten von jeher ihren Platz im Inneren der Häuser, vor allem wenn es sich um besonders solid gebaute Häuser handelte. Draußen ging alles seinen gewohnten Gang, zum Beispiel begann die Fischfangsaison zur gewohnten Zeit, und der Dorsch wurde bei guter Gesundheit, doch mit wenig Gefühl aus dem Meer gezogen, wie es in Eyvik stets üblich gewesen war. Und nun wendet sich die Geschichte einem jungen Fischer zu, Gisli Gislason, der von den Inseln draußen stammte, aus einer völlig unbedeutenden Familie, doch er war ein hübscher Bursche und sang gern, konnte ein bißchen auf dem Harmonium spielen und war alles in allem salonfähiger in seinem Aussehen und in seinen Interessen als die meisten Fischer und beliebt bei Frauen und besseren Leuten. Viele fanden, er habe eigentlich seinen Beruf verfehlt. Dieser junge Mann war wie in den vergangenen Jahren auch in dieser Fangsaison auf einem der Fischerboote des Propstes angeheuert, doch da geschieht es, mitten in einer Periode günstigen Wetters, als erst zwei Wochen der Saison vergangen waren, daß dieser junge Bursche zum Propst gerufen wird; der Propst eröffnet ihm, daß der Faktor ihn gebeten habe, ihm einen jungen Gehilfen zu besorgen, der sich für die Arbeit im Laden eignete, und er sagte ihm, er habe es aufgrund seines Singens und anderer guter Eigenschaften verdient, daß er von ihm für diese Stelle und den damit verbundenen sozialen Aufstieg vorgeschlagen werde. Dem jungen Mann wurde, wie nicht anders zu erwarten, ganz schwindlig von dieser Freudenbotschaft, und er wurde noch benommener, als der Propst ihm anbot, ihn in sein eigenes Haus aufzunehmen, und sagte, er würde für ihn ein Zimmer im oberen Stockwerk herrichten lassen, denn bis dahin hatte Gisli in einer schlechten Kammer bei seinen Verwandten im Dorf geschlafen und während der Fangsaison mit zwei anderen Männern in einem Bett liegen müssen.

Eigentlich hatte man im Laden nicht mehr zu tun, als zur Fangsaison üblich war, und niemand konnte verstehen, weshalb der Faktor plötzlich noch einen Mann für das Geschäft anstellte; bislang hatte der Ladengehilfe Hans ohne große Mühe die Kundschaft bedienen können, selbst im Frühjahr und im Herbst, wenn die Bauern ins Dorf kamen, denn dann half der Buchhalter mit, und es konnte deshalb nicht überraschen, daß Hans diesen neuen Menschen mit einigem Erstaunen betrachtete und fand, daß es eng wurde in seinem Königreich hinter dem Ladentisch. Doch noch weit größeres Erstaunen mußte die Nachricht hervorrufen, daß man Gisli Gislason tatsächlich das Wohnzimmer der Tochter des Propstes zur Verfügung gestellt hatte, das heißt ihr vorderes Zimmer, das zum Flur hinaus lag; es war nämlich so, daß sie durch dieses Zimmer hindurchgehen mußte, um in ihr Schlafzimmer zu gelangen, und tatsächlich dauerte es nicht lange, bis sich im Dorf die Nachricht verbreitete, Gisli Gislason sei der zukünftige Schwiegersohn des Propstes und der Vater des Kindes, welches das Fräulein erwartete, und hierin sah man den Grund für seinen plötzlichen sozialen Aufstieg. Gleichzeitig wurden alle Klatschgeschichten über den Tischler Andres und das Fräulein als Lüge abgetan, und jeder, der solch übler Nachrede sein Ohr lieh, ohne zu widersprechen, oder sie gar selbst verbreitete, als ehrloser Verleumder gebrandmarkt. Und als Andres selbst einmal in angeheitertem Zustand zweideutige Antworten in dieser Sache gab, verpaßte ihm ein Fischer, der auf einem der Boote des Propstes angeheuert war und deshalb den Handschuh für die Tochter des Propstes aufnahm, ein blaues Auge.

Auch diesmal kam die Herrschaft in Eyvik wieder ohne Umschweife zur Sache. Beim Goldschmied in Adalvik wurden Ringe bestellt, und Ende März wurde mit heißer Schokolade und dem Buchhalterehepaar als Gästen die offizielle Verlobung gefeiert; der Gesundheitszustand der alten Dame hatte sich so weit gebessert, daß sie es wagte, ins Wohnzimmer herunterzukommen, und sie hatte sogar wieder begonnen, etwas Tabak zu schnupfen; die Frau des Faktors hingegen hatte sich außerstande gefühlt zu kommen. Am nächsten Sonntag gingen die Verlobten Arm in Arm bei Sonnenschein und Tauwetter durch das Dorf, die Männer nahmen ihre Mützen ab, und die Frauen kamen aus ihren Hütten, um die Tochter des Propstes zu küssen. Das junge Paar war offensichtlich sehr zufrieden, und alle waren zufrieden. Allmählich besserte sich auch der Gesundheitszustand der beiden Frauen, so daß sie sich nicht nur wieder in Wohnzimmer und Küche sehen lassen konnten, sondern man konnte sie sogar vorsichtig zwischen dem herrschaftlichen Haus und dem Haus des Propstes hin-

und hergehen sehen, denn jetzt mußten oft Besprechungen abgehalten werden.

Die Trauung wurde für den Johannistag anberaumt, doch da mußte man sich mit dem Hausbau für das junge Paar beeilen, denn selbstverständlich sollte für sie gebaut werden, und die Herrschaft wählte gemeinsam den Platz, das Haus sollte auf der gegenüberliegenden Seite der Wiese des Faktors stehen, neben dem kleinen Tor im Zaun, an der Straße, die in den Sprengel hinaufführt.

Nun hätte man glauben sollen, dieser Bau wäre Wasser auf die Mühle des Tischlers Andres gewesen, der seit Weihnachten mit seiner ganzen Familie von Almosen gelebt hatte; denn diese Reparaturen, die man ihm während der Fangsaison übertrug, was war das schon? Doch eines schönen Tages kommt das Küstenschiff mit einer Ladung Bauholz, und mit dem Bauholz kommen zwei gelernte Zimmerleute aus dem Nordland, und sie sollen das Haus bauen. Und Andres? Macht euch keine Sorgen um Dresi, sagte er, kniff vielsagend ein Auge zu und lachte dann übermütig, wie es seine Art war – Dresi kommt nicht zu kurz! Und an einem Tag im Mai hatten alle seine Kinder richtige Kleider an, vor kurzem im Laden erstanden, und seine Frau trug einen Mantel, und er fuhr mit Kind und Kegel übers Meer davon, es sah aus wie eine Völkerwanderung, er lachte auf seine leichtsinnige Art und hatte seine Baracke in Brand gesteckt, bevor er abfuhr, und zwanzig Jahre später war er in Winnipeg ein reicher Mann geworden und wurde dort immer nur Baumeister Anderson genannt.

Jetzt wurde mit dem Bau begonnen, und das Echo der Hammerschläge hallte an den sonnenhellen Frühlingstagen durch das Dorf, ja, es hallte sogar über das Meer hinaus, bis zu den Inseln. Und an jedem Abend ging das glückliche Paar Arm in Arm zum Haus, um zu sehen, welche Fortschritte es heute gemacht hatte, und ehe man sich's versah, war es unter Dach, und dann wurde die Flagge gehißt.

Freundlich scheint die Welt –

Es war keineswegs nur ein Scherz, daß die Hammerschläge an den sonnenhellen Frühlingstagen weit über das Meer und sogar bis zu den Inseln hinaus zu hören waren. Woraus man das schließen konnte?

Es war drei Tage vor dem Johannistag, und der Propst saß in seinem Studierzimmer; er war gerade dabei, über den Inhalt der Traurede nachzudenken, und es war wirklich eine schwierige Rede, nach all dem, was vorausgegangen war, und ausgerechnet da mußte man ihn stören, jemand will den Propst sprechen.

Wer ist es? fragt der Propst.

Es ist eine Frau von den Inseln, sie sagt, sie müsse unbedingt mit dem Propst sprechen.

Dazu habe ich heute keine Zeit, sie muß ein anderes Mal wiederkommen – sag ihr, es seien dringende Amtsgeschäfte.

Doch die Frau wollte nicht wieder fortgehen, das Dienstmädchen kam wieder herein und meldete dem Propst, daß die Frau sich in der Küche niedergelassen habe und offensichtlich krank sei.

Krank? Da kann ich ihr auch nicht helfen. Ich habe sehr wichtige Dinge zu erledigen. Man kann ihr Kaffee geben. Im übrigen soll sie zum Arzt gehen.

Doch die Frau dachte nicht daran zu gehen – also gut, dann soll sie kommen, sagte der Propst, und sie wurde hereingeführt.

Na, was hast du denn auf dem Herzen, meine Kleine, sagte er und betrachtete das Mädchen. Er erkannte sie gleich, wie alle seine Pfarrkinder, er hatte sie konfirmiert, sie war höchstens zwanzig, ihr Vater wurde Kinder-Helgi genannt, weil er sechzehn Kinder hatte, das waren bettelarme Leute, verkommenes Pack, ihr Vater war zweimal wegen Diebstahls angeklagt worden, die Kinder wuchsen wie frei herumlaufendes Vieh auf und landeten schließlich bei verschiedenen fremden Leuten. Und während der Propst tief in Gedanken über seinen Amtsgeschäften sitzt, drängt sich dieses aufsässige Mädchen herein, selbstverständlich irgendwelche Scherereien, wie immer bei diesen armen Schluckern, offensichtlich war sie hochschwanger – man könnte glauben, daß Schwangersein bei solchen Hungerleidern erblich sei. Sie saß mit rotem Gesicht da und starrte in die Luft, nichts als Trotz, sagte lange gar nichts. Nun wurde der Propst ein wenig ungeduldig, aber was soll denn das, mein Kind, sagte er, was willst du von mir? Wer schickt dich her? Und wie kommt es, daß du so dick bist, hast du etwas Unsittliches getan, meine Kleine?

Ich weiß nur, daß es sehr bald soweit ist, wie der Propst eigentlich selbst sehen müßte. Denn dazu braucht man keine Brille! Ich wäre schon froh, wenn ich mich bis über Johanni auf den Beinen halten könnte.

Ja, aber was kann ich dafür? fragte der Propst. Vermutlich hast du es nicht allein gezeugt.

Allein gezeugt? wiederholte das Mädchen. Nein, der Teufel hol mich, wenn ich es allein gezeugt habe.

Und wer ist der Vater?

Wer soll es schon sein, wenn nicht der Gisli? sagte das Mädchen.

Was für ein Gisli?

Natürlich der verfluchte Orgelspieler Gisli Gislason, sagte das Mädchen. Wer denn sonst, auch wenn er jetzt nichts mehr von mir sehen und hören will, weil er in die Familie der Herrschaft einheiraten soll. Und jetzt hat man mich aus meiner Stelle gejagt, und wo soll ich dann das Kind bekommen? Vielleicht draußen auf der Wiese, wie ein Schaf, soll ich vielleicht Gras fressen? Also habe ich keinen anderen Ausweg gewußt, als mich direkt an Sie zu wenden. Und das kann ich laut sagen und beschwören, selbst wenn die Tochter des Propstes auch schwanger ist, dann hatte der Gisli damit nichts zu tun, zumindest nicht, als sie anfing dicker zu werden, und ich will den Propst nur fragen, wo Sie selber mir doch meinen christlichen Glauben beigebracht haben, ob Sie es christlich finden, mir den verdammten Mann wegzunehmen, weil er so ein Lump ist? Ich habe kein Bett und keinen, der mir hilft, aber die Tochter des Propstes hat nicht nur das Haus des Propstes, sondern auch das Haus des Faktors, und außerdem die Herrschaft.

Doch gleichgültig, ob dieser ungebetene Gast seinem Herzen noch länger Luft machte oder nicht, das Ergebnis des Gespräches war, daß die Leute im Haus eiligst eine Konferenz abhielten und Gisli Gislason, der Orgelspieler, fristlos aus seiner Stellung im Laden entlassen wurde und die Unterkunft beim Propst verlor. Und so verblüfft war der junge Mann von all dem, was an jenem Abend über ihn hereinbrach, daß er sich auf der Stelle mit der Tochter des Kinder-Helgi trauen und mit seiner Frau auf die Inseln hinausschicken ließ, nebst einem Sack Roggenmehl, einer Kiste Zucker und einem Harmonium von der Sorte, die der Faktor in Kommission hatte, das bekam er als Trostpflaster; die Herrschaft in Eyvik machte nicht viel Federlesens, wenn es darauf ankam. Es dauerte zwei Jahre, bis der junge Mann begriff, was an diesem Abend geschehen war, seine Frau verließ und sich ins Südland aufmachte, um dort sein Orgelspiel zu vervollkommnen.

6. Alles in schönster Ordnung

Jetzt wäre es durchaus möglich, daß jemand fragt: Was wurde aus der Tochter des Propstes? Wurde das neue Haus auf der anderen Seite des Faktorhauses dann umsonst gebaut? Bekam sie trotz allem ein zweites uneheliches Kind?

Weder das eine noch das andere – das Haus wurde nicht umsonst gebaut, und Fräulein Rannveig bekam kein uneheliches Kind. In dieser Familie konnte nie etwas Anstößiges geschehen. Und weshalb nicht? Weil die Leute in Eyvik feine Leute waren, sie waren die feinsten Leute im Landesviertel.

Und wenn das Fräulein auch nicht mit dem vorgesehenen Mann verheiratet wurde, so wurde sie doch am vorgesehenen Tag verheiratet, und sie wurde mit einem Mann verheiratet. Ein Mädchen findet schnell einen Mann. Zwar war es keine vornehme Partie, es war hart an der Grenze, wie man zu sagen pflegt, doch der Bräutigam stammte ursprünglich aus einer guten Familie, er kam aus einer Pfarrersfamilie und war nicht ungebildet, auch wenn er eher bescheiden auftrat; und er hatte einen in jeder Beziehung untadeligen Ruf, was heutzutage als Ausnahme gelten kann – es war der Ladengehilfe Hans.

Ja, sie wurden am Johannistag getraut, es geschah im Wohnzimmer daheim beim Propst, und außer den Trauzeugen und der Frau des Propstes war niemand dabei. Hans stand rasiert und gekämmt in seinem Sonntagsanzug da und hörte genau zu, was der Propst aus dem Handbuch vorlas, mit einem Gesichtsausdruck, als ob er den Verdacht hegte, in dem Text seien irgendwelche Anschuldigungen versteckt, und sie stand an seiner Seite, eine reife Frau in der Blüte des Lebens, die Fruchtbarkeit selbst, wie ein Baum, der sich unter der Last seiner Früchte beugt. Sie zogen noch am selben Tag in das neue

Haus, und tags darauf gebar sie die kleine Katrin Hansdottir. Im Herbst begann sie wieder, Mädchen im Weben zu unterrichten, und teilte ihre Zeit zwischen dem Weben und der kleinen Katrin Hansdottir auf. Und der Ladengehilfe Hans, der vierzehn Jahre lang in einer geteerten Hütte auf dem Grundstück des Buchhalters gehaust und an Winterabenden den Leuten in die Fenster geguckt hatte, er war jetzt Assistent in der Buchhaltung, Schwager des Faktors, eine der Standespersonen im Ort, Herr in seinem eigenen Haus und Ehemann der besten Partie im Landesviertel. Es konnte also nicht verwundern, daß der Propst von der Kanzel über die Sanftmütigen, die Stillen im Lande, die über wenigem getreu sind, sprach: Siehe, der Herr wird sie über viel setzen, er wird sie mit Nachkommen segnen, die für alle kommenden Zeiten den Namen des Herrn preisen sollen; gelobt sei der Name des Herrn.

Nun konnte man zwar nicht sagen, Frau Thurid habe bei dem erbarmungslosen Kampf um den Ruf ihrer Schwester eine Niederlage erlitten, doch man konnte auch nicht behaupten, dies sei ein glänzender Sieg. Obwohl in letzter Minute alles gerettet worden war, ließ sich nämlich nicht abstreiten, daß diese Lösung in Wirklichkeit nur ein Notbehelf war und die Verschwägerung mit dem Ladengehilfen Hans das Haus auf ein niedrigeres kulturelles Niveau herabzog. Zwar stammte Gisli Gislason von völlig unbedeutenden Leuten ab, aber er war doch ein vielversprechender junger Mann und hatte außerdem eine Vorliebe für die Sangeskunst; die Frau des Faktors war erschüttert, als er plötzlich kampfunfähig gemacht wurde. Was blieb einem anderes übrig, als zu einer Notlösung zu greifen, nachdem man in eine solche Zwangslage geraten war? In ihrer Verbitterung veranlaßte die Frau, daß die kleinen Tore auf beiden Seiten des Zauns, der die Hauswiese des Faktors umgab, das Tor hinter dem neuen Haus und das Tor gegenüber, hinter dem Faktorhaus, an Rannveigs Hochzeitstag mit dicken Brettern vernagelt und dann mit Stacheldraht umwickelt wurden, zum Zeichen dafür, daß kein Weg mehr zwischen diesen beiden Häusern über die Hauswiese führte. Wer vom einen Haus zum anderen gehen wollte, mußte einen großen Umweg machen. Wurde die Frau des Faktors wieder gesund, nachdem sie die beiden Tore hatte zunageln lassen? Nein, so seltsam es scheinen mochte, sie wurde trotzdem nicht wieder gesund. Sie verließ ihr Schlafzimmer nicht und verbot, die Vorhänge aufzuziehen, denn wegen ihres Kopfes konnte sie das starke Sonnenlicht nicht vertragen. Was sagte der Arzt? Er sagte, man könne in Wirklichkeit nichts anderes tun, als die Frau ins Ausland reisen zu lassen. Und daraufhin ließ man die Frau ins Ausland reisen. Sie reiste eines Nachts auf dem Küstendampfer ab, und im Faktorhaus wurden die Vorhänge aufgezogen.

Ja, es mußte wohl etwas Ernstes sein, da sie es wagte, ihren Mann, ihre Kinder und ihr Haus sich selbst zu überlassen, vielleicht für mehrere Monate. Denn alle wußten, und keiner besser als sie selbst, daß das Haus ohne sie wie ein Schiff ohne Steuermann war. Und es zeigte sich auch gleich im Herbst, daß der Faktor immer länger in die Nacht hinein beim Wein saß, entweder mit dem Arzt oder mit Großbauern und Pfarrern, und der ganze Haushalt aus den Fugen geriet, denn die Wirtschafterin konnte die Kinder nicht im Zaum halten. Jetzt war die älteste Tochter des Faktorehepaares vierzehn Jahre alt und die zweitälteste dreizehn, dann kamen zwei Söhne, der eine elf und der andere neun, und schließlich zwei kleine Mädchen, die eine fünf, die andere sechs. Die Kinder waren alle sehr vielversprechend, auch wenn sie sich nicht besonders zu Büchern hingezogen fühlten; vor allem die beiden ältesten Mädchen waren sehr lebhaft, sie sahen schon erwachsen aus, bevor sie konfirmiert wurden, und hatten schon längst keinen Spaß mehr an Kinderspielen. Sie wollten sich mit erwachsenen Mädchen und Burschen unterhalten. Sie waren nie zur Arbeit angehalten worden, hatten aber von klein auf so nahrhafte Kost bekommen, daß sie jetzt vor überschüssiger Körperkraft strotzten, und ihr Haar war so elektrisch geladen, daß es knisterte. Es waren prachtvolle Mädchen, obwohl sie noch so jung waren. Morgens ließen sie sich gerne mit dem Aufstehen Zeit und vergnügten sich oft damit, daß sie einander an den Fingern zogen, daß es in den Gelenken knackte, dieses Spiel heißt »Hurenkind«, und sie hatten großen Spaß daran, achteten aber darauf, daß sie es nur unter der Decke spielten, damit ihre Mutter es nicht merkte. Sie lasen manchmal Fortsetzungsromane, kümmerten sich aber weniger um die Schule und klagten oft über Schmerzen hier und dort im Körper, so daß der Arzt ihnen meist verbot, in die Schule zu gehen. Die Jungen waren tüchtige Kerle und träumten davon, Bootsführer bei ihrem Großvater zu werden, von den Fischern lernten sie Flüche, die sie dann daheim verwendeten, sie versuchten immer, sich vor dem Waschen zu drücken, alles derartige betrachteten sie als Eingriff in die persönlichen Rechte des einzelnen, und es gelang nicht, ihnen beizubringen, sich die Schuhe abzutreten, bevor sie ins Zimmer kamen. Nun hatte die Mutter stets das Tun ihrer Kinder überwacht, sie hielt sie an einer unsichtbaren Leine, insbesondere die Mädchen. Diese Mädchen sollten nicht glauben, sie könnten so leben, wie es ihnen gerade einfiel, nein, sie mußten, bitte schön, früh zu Bett gehen. Es wurde genau untersucht, mit welchen Mädchen sie verkehrten, und sah man, daß sie auf der Straße mit jungen Burschen sprachen, wurden sie sofort ins Gebet genommen, wobei man ihnen mit allem Nachdruck zu verstehen gab, daß nur die schlimmsten Flittchen sich auf der Straße mit Fischerjungen unterhielten, und sie waren noch nicht so alt, daß man ihnen nicht ohne weiteres mit der Rute drohen konnte, obwohl die Frau des Faktors in der letzten Zeit nicht den Mut gehabt hatte, mit solchen Drohungen Ernst zu machen, da die kleine Gudlaug, die älteste Tochter, inzwischen größer war als sie selbst. Es war ihnen streng verboten, andere Kleider als Kinderkleider zu tragen, obwohl sie voll entwickelte Mädchen waren. Wegen alledem waren die Mädchen oft launisch, alle natürlichen Lebensäußerungen waren ihnen verboten, man befahl ihnen, Kinder zu sein, sich aber wie Erwachsene zu benehmen, sie konnten keinen Schritt ohne Fessel am Bein gehen. Dagegen waren die Jungen noch nicht so groß, daß ihre Mutter es nicht gewagt hätte, es mit ihnen aufzunehmen, es gab auch kaum einen Tag, an dem sie ihnen keine Ohrfeigen verabreichte, doch die Jungen hatten harte Schädel und weinten nie, sondern schnitten ihrer Mutter manchmal Grimassen, während sie zur Tür hinausschlüpften. Jetzt aber war die gnädige Frau plötzlich ins Ausland abgereist, und mit ihr war jeder moralische Halt aus dem herrschaftlichen Haus verschwunden, es war tatsächlich so, als sei das Dach des Hauses davongeflogen, das Haus jedem Sturm ausgeliefert. Die Mädchen und die Jungen luden alle ihre Kameraden ein, wann auch immer es ihnen gefiel, allmählich gewöhnten sich die Kameraden daran, auch uneingeladen zu kommen, zumindest durch die Hintertür; und bald war das Haus tatsächlich zum Mittelpunkt allen Spektakels im Dorf geworden, von dort konnte man Ziehharmonikamusik und Gesang, Tanz und Geschrei hören, und einmal während der herbstlichen Fangsaison war das Haus in der Nacht so voll von jungen Fischern und jungen Mädchen, daß die Wirtschafterin sich keinen anderen Rat wußte, als den alten Propst und seine Frau aufzuwecken, damit sie die Leute hinauswarfen, es war auch Schnaps mit im Spiel gewesen, einige der Burschen waren ziemlich betrunken, und sogar die Töchter des Faktors schienen nach irgendeinem verdammten Zeug zu riechen, der Faktor aber saß mit einem Pfarrer vom Land in seinem Büro, und sie wußten weder ein noch aus und sagten, ihretwegen solle alles der Teufel holen. Kurz darauf wurde die Frau des Propstes krank, und dann konnte man niemanden mehr zu Hilfe rufen, um dem nächtlichen Treiben ein Ende zu bereiten. Der Faktor schrieb seiner Frau nach Dänemark, hier daheim sei alles in schönster Ordnung, und er bat sie, sich mit der Rückkehr nicht zu beeilen, sondern erst dann zu kommen, wenn sie wieder völlig gesund sei. Und die alte Frau des Propstes wagte nicht, ihrer Tochter zu schreiben, wie es tatsächlich im Haus zuging, denn sie glaubte, daß sie die Wahrheit nicht verkraften würde, sie sagte nur, daß alle gesund seien, Gott sei Dank.

Nun ging aus diesen Briefen ganz deutlich hervor, daß die gnädige Frau zu Hause dringend gebraucht wurde, nicht zuletzt aus den Briefen des Faktors, denn nichts konnte eine vollkommenere Offenbarung dessen sein, wie er seine freie Zeit verbrachte, als die Aufforderung, sie solle sich mit der Rückkehr Zeit lassen. Und die Briefe ihrer Mutter mußten ihr, einer Frau mit so feinem Gespür, mehr als genug über den Zustand der Kinder sagen. Beeilte sie sich dann nicht, wieder heimzukommen, um die Leitung ihres Hauswesens in die Hand zu nehmen und Ordnung zu schaffen? Ganz im Gegenteil, sie schrieb wieder nach Hause, daß sie sich freue, daß daheim alles so gut gehe und alle gesund seien, sie hoffe, daß es auch weiterhin so bleibe. Sie schien, anders gesagt, nichts verstanden zu haben. Ihr selbst, sagte sie, gehe es ganz allmählich immer besser, sie habe das Sanatorium verlassen und halte sich jetzt in Kopenhagen auf, aber natürlich sei sie noch immer unter ärztlicher Aufsicht, und der Arzt rate ihr dringend, erst wieder im Frühjahr nach Hause zu reisen, wenn sich ihre Nerven völlig erholt hätten. Ja, die gute Frau des Faktors, sie war jetzt über vierzig, das Alter war bedrohlich nähergerückt, vielleicht hatte sie nicht weniger als andere im Haus ein Bedürfnis nach Freiheit, sei es auch nur für ein Jahr, bevor alles zu spät war. Wir leben schließlich nur einmal.

Und so verging der Winter in allgemeiner Ausgelassenheit. Es war ganz erstaunlich, wie die lieben Kinder im Laufe eines Winters verwildern konnten. Die Mädchen veränderten ihr Aussehen und ließen sich lange Kleider nähen; sie schliefen am Tag und tanzten in der Nacht und vernachlässigten ihren christlichen Glauben dermaßen, daß der Propst sie um die Osterzeit in die Obhut seines Amtsbruders aufs Land schickte, doch schon nach zwei Tagen kamen sie bei heftigem Tauwetter zu Fuß und bis auf die Haut durchnäßt wieder zurück, weil im Ort eine Tanzveranstaltung stattfand.

Im Mai kam dann die gnädige Frau zurück. Ja, jetzt sah sie nicht mehr kränklich und grau aus, sie sah erstaunlich gut aus, das Dorf wollte seine gnädige Frau kaum wiedererkennen. Sie war nach dänischer Mode gekleidet und hatte ein rotes Band an ihrem Hut, als sie an Land stieg, so daß die Töchter ihre Mutter verwundert anstarrten; sie wurde dann auch nie mehr mit diesem Hut gesehen. Ihr stolzer Blick machte viele verlegen, als sie die Anlegebrücke entlangging – und welch eine Haltung, als sie durch den Ort auf ihr Haus zusteuert: eine vornehme Frau in der Blüte der Jahre, eine Frau, die alles hat, die der Eitelkeit der Jugend entwachsen, aber noch nicht vom Schicksal des Alters berührt ist. Alle sahen, daß sie wieder gesund sein mußte.

Sie legte noch am selben Tag das dänische Kleid ab, zog isländische Tracht an und übernahm wieder die Leitung ihres Hauswesens, als ob nichts geschehen wäre. Ihre Tatkraft war noch immer die alte. Die Möbel wurden mit dem Federwisch bearbeitet, jedes Staubkorn wurde vertrieben, selbst von nicht sichtbaren Stellen, das Tafelsilber geputzt, jede Gewürzdose in der Küche nach einem unerschütterlichen Gesetz an ihren Platz gestellt, die langen Kleider der Mädchen wurden kürzer gemacht und die Fransen abgeschnitten, und den Jungen wurde befohlen, sich die Schuhe abzutreten, bevor sie ins Wohnzimmer kamen, und sich die Hände zu waschen, bevor sie zu Tisch gingen (ohne Erfolg). Die Horde junger Leute, die um das Haus herumschlich, als es Abend wurde, wurde davongejagt, und den Mädchen wurde befohlen, daheim zu sitzen und die dänischen Backfischromane zu lesen, welche die Frau aus Kopenhagen mitgebracht hatte. Zwei Nächte nach der Rückkehr der gnädigen Frau hielten die Mädchen die Unfreiheit nicht mehr aus und wollten sich um ein Uhr nachts durch das Wohnzimmerfenster hinausstehlen, doch plötzlich stand die Mutter da und zerrte ihre älteste Tochter von der Fensterbank herunter und hatte keine Hemmungen, ihr eine Ohrfeige zu geben, obwohl das Mädchen schon fast erwachsen war, und sie beließ es nicht bei der Ohrfeige, nein, so einfach kamen die beiden nicht davon, sondern sie bekamen eine ausführliche Strafpredigt zu hören, während draußen im berauschenden Dämmerlicht der Frühlingsnacht die Vögel sangen, sie erfuhren einiges über den Maßstab menschlicher Werte, von öffentlicher Wohlanständigkeit und menschlicher Würde bis hinab zu Hurerei und Syphilis, und es endete damit, daß beide Mädchen zu weinen anfingen und die Mutter sie wie zwei begossene Pudel hinauf in ihr Zimmer jagte und die Tür von außen abschloß. Leichtsinn und Sittenlosigkeit wurden im herrschaftlichen Haus mit der Wurzel ausgerissen.

Sie lud am zweiten Tag nach ihrer Rückkehr ein paar bessere Frauen zu Kaffee und Schokolade ein, um ihnen ihre Gewogenheit zu zeigen, und andere beehrte sie mit einem kurzen Besuch, eine Frau aber lud sie nicht ein, und sie beehrte sie auch nicht mit einem kurzen Besuch – ihre Schwester, Fräulein Rannveig, die Frau des Ladengehilfen Hans. Sie hatte beschlossen, daß ihre Schwester fortan in Ungnade sein sollte: zwischen diesen beiden Häusern gab es keinen Verbindungsweg. Doch es ist gar nicht so einfach, den Leichtsinn zu besiegen; ehe man sich's versieht, ist der Leichtsinn, den man im Nachbarhaus bekämpft hat, im eigenen Haus zu Gast. Und die gnädige Frau bekam ausgiebig Gelegenheit, die Erfahrung zu machen, daß das alte Sprichwort zutrifft: Es ist leichter, einen Sack Flöhe zu hüten als ein junges Mädchen. Dieses ständige Achtgeben auf zwei junge Mädchen, die nichts anderes als ihre Freiheit im Sinn hatten und überdies dazu gezwungen wurden, Kinderkleider zu tragen, obwohl sie und alle anderen wußten, daß sie keine Kinder mehr waren, was konnte aufreibender für die Nerven sein, zumal die Frau des Faktors in anderen Umständen war und schon längst niedergekommen sein sollte; doch die Schwangerschaft zog sich so seltsam lange hin, weil die Frau eine so seltsame Krankheit gehabt hatte. Es ist ganz unglaublich, wie frühreif die jungen Leute heutzutage sind, sagte die alte Pröpstin, denn ihre Töchter waren erst, als sie über zwanzig Jahre alt waren, für die Reise in die Hauptstadt reif gewesen. Oder die Neugierde und die Fragen dieser jungen Leute heutzutage. Der Frau des Faktors blieb also nichts anderes übrig, als ihre Töchter auf die Frauenschule in Reykjavik zu schicken, sie fuhren Mitte September. Nachdem sie abgereist waren, herrschte im Haus und um das Haus herum Ruhe und Stille.

7. *Ein Fest beim Vater der Nornen*

Und die Jahre vergehen wie ein Wind in der Nacht. Wo sind die Farben aus den Tagen der Jugend geblieben? Eines Morgens erwachen wir mit ergrauten Schläfen und blassen Wangen, aus den Grübchen sind Runzeln geworden. So vergingen die Jahre auch in Eyvik.

Die letzte Amtshandlung des verstorbenen Propstes war es gewesen, Gudlaug, die Tochter des Faktors, einem vielversprechenden Juristen aus der Hauptstadt anzutrauen, das war eine herrliche Hochzeit, auch wenn sie sich nicht mit der großen Hochzeit messen konnte, die damals vorbereitet und nie gehalten wurde, als sich Fräulein Rannveig mit Magister Bögelund verheiraten wollte; aber eine Woche später starb der alte Propst an einem Herzschlag, und im darauffolgenden Winter starb die Frau des Propstes, und die Hinterlassenschaft wurde unter den Töchtern aufgeteilt, das war damals ein beträchtliches Vermögen, der Propst hatte noch kurz vor seinem Tode zwei Motorboote angeschafft, nun bekam jede Tochter eines. Doch die Schwestern grüßten sich nicht bei der Beerdigung, sondern jede weinte für sich allein, und von seiten des herrschaftlichen Hauses war keine Begnadigung zu erwarten, auch nicht, nachdem Rannveig so vermögend geworden war und Hans schon längst nicht mehr im Laden arbeitete. Nein, das reichte nicht aus. Kein Vermögen, bar oder fest angelegt, konnte die Schande tilgen, die Rannveig über die Familie gebracht hatte, als sie damals die kleine Katrin Hansdottir erwartete. Deshalb wurde Rannveig nie zu der Herrschaft gezählt, sondern sie verkehrte mit den Armen. Mit jedem Jahr zog sie sich mehr zurück, in letzter Zeit ging es ihr gesundheitlich nicht sehr gut, und sie gab schon längst keinen Webunterricht mehr, sie saß oft müde an ihrem Webstuhl, beugte sich über ihr Gewebe vor und las im Kirchengesangbuch. Schließlich gab sie das Weben auf, und auf dem Webstuhl sammelten sich Staub und Spinnweben. Sie wurde frühzeitig alt, vernachlässigte ihr Äußeres, bekam graue Haare, verlor ihre Zähne und magerte ab. Allmählich konnte man sie nicht mehr von den gewöhnlichen Frauen unterscheiden, die dreizehn Kinder geboren hatten, im Haus galt sie als schlampig, und man wunderte sich darüber, wie eine Frau aus so guter Familie so einfältig sein konnte, vielleicht kam es daher, daß sie so schlecht hörte, doch sie war gut zu allen, wie eine alte, vom Schicksal schwer geprüfte Frau, die zehn Kinder zu Grabe getragen hat und zusehen mußte, wie ihr Haus abbrannte und ihr Mann im Meer ertrank, ja, sie erwies allen Gutes. Sie war immer gut zu ihrem Mann, doch sie bekam außer der kleinen Katrin keine Kinder mehr. Mochte sie denn die kleine Katrin Hansdottir nicht? Doch, sie liebte sie. Aber sie weinte ihretwegen auch oft. Wie kam es, daß sie weinte? Wenn ein Mensch erst einmal anfängt zu weinen, fallen ihm immer noch traurigere Dinge ein. Erstens einmal war die kleine Katrin immer ein kränkliches Kind, sie lag oft mit Fieber im Bett, sie brauchte sich nur zu erkälten, dann konnte daraus eine langwierige Krankheit werden, der Arzt sagte, es seien die Mandeln. Und wenn sie gesund war und im Frühjahr mit anderen Kindern draußen spielen durfte, dann waren die anderen Kinder viel kräftiger als sie, sie konnte nicht so schnell laufen wie die anderen, und dann legte sie sich hin und tat so, als sei sie gestürzt und habe sich verletzt, oder sie war beleidigt und setzte sich weinend auf einen Stein, und wenn sie sie nur berührten, fiel sie hin, und dann fing sie an zu weinen und sagte, sie seien böse und wollten sie schlagen, und dann schlugen sie sie tatsächlich, und dann weinte sie noch mehr und ging heim zu ihrer Mutter und petzte. Deshalb wollten die Kinder sie nicht dabeihaben, sie sagten, sie sei eine Heulsuse und außerdem eine Petze. Die Zwillinge des Faktors waren etwa genauso alt wie sie, die beiden waren aus irgendwelchen Gründen Alfred und Edit getauft worden, wahrscheinlich deshalb, weil isländische Namen nicht fein genug für sie waren, sie waren auch hübscher als alle Kinder, die man je im Landesviertel gesehen hatte; da geschah es an einem Frühlingstag, daß sie mit einigen anderen Kindern spielten, und die kleine Katrin Hansdottir war auch dabei. Nach einer kleinen Weile wurden die Kinder des Faktors plötzlich nach Hause geholt, und sie durften an dem Tag nicht mehr hinausgehen. Einige Tage später geschah wieder genau das gleiche, nur daß diesmal die Frau des Faktors ihren Zwillingen eine tüchtige Tracht Prügel verabreichte, weil sie mit der kleinen Katrin Hansdottir gespielt hatten, was sie ihnen doch erst vor kurzem ganz ausdrücklich verboten hatte. Die gnädige Frau wollte nicht dulden, daß ihre dänischen Kinder, wie einige Spaßvögel sie wegen ihrer Namen nannten, mit einem Kind spielten, das von Rechts wegen eigentlich gar nicht existierte. Von da an vertrieben die Kinder des Faktors immer die kleine Katrin Hansdottir, indem sie sie mit Schmutz bewarfen und ihr Schimpfwörter nachriefen, wenn sie mit den Kindern spielen wollten. Da sich die Altersgenossen an den Kindern des Faktors ein Beispiel nahmen, war es bald zur festen Regel geworden, daß die Kinder überall, wo sich die kleine Katrin Hansdottir blicken ließ und mitspielen wollte, Schmutz und Steine aufsammelten und auf sie losgingen und sagten, sie solle sich nach Hause scheren, denn sie sei ein Hurenkind. Und wenn die kleine Katrin heulend nach Hause kam und ihrer Mutter davon erzählte, dann begann ihre Mutter auch zu weinen. Aus diesen Gründen war die kleine Katrin ein sehr unglückliches Kind. Und das gute Fräulein lernte die Welt immer besser kennen, da nun die Kinder der armen Frauen, denen sie so viele Geschenke gebracht hatte, ihren Augenstern Hurenkind nannten und mit Schmutz bewarfen. Aber dennoch wurde sie nicht der ganzen Welt gegenüber verbittert, sondern sie weinte über jedes Vorkommnis für sich. Und Mutter und Tochter umarmten sich und weinten. Dann wurde die kleine Katrin wieder krank, und ihre Mutter weinte weiter, weil sie Angst hatte, sie könnte sterben. Doch Hans der Ladengehilfe arbeitete nicht im Laden, er lag tagsüber auf seinem Bett, spie braunen Tabaksaft in den Nachttopf neben dem Bett und las Fortsetzungsromane in isländisch-amerikanischen Zeitungen, wenn er nicht gerade nach den Hühnern sah, die sieben an der Zahl waren. Er war jetzt über sechzig und hatte zugenommen, und er hatte keine Läuse mehr, nachdem er verheiratet war, denn Rannveig hatte den Läusen gleich im ersten Jahr den Garaus gemacht und ihn auf diese Weise für den Sabadillsamen entschädigt, den sie damals in Kopenhagen für ihn besorgen sollte, was sie dann aber vergessen hatte. Er war ein so schlechter Wirtschafter zu Wasser und zu Lande, daß sein Viehbestand an Land über eine Kuh und die sieben Hühner nie hinauskam, und als seine Frau die große Erbschaft machte und sie plötzlich Besitzer eines Motorbootes wurden, da verkaufte er dem Faktor das Boot für einen Spottpreis, weil der Faktor ihm sagte, daß Motoren an unseren Küsten ein Lotteriespiel seien, sie gingen sehr oft kaputt und der Unterhalt verschlang riesige Summen, es gebe genug Beispiele dafür, daß sich Männer in Reykjavik durch solche Boote ruiniert hätten, schließlich sei der gute Propst ja auch erst dann auf die Idee gekommen, solche Apparate zu kaufen, als er kindisch geworden war. Hans der Ladengehilfe war sehr froh, daß er diesen Apparat loswurde.

Wie stand es im übrigen mit dem Zusammenleben der Eheleute? Es war eine mustergültige Ehe. In diesem Haus hörte man nie ein böses Wort. Anfangs, solange Hans noch im Laden war, zeigte er reges Interesse an seiner Frau, manchmal kam er tagsüber ganz unerwartet nach Hause, spähte durch den Türspalt zu ihr ins Wohnzimmer hinein und machte sich schnell wieder davon, wenn sie allein war; wenn aber irgend jemand bei ihr war, blieb er stehen, bis der Gast ging. Er machte sich nichts aus Gästen. Und wenn seine Frau ausging, ging er etwa zwanzig Faden hinter ihr, und wenn sie ein Haus betrat, dann wartete er auf der Straße, schaute nach dem Wetter und spuckte, und wenn sie lange in dem Haus blieb, klopfte er an die Tür und sagte, er warte auf seine Frau. Im Laufe der Jahre kamen immer weniger Gäste, und Rannveig, die Frau des Hans, ging immer seltener aus. Hans der Ladengehilfe aber behielt die Gewohnheit bei, im Herbst, wenn es abends wieder dunkler wurde, aus dem Haus zu gehen, er spazierte dann allein umher und sagte, er wolle nur nach dem Wetter schauen, oft kletterte er im Dunkeln heimlich über die höchsten Mauern und Zäune, oft kam er schmutzig nach Hause, manchmal von Stacheldraht zerrissen, völlig durchnäßt, wenn es regnete, mit halberfrorenen Fingern, wenn es kalt war. Manchmal gingen Hunde auf ihn los und bissen ihn.

In dem Frühjahr, als die kleine Katrin zehn Jahre alt wurde, bekam sie eine gefährliche Krankheit, die in keinem unmittelbaren Zusammenhang mit ihren früheren Erkrankungen zu stehen schien, es war etwas im Kopf, es begann mit einem leichten Stechen im Nacken und Mattigkeit, doch dann nahm das Stechen zu, und das Mädchen mußte mit hohem Fieber und immer stärker werdenden Schmerzen zu Bett gebracht werden. Ihre Mutter wachte Tag und Nacht bei ihr, nur hin und wieder wurde sie von ein paar guten armen Frauen für eine Stunde abgelöst. In einem kleinen Marktflecken erregt die Nachricht einer gefährlichen Krankheit allgemeines Interesse, auch wenn nur ein Kind davon betroffen ist, eine solche Neuigkeit bringt willkommene Abwechslung und Spannung in das Leben der Menschen, und alle fragten voller Mitgefühl, wenn sie einander trafen: Wie geht es der kleinen Katrin Hansdottir? Und als der Arzt an einem windstillen Frühlingstag, ungefähr zu der Zeit, als es hieß, das Mädchen sei schon ohne Bewußtsein, am herrschaftlichen Haus vorbeiging, da beugte sich die Frau des Faktors aus dem offenen Fenster, und auch sie fragte: Wie geht es der kleinen Katrin Hansdottir?

Es gab leider nicht viel Hoffnung, und schließlich beschloß der Arzt, einen letzten Versuch zu wagen und das Mädchen zu operieren. Man holte die Hebamme und eine andere Frau, die etwas von Krankenpflege verstand, und der Arzt betäubte die Kranke und meißelte ihr hinter dem Ohr den Schädel auf; es stellte sich heraus, daß sie im Gehirn ein Geschwür hatte, und er stach es auf; gegen Abend kam das Mädchen wieder für eine kleine Weile zu Bewußtsein und blickte die Mutter an. Doch in der Nacht verschlimmerte sich ihr Zustand wieder, sie bekam schrecklichere Schmerzen als jemals zuvor und war wieder ganz ohne Bewußtsein. Der Arzt saß bis nach Mitternacht mit den Frauen am Krankenlager. Da war die Mutter so erschöpft, daß sie eingeschlafen war. Schließlich verabschiedete sich der Arzt und sagte zu den Frauen, sie sollten ihn gleich am nächsten Morgen rufen lassen. Es war eine entsetzliche Nacht. Das Mädchen konnte es vor Schmerzen nicht aushalten, und gegen Morgen bekam sie Krämpfe. Da wurde wieder nach dem Arzt geschickt. Als er kam, war die Mutter aufgewacht und saß mit ihrem Mädchen im Arm da. Das Mädchen war tot. Da ging der Arzt wieder nach Hause.

Kurz vor neun Uhr kam der Arzt am herrschaftlichen Haus vorbei, da beugt sich die Frau des Faktors wieder aus dem Fenster und fragt: Wie geht es heute der kleinen Katrin Hansdottir?

Sie ist tot, sagte der Arzt und ging weiter.

Da ging die Frau des Faktors auf ihr Zimmer, kämmte sich sorgfältig, zog die isländische Tracht an und setzte ihre schwarzsamtene Quastenhaube auf; sie hatte die Figur ihrer Mutter und würde mit den Jahren wohl etwas korpulent werden, das kastanienbraune Haar begann, grau zu werden; mit jedem Jahr wurde sie gesetzter und würdevoller, man sah sofort, daß sie eine wirklich vornehme isländische Dame war. Sie ließ den Faktor aus dem Büro holen und sagte zu ihm, er solle sich rasieren, seinen Gehrock anziehen, sich einen engen Kragen umlegen und einen steifen Hut aufsetzen. Die kleine Katrin Hansdottir ist nämlich gestorben, sagte sie.

Dann gab sie den Arbeitern Anweisung, die kleinen Tore auf beiden Seiten der Hauswiese des Faktors aufzumachen, das Tor hinter dem herrschaftlichen Haus und das Tor hinter dem Haus des Hans, und sie rissen das völlig verrostete Stacheldrahtgewirr ab und entfernten die Bretter, mit denen die Tore vernagelt waren. Dann hüllte sich die Frau des Faktors in ein schwarzseidenes Umschlagtuch und verließ am Arm ihres

Mannes das Haus. Und Arm in Arm gingen sie an diesem sonnigen Frühlingstag über die leuchtendgrüne Wiese, dunkel gekleidet, stumm und feierlich.

Hans der Ladengehilfe machte ihnen die Tür seines Hauses auf. Der Faktor legte seinen steifen Hut und den goldverzierten Ebenholzstock auf den Wohnzimmertisch und folgte dann in einigem Abstand seiner Frau in das Schlafzimmer. Fräulein Rannveig war eben mit dem Aufbahren ihres Kindes fertig geworden und stand erschüttert und tränenüberströmt am Kopfende, als sie ihre Schwester bemerkte, die nach all diesen Jahren auf der Türschwelle stand, großartig und vornehm.

Es heißt, der Vater der Nornen habe einmal alle Nornen zu einem Fest geladen. Die meisten kannten einander von früher, nur zwei hatten sich noch nie zuvor gesehen, als der Herr sie in seinem großen Saal zusammenführte. Wie sie hießen? Die eine hieß Aufrichtigkeit, die andere hieß Wohlanständigkeit. Dieses große Fest beim Herrn fand genau heute statt, und diese beiden Nornen trafen einander zum ersten Mal, sie begrüßten sich mit einem innigen Kuß vor dem Angesicht des Herrn. Der Leichnam der kleinen Katrin Hansdottir war das Unterpfand ihrer Verwandtschaft.

Die Niederlage der italienischen Luftflotte 1933 in Reykjavik

Island ist das einzige Land der Welt, das keine Soldaten hat, und die armen Bewohner dieser Insel haben deshalb ohne den allgemein bekannten Glorienschein, der von Uniformen ausgeht, und ohne die Titel und Dienstgrade, die diese eigenartige Kleidung zu erkennen gibt, auskommen müssen.

Dabei sind Uniformen nicht völlig unbekannt in Island. Der Heilsarmee, die als erste Trompeten und andere Musikinstrumente aus Blech ins Land brachte, ist es zu verdanken, daß dieses Inselvolk erstmals Bekanntschaft mit Uniformen machte, und schon nach kurzer Zeit wurde diese Art von Bekleidung für die Polizisten übernommen. Später steckte man die Postbeamten in die Uniform der Revolutionäre in Kuba. Als schließlich ausgebildete Hoteldirektoren ins Land kamen, wurde in Island das Amt des Pikkolos geschaffen, und es gehörte eine schöne, prächtige Uniform zu diesem italienischen Titel, der allerdings in Island ebensowenig das verdiente Ansehen genoß wie andere Titel – bei diesem hartherzigen Volk, das schon seit langem sein Glück in unsicheren Heringsfanggründen suchen muß, wie Möwen und Walfische.

In Italien ist das ganz anders. In diesem Land gilt nur der etwas, der Uniform trägt, und am angesehensten ist, wer die eigenartigste Kleidung von der unglaublichsten Farbe und Machart trägt, mit den seltsamsten Verzierungen aus vergoldetem Blech, Quasten und Fransen, Rosetten und Schnüren und anderem Firlefanz, den man in der Kürze der Zeit gar nicht aufzählen kann, nicht zu vergessen die Gummistiefel bei trokkenem Wetter. Leute, die es wissen müssen, sagen, der Reichtum der italienischen Nation gehe zur Neige wegen der Vorliebe dieser Menschen für komische Verkleidungen mit dem dazugehörigen Tand und Plunder und der blinden Leidenschaft dieses Volkes für den Kampf in weit entfernten Wüsten. Ein unwissender Ausländer, der zum ersten Mal die Hauptstraße Roms, die Via Nazionale, entlanggeht, glaubt unwillkürlich, jeder zweite Mann, der ihm begegnet, müsse ein Pikkolo sein. Aber dem ist nicht so, das sind nämlich die

Faschisten, die Liebhaber der Wüste, und du wirst bald bemerken, was sie für feierliche und wichtige Gesichter machen, trotz der überaus lächerlichen Kleidung.

Jetzt wendet sich die Geschichte wieder Island zu, und diesem selbstgefälligen Inselvolk, das kein Verständnis für die tiefere Bedeutung von Uniformen aufbringt, geschweige denn für deren hierarchische Abstufungen, sondern seinen Geschmack dem der Wale und anderer großer Fische angepaßt hat, was sich deutlich daran zeigt, wie wir das farbenprächtigste Geschöpf der Arktis, den isländischen Hering, beurteilen.

Die Geschichte ereignet sich hier, in dem Sommer, als in der Nautholsvik die Grindwale strandeten. Da geschah es, daß im Hotel Geysir hier in der Stadt ein neuer Laufbursche eingestellt wurde, der Stefan Jonsson hieß. Über ihn konnte das Mädchen an der Theke folgenden Vers:

Stebbi stand am Strande und wollte Stoppeln stampfen.
Sie lassen sich nicht stampfen, wenn Stebbi Stoppeln stampft.
Stoppeln stampfte Stebbi Stoppeln.

Abgesehen von der Uniform und dem italienischen Titel Pikkolo war das ein ganz gewöhnlicher Junge, der im Frühjahr konfirmiert worden war. Er war durchschnittlich groß für sein Alter und durchschnittlich intelligent, ein netter Junge, wie es deren in Island viele gibt. Er verstand sich nicht darauf, andere zu siezen, sondern betrachtete alle als seinesgleichen, wollte aber gleichzeitig alles für alle tun und tat alles, so gut er konnte – und erwartete dies auch von anderen.

Jetzt ist von der Armee der italienischen Faschisten in ihrer lebhaften Uniform zu berichten. Die Liebe und das Ansehen, das sie in ihrem Heimatland genossen, war so groß, und sie waren nicht nur gutaussehend und elegant, sondern auch solche Helden und Patrioten, daß sie sich bald mit Gasmaschinen nach Afrika aufmachten, um bei den nackten Schwarzen in der Wüste Erstickungsanfälle hervorzurufen, damit alle Welt ihren Ruhm erkennen könnte. Doch kurz bevor sie sich auf ihre vielgepriesene Vergnügungsreise zu den schwarzen Mohren begaben, fanden sie, daß sie auch den weißen Mohren zeigen müßten, was für schöne Uniformen sie hatten und was für gutaussehende Männer sie waren, vielleicht ließ sich die Welt davon überzeugen, daß es ganz natürlich war, wenn solche Männer sich dazu berufen fühlten, über die Wüste zu herrschen. Sie setzten sich deshalb eines Tages in ihre Flugzeuge und flogen mit einer großen Schar los und suchten sich verschiedene wichtige Länder aus, auf die sie herabsteigen wollten, um ihre Uniformen zu zeigen. Island war eines der Länder, denen dieses Glück zuteil wurde. Eine ganze Flotte von italienischen Faschistenflugzeugen landete in Vatnagardar, und in jedem Flugzeug waren mindestens zwei nagelneue Uniformen. Die Gäste erschienen hier, als die Nächte hell waren und auf den Wiesen der Hahnenfuß blühte, und sie waren kaum an Land gestiegen, als sie nach Rom telegraphierten, daß die Hauptstadt Islands ihnen zu Ehren bei ihrer Ankunft festlich illuminiert und mit einem Meer von Blumen geschmückt gewesen sei. Ein isländischer Geschichtenerzähler, der in Dänemark lebt und die großen Nationen liebt, schrieb dann zur Bestätigung dieser Telegramme ein Buch in dänischer Sprache über den Besuch obengenannter Luftflotte auf der Insel, und zum Beweis dafür, wie gut die Insulaner sich Großmächten gegenüber zu verhalten wissen, berichtete er, daß die Isländer, als sie den Lärm der Flugzeuge der Faschisten über ihren Köpfen hörten, von solcher Freude und Begeisterung gepackt wurden, daß auf den Straßen und Plätzen der Hauptstadt sich wildfremde Leute in die Arme fielen und unter Tränen küßten.

Der Glanz des Ruhms und die Wirklichkeit sind zwei verschiedene Dinge, leider.

Die Wahrheit war, daß man am Nachmittag kaum mehr durch die Hauptstraße gehen konnte, weil dort so viele Leute waren, die aussahen wie die Heilsarmee oder Briefträger oder die Laufburschen von Hotels. Sie standen uniformiert auf den Gehwegen herum und unterhielten sich wild gestikulierend. Und ernste Bürger, die fast nicht an ihnen vorbeikamen, sagten mürrisch: Was haben diese verdammten Gecken hier verloren.

Das war alles.

Die Faschistenführer wurden auf die Hotels der Stadt verteilt. Und der Zufall wollte es, daß an dem Tag, an dem Stebbi im Hotel Geysir angestellt wurde, den Titel eines Pikkolos verliehen bekam und in die Uniform gesteckt wurde, eine Gruppe von diesen italienischen Faschisten im Hotel abstieg, alle in Uniform, wie er.

Stebbi stand selbstsicher in seiner Uniform in der Hotelhalle und begutachtete ihre Uniformen. Tenente, Capitano, Maggiore, sagten sie zueinander. Er hatte auch einen italienischen Titel, wie sie.

Diese Männer machten einen unglaublichen Lärm im Haus, sie schrien einander an mit einer Lautstärke, wie man sie gegenüber Schwerhörigen anwendet, und fuchtelten ununterbrochen erregt mit Händen und Füßen. Die Kellner hegten schon bald besondere Verachtung für sie, denn sie schmatzten und schlürften und leckten das Messer ab, als hätten sie die Absicht, sich die Zunge herauszuschneiden, und wenn sie eine Zigarre rauchen wollten, wußten sie nicht, in welches Ende sie beißen sollten, und die meisten von ihnen bissen ins falsche Ende, so daß die Kellner glaubten, das seien Bettler, die man aus den Gossen aufgelesen und für diese eine Reise ausstaffiert hatte, weil man hoffte, sie würden im Atlantischen Ozean ertrinken.

Sie aßen an einem langen Tisch in der Mitte des Saales, und der Lärm, den sie machten, übertönte die Stimmen der anderen Menschen. Sie kamen zwei und zwei in den Saal herein und nahmen nach festen Regeln am Tisch Platz, so daß die Absurdität der Uniformen vom einen Ende des Tisches zum anderen gradweise zunahm. Zuletzt kam ein Mann mit schwarzen Augen, der Pittigrilli hieß, herein. Er war so hochnäsig, daß nicht viel fehlte, und er wäre bei jedem Schritt nach hinten umgefallen. Es hätte nur noch das Engelshaar gebraucht, und er wäre ein richtiger Weihnachtsbaum gewesen. Als er in den Saal trat, standen seine Landsleute auf, schlugen die Hakken zusammen und blieben so wie Puppen stehen, bis er ihnen befahl, sich wieder zu setzen. Das fand Stebbi lustig.

Die Kellner hielten Pittigrilli für den Gastgeber und begannen mit dem Schöpfen der Suppe am anderen Ende des Tisches und achteten darauf, ihn als letzten zu bedienen, desgleichen servierten sie den Braten zuerst demjenigen, der am weitesten von Pittigrilli entfernt am Tisch saß. Aus irgendwelchen Gründen verursachte die Bedienung große Erregung unter den Gästen, und als die Kellner ein drittes Mal genauso verfuhren, stand Pittigrilli mit denen, die neben ihm saßen, auf, ließ den Oberkellner rufen und redete eine ganze Weile im schönsten Italienisch auf ihn ein, knapp vierhundert Wörter pro Minute, wobei er mit Händen und Füßen fuchtelte.

Danke sehr, sagte der Oberkellner und verbeugte sich.

Dann bestanden sie darauf, mit dem Hoteldirektor zu sprechen und setzten diese eigenartige Unterhaltung eine Zeitlang fort, worauf sie sich wieder hinsetzten und aßen. Bei der nächsten Mahlzeit fingen die Kellner selbstverständlich wieder am anderen Ende des Tisches mit dem Schöpfen der Suppe an und wollten Pittigrilli zuletzt bedienen, wie sie es gewöhnt waren. Da stand Pittigrilli auf und gab seinen Leuten den Befehl, den Saal zu verlassen. Die Kellner und die übrigen Anwesenden sahen verwundert zu, wie sich die Männer zwei und zwei aufstellten und im Gleichschritt von der dampfenden Suppe weg aus dem Saal marschierten.

Am Abend kam der italienische Konsul persönlich ins Hotel und teilte dem Oberkellner mit, wenn man beim Schöpfen der Suppe nicht mit Pittigrilli anfinge und mit dem Mann, der am weitesten von ihm entfernt saß, aufhörte, würde die Angelegenheit dem Außenministerium gemeldet.

Danke sehr, sagte der Oberkellner und versprach, mit den Kellnern zu reden. Doch die Kellner sagten, sie hätten geglaubt, Pittigrilli würde bezahlen, und hier sei es in Restaurants üblich, den, der bezahlt, als letzten zu bedienen.

Mussolini bezahlt, sagte der Konsul erregt.

Danke sehr, sagte der Oberkellner und verbeugte sich. Aber seit sie da sind, sind uns alle Engländer weggelaufen. Die Engländer ertragen es nicht, wenn geschmatzt wird.

Das ist nicht meine Sache, sagte der Konsul. Wer Pittigrilli beleidigt, beleidigt Mussolini.

Danke sehr, sagte der Oberkellner und verbeugte sich.

Damit war ihr Gespräch beendet.

Am folgenden Tag hatte Stebbi nachmittags frei. Es war herrliches Wetter, und die Sonne schien auf den Hoteleingang und auf den Gehweg davor, und Stebbi steht in der Tür und hat keine richtige Lust, seine Uniform schon wieder auszuziehen, denn die Sonne schien so schön auf seine vergoldeten Knöpfe und die leuchtende Goldtresse am Hosenbein und seine goldene Mütze, die wie eine schief aufgesetzte Kasserolle aussah, mit einem Band unter dem Kinn. Es war wirklich nicht übel, wenn man hier stehen konnte, eine Art Vorgesetzter in Uniform, während Gleichaltrige in Overalls und Knikkerbockern vorbeigingen und keine Untergebenen hatten; man trug die Nase hoch und hatte einen italienischen Titel. Es kamen auch junge Mädchen vorbei.

Zwei Amerikaner kamen aus dem Hotel und zündeten sich Zigaretten an und sagten hallo und schenkten ihm im Vorbeigehen eine Zigarette.

Nein, ganz bestimmt, er hatte keine Lust, gleich hineinzugehen und sich umzuziehen und ein gewöhnlicher Mensch zu werden, und nicht einmal das; jetzt hatte er sogar eine Zigarette bekommen, und er spürte, wenn er jetzt auch noch Feuer für seine Zigarette bekäme, könnte sein Ansehen nicht mehr wachsen, wer würde es wagen, Stebbi Stoppeln zu singen, nein, er würde der Vollkommene auf dem Gehweg werden, erst vierzehn Jahre alt im Sonnenschein, der Herr des Lebens, in Uniform, mit Zigarette.

Ein Mann kommt den Gehweg entlang auf das Hotel zu, er geht schnellen Schrittes und sehr aufrecht, trägt eine Uniform wie Stebbi, hat eine Zigarette zwischen den Fingern und einen dünnen Rohrstock in der anderen Hand. Das war Pittigrilli. Er dachte offensichtlich über sich selbst und seine Uniform nach und bemerkte deshalb Stebbi und dessen Uniform überhaupt nicht.

Hallo, Pittigrilli, sagte Stebbi auf amerikanisch und legte dem Faschistenführer freundschaftlich die eine Hand auf die Schulter, denn sie trugen beide Uniform, und Stebbi fand, daß sie beide irgendwie wichtige Männer waren, und eine große Zierde für die Straße und das Universum. Match, sagte er und zeigte auf die nicht angezündete Zigarette zwischen seinen Lippen.

Aber nie hätte sich Stefan Jonsson träumen lassen, daß ein Mensch unvermittelt mit solcher Heftigkeit auf eine freundliche Begrüßung im mittäglichen Sonnenschein reagieren könnte. Mit einem Schlag änderte sich der Gesichtsausdruck des italienischen Faschisten zu einer schrecklichen Mischung aus Verwunderung, Entsetzen und Zorn, als ob ihm gegenüber ein Meuchelmörder mit gezücktem Dolch stünde, und er zögerte deshalb auch nicht mit seiner Antwort. Er riß Stebbi die Zigarette aus dem Mund und warf sie auf die Straße und schlug dann mit seinem Rohrstock auf das Gesicht des Jungen ein.

Und damit war der Traum aus.

Es heißt, wenige Nationen hätten Unterdrückung und Gewalt mit größerer Höflichkeit ertragen als die Isländer. Jahrhundertelang und bis zum heutigen Tag haben sie in verständnisvoller Friedfertigkeit gegenüber der Unterdrückung gelebt, ohne jemals den Versuch zu machen, sich dagegen aufzulehnen. Keinem Volk ist der Gedanke an eine Revolution so fremd. Die Isländer waren stets dazu bereit, die Rute, die die schmerzhaftesten Hiebe versetzte, zu küssen und daran zu glauben, daß der herzloseste Henker ihre verläßlichste Rettung und sicherste Zuflucht sei.

Aber auch wenn man es diesem gut abgerichteten Inselvolk nicht zutraut, manchmal geschieht es, daß es alles, was man ihm beigebracht hatte, vergißt, seine Höflichkeit, seine Unterwürfigkeit und seine Ehrfurcht vor dem Henker; und statt zu überlegen und sich den Kopf darüber zu zerbrechen, aus welchen edlen und uneigennützigen Motiven die Ohrfeige verpaßt worden sein könnte, antwortet es auf vollkommen natürliche Weise.

Heute war eben eine dieser recht seltenen, aber deshalb um so glücklicheren Stunden im Leben der Nation. Kaum hatte der Offizier Pittigrilli mit seinem Stock auf Stefan Jonsson eingeschlagen, da packte der Junge den Offizier unter den Armen und begann, mit ihm zu ringen. Auf diese Reaktion war der Offizier nicht gefaßt, schließlich ist es in Italien nicht üblich, daß die Laufburschen in Hotels mit den vornehmsten Männern des Landes Raufereien anfangen. Hier allerdings kam es tatsächlich zu einem Handgemenge zwischen einem Jungen und einem Offizier; der Kampf führte sie mitten auf die Straße, und aus allen Richtungen strömten Leute herbei, die sich diesen Spaß nicht entgehen lassen wollten. Wie lange sie sich balgten, braucht nicht näher ausgeführt zu werden,

Tatsache ist, daß Stefan Jonsson schließlich den Freund der Wüste zu Fall brachte.

Mamma mia, jammerte der Offizier, als er im Staub auf der Straße lag und der Laufbursche sich auf ihn legte und ihn festhielt.

Jetzt begriffen die Zuschauer, daß der Faschist in Schwierigkeiten war, und ein paar gute Männer kamen ihm zu Hilfe, halfen ihm auf und klopften den Staub von ihm ab; den Laufburschen jagten sie davon und sagten, er solle sich zum Teufel scheren. Denn die Isländer stehen immer auf der Seite derer, die den kürzeren ziehen, und sind stets bereit, sie aufzurichten und den Staub von ihnen abzuklopfen, wahrscheinlich deshalb, weil sie im stillen damit rechnen, daß sie immer zu denen gehören, die den kürzeren ziehen.

Doch kaum war der Wüstenheld Pittigrilli aufgestanden und in Sicherheit vor Stefan Jonsson, und der Staub von ihm abgeklopft, da war er wieder genauso mutig wie zuvor, er stand im Eingang des Hotels und fuchtelte mit Händen und Füßen und spreizte die Finger und sprach mit solcher Meisterschaft, daß überall Türen und Fenster aufgingen und sich eine große Menge von Menschen versammelte, um in den Genuß dieser Kunst zu kommen, manche glaubten sogar, er sei Mussolini persönlich – abgesehen von zwei Engländern, die die Hände in die Taschen steckten und ohne Aufsehen zu erregen durch den Hinterausgang verschwanden. Stefan Jonsson war über alle Berge, und keiner verstand, was der Mann sagte, und man brachte ihm sowohl kaltes Wasser als auch Streichhölzer, falls ihm das etwas helfen würde, aber das half ihm auch nichts.

Am Abend kam wieder der italienische Konsul und war jetzt noch ernster als beim ersten Mal. Mussolini war in Island beleidigt worden, la gloria della patria war mit Füßen getreten worden auf dieser verdammten, gottverlassenen Insel, die die heiligen Waffen des italienischen Faschismus innerhalb weniger Minuten im Meer versenken konnten, wenn es darauf ankam. Das Verächtlichste alles Verächtlichen und das Niedrigste alles Niedrigen, was man sich in Italien vorstellen konnte, un piccolo, hatte sich erdreistet, la grandissima eternissima patria della gloria zu beleidigen. Diese Angelegenheit wird nicht nur dem Außenministerium gemeldet werden, sondern man wird nicht eher ruhen, als bis sie gerächt ist, und sollte es den König von Dänemark den Thron kosten.

Danke sehr, sagte der Oberkellner und verbeugte sich, und man sah, wie ein paar Engländer eilig mit ihrem Gepäck das Haus verließen.

Nun begannen die Verhandlungen.

Der Offiziersstab hielt zwar nicht an der Forderung fest, daß der Dänenkönig abgesetzt werden müsse, doch er verlangte, daß von seiten der Landesregierung eine offizielle Bitte um Vergebung für das, was geschehen war, an Mussolini gerichtet wurde. Ein Vermittler gab zu bedenken, daß Mussolini eine solche Bitte mißverstehen könnte. Daraufhin verlangte Pittigrilli, daß sich zumindest der Hoteldirektor bei ihm entschuldigte. Man suchte lange nach dem Hoteldirektor, doch der war auf dem Land, um Schnepfen zu schießen, und wollte außerdem nichts mit der Sache zu tun haben, der Laufbursche war nicht von ihm eingestellt worden, sondern vom Oberkellner. Der Oberkellner war für ihn verantwortlich.

Da verlangte Pittigrilli, daß der Junge fristlos entlassen würde.

Danke sehr, sagte der Oberkellner und verbeugte sich.

Doch der kleine Stebbi war zu Hause und hatte frei. Er wußte nicht, daß irgend etwas Besonderes vorgefallen war. Ein Ausländer hatte ihm eine in die Fresse gehauen, und er hatte sich gewehrt und den Ausländer untergekriegt. Zwar hatte der Teufel Uniform getragen, aber wenn schon, Stebbi hatte auch Uniform getragen. Er konnte sich nicht vorstellen, daß der Kerl es ihm nachtrug, daß er ihn besiegt hatte, Stebbi war selber oft besiegt worden und hatte es nie jemandem nachgetragen. Wenn zwei miteinander raufen, ist es ganz natürlich, daß der eine verliert und der andere gewinnt, das ist, wie es sein soll, nein, es war nichts geschehen, am Abend hatte er die Sache schon vergessen.

Am nächsten Morgen war schönes Wetter und die Faschisten in ihren Uniformen flogen davon und kehrten nie wieder nach Island zurück. Und Stefan Jonsson kam am Morgen zur Arbeit und zog seine Uniform an und setzte sich die Mütze schief auf den Kopf, und alles war, wie es im Hotel zu sein pflegte, und nichts war geschehen. Wenn ihm jemand gesagt hätte, die italienische Luftflotte habe am Tag zuvor in Reykjavik eine Niederlage erlitten, so hätte er nichts verstanden. Eines wußte er allerdings: Er konnte das Mädchen hinter der Theke nicht ausstehen, die Gunna, dieses verteufelte Weibsstück, das einen jungen Herrn mit Goldknöpfen und einer schief sitzenden Goldkasserolle nicht zu schätzen wußte und nie eine Gelegenheit ausließ, ihn Stebbi Stoppeln zu nennen, und dauernd diesen blöden Vers aufsagte, Stoppeln stampfte Stebbi Stoppeln, um ihn jedesmal, wenn er vorbeiging, zu ärgern.

Das Haus hinter den Häusern

Hinter den größten Häusern in der Stadtmitte steht ein kleines Haus, das man von keiner Straße aus sehen kann; keinem würde einfallen, daß es existiert. Wer es nicht kennt, würde sich nicht davon abbringen lassen, ja, würde sogar schwören, daß dort kein Haus ist. Aber es steht dennoch dort, ein geriffeltes Holzhaus, nur ein Stockwerk mit Satteldach, schon fast am Zusammenbrechen vor Alter, ein Überbleibsel des alten Handelspostens Reikevig. Engelwurz und Eisenhut, Rainfarn und Ampfer breiten sich nach Belieben auf dem Grundstück aus, an manchen Stellen ahnt man gerade noch den verfallenen Lattenzaun, der keine Schafe mehr abhalten würde, zwischen diesem hoch aufgeschossenen Unkraut, das grün und saftig ist, obwohl wir schon längst Herbst haben. Ich hätte nie gedacht, daß ich dieses Haus finden würde, aber schließlich fand ich es.

Zuerst schien es, als sei kein Lebenszeichen an dem Haus zu entdecken, doch schaute man genauer hin, sah man an einem Fenster einen schwachen Lichtstreif. Ich suchte den Eingang, das Haus stand nämlich schräg versetzt zu den übrigen Häusern, und endlich fand ich die Haustür, sie war an der Rückseite, der Brandmauer eines großen Gebäudes gegenüber, wahrscheinlich war die Straße damals, als das Haus gebaut wurde, auf dieser Seite verlaufen. Ich öffnete die Tür und kam in einen dunklen Gang. An einer Stelle drang ein Lichtstrahl durch eine Ritze zwischen Tür und Pfosten, dort klopfte ich. Einen Augenblick später ging die Tür auf, und in der Öffnung steht ein schlanker Mann, dessen Alter sich kaum bestimmen läßt, es sei denn daran, daß jedes zweite Haar schon anfängt, grau zu werden, und mir kam es irgendwie so vor, als würde er mich kennen, als er mich mit diesen klaren, ausdrucksvollen Augen ansah, die liebenswürdig und zugleich spöttisch unter dichten Augenbrauen hervorblickten. Ich zog meinen Fäustling aus und begrüßte ihn, und er bat mich, hereinzukommen.

Ist es hier? fragte ich.

Ja, hier ist es, sagte er und lachte, als machte er sich lustig über mich oder vielmehr über sich selbst, aber durchaus freundlich. Ich zögerte hineinzugehen und zitierte in fragendem Ton die Worte aus der Zeitungsanzeige:

»Anfangsgründe des Orgelspieles nach zehn Uhr abends«?

Das Orgelspiel, sagte er und sah mich noch immer lächelnd an. Das Orgelspiel des Lebens.

In seinem Zimmer brannte ein Kohlefeuer im Ofen, er benützte nicht die Fernheizung der Stadt. Das einzige Inventar waren eine Menge grüner Pflanzen, von denen manche Blüten trugen, und ein armseliges Sofa mit drei Beinen und zerschlissenem Bezug; ein kleines Harmonium in einer Ecke. Die Tür zu einem zweiten Zimmer stand halb offen, und von dort drangen Parfümdüfte heraus; die zur Küche war ganz offen, dort stand ein Tisch mit ein paar lehnenlosen Stühlen und Hockern; und das Wasser im Kessel kochte. Die Luft war ein wenig dumpf von den Blumen, und der Ofen schien zu rauchen. An einer Wand hing das farbig gedruckte Bild einer Kreatur, die ein Mädchen hätte sein können, wenn sie nicht bis auf die Schultern herab gespalten gewesen wäre; sie war völlig kahlköpfig, mit geschlossenen Augen und ihrem eigenen Profil in der einen Gesichtshälfte, und küßte sich selbst auf den Mund; sie hatte elf Finger. Ich starrte fasziniert auf das Bild.

Sind Sie ein Bauernmädchen, fragte er.

Ja, sicher, sagte ich.

Wozu wollen Sie Harmonium spielen lernen?

Ich sagte zuerst, daß ich immer Musik im Radio gehört hätte, doch als ich mir die Sache genauer überlegte, fand ich die Antwort zu allgemein, deshalb korrigierte ich mich und fügte hinzu: Ich will in unserer Kirche daheim im Nordland spielen, wenn sie fertig ist.

Darf ich Ihre Hand sehen, sagte er, und ich erlaubte es ihm, und er betrachtete meine Hand und sagte: Sie haben eine hübsche Hand, aber sie ist zu groß für die Musik – er selbst hatte eine schmale Hand mit langen Fingern, die sich weich anfühlte, aber irgendwie ganz unbeteiligt und ohne Strom, so daß ich nicht einmal rot wurde, als er meine Finger betastete; aber es war mir auch nicht unangenehm.

Mit Verlaub, welcher Glaube soll in dieser Kirche bei Ihnen daheim im Nordland verkündet werden, fragte er.

Oh, ich denke, eigentlich gar kein besonders interessanter Glaube, sagte ich, es wird wohl dieser gewöhnliche alte lutherische Glaube sein.

Ich weiß nicht, was interessanter sein sollte, als ein Mädchen zu treffen, das dem lutherischen Glauben anhängt, sagte er. Das ist mir noch nie passiert. Bitte, nehmen Sie Platz.

Luther, sagte ich zögernd, während ich mich hinsetzte. Ist das nicht der unsere?

Ich weiß nicht, sagte der Mann. Ich habe nur einen Menschen gekannt, der Luther las, das war ein Psychologe, der ein wissenschaftliches Werk über das Obszöne schrieb. Luther gilt nämlich als der obszönste Verfasser der Weltliteratur. Als vor einigen Jahren ein Traktat von ihm über den armen Papst übersetzt wurde, konnte es aus Anstandsgründen nirgends gedruckt werden. Darf ich Ihnen Kaffee anbieten?

Ich nahm dankend an, sagte allerdings, das sei nicht nötig, und fügte hinzu, vielleicht ließe ich es sein, für den Schlingel Luther zu spielen, nachdem er ein so unanständiger Mensch war, und würde mich dazu entschließen, für mich selber zu spielen, aber das Bild dort, sagte ich, denn ich mußte es immer wieder ansehen: was soll das sein?

Finden Sie es nicht wundervoll? sagte er.

Ich finde, so etwas könnte ich auch selbst machen – wenn. Mit Verlaub, soll das ein Mensch sein?

Er antwortete, einige sagen, es sei Skarphedinn, nachdem man ihm mit der Axt Rimmugygur den Kopf bis auf die Schultern herab gespalten hatte; andere sagen, es sei die Geburt der Kleopatra.

Ich sagte, Skarphedinn könne es wohl kaum sein, denn der starb bekanntlich mit der Axt neben sich bei dem Mordbrand an Njall. Aber wer ist Kleopatra? Ist das nicht die Königin, die Julius Cäsar heiratete, kurz bevor er ermordet wurde?

Nein, das ist die andere Kleopatra, sagte der Organist, die, mit der sich Nabeljon bei Waterloo traf. Als er sah, daß die Schlacht verloren war, sagte er »merde«, zog seine weißen Handschuhe an und traf sich in einem Haus dort in der Nähe mit einer Frau.

Durch die halboffene Tür, aus dem inneren Zimmer, hörte man eine Frauenstimme folgende Worte sagen: Er sagt nie die Wahrheit. Und heraus stolzierte eine große, schöne Frau, stark geschminkt, in Seidenstrümpfen, mit Belladonna in den Augen, roten Schuhen und einem so ausladenden Hut, daß sie sich schräg durch die Türöffnung schieben mußte. Auf dem Weg nach draußen küßte sie den Organisten zum Abschied aufs Ohr und sagte zu mir, wie um zu erklären, weshalb er nie die Wahrheit sagte: Er steht nämlich über Gott und den Menschen. Und ich gehe jetzt zum Ami.

Der Organist zog ein weißes Taschentuch heraus, wischte sich lächelnd die rote Feuchtigkeit vom Ohr und sagte: Das war sie.

Zuerst dachte ich, sie wäre seine Frau oder zumindest seine Braut, doch als er »das war sie« sagte, wußte ich nicht genau, was er meinte, denn wir hatten gerade über die Frau gesprochen, die Nabeljon besuchte, als er sah, daß die Schlacht verloren war.

Aber während ich darüber nachdachte, kam noch eine zweite Frau durch dieselbe Tür, durch die die erste gekommen war, diese zweite war uralt und hinkte, sie trug ein schmuddeliges Flanellnachthemd, ihr graues Haar war zu zwei dünnen Zöpfen geflochten, und sie hatte keinen einzigen Zahn mehr. Sie brachte eine Käserinde und einen Teelöffel auf einem geblümten Dessertteller, legte mir diesen Leckerbissen in den Schoß und nannte mich meine Liebe, sagte, ich solle zugreifen, erkundigte sich nach dem Wetter. Und als sie sah, daß ich mit der Käserinde und dem Teelöffel meine Schwierigkeiten hatte, tätschelte sie mich voller Mitleid mit dem Handrücken auf beide Wangen, sah mich unter Tränen an und sagte: Mein armes Mädchen. Diese Worte des Mitleids wiederholte sie immer wieder.

Der Organist ging zu ihr hin, küßte sie und führte sie mit inniger Zärtlichkeit in ihr Zimmer zurück, nahm mir dann den Dessertteller samt Käserinde und Teelöffel ab und sagte:

Ich bin ihr Kind.

Zwei Götter

Er breitete ein Tuch über den Tisch in der Küche und stellte ein paar Tassen mit Untertassen darauf, die meisten paßten nicht zusammen, dann brachte er einige altbackene, verhutzelte Blätterteigstückchen, die in Streifen geschnitten waren, ein paar zerbrochene Zwiebäcke und Zucker, aber keine Sahne; ich merkte es am Duft, daß er nicht am Kaffee sparte. Er sagte, ich solle die einzige Tasse, zu der es eine passende Untertasse gab, nehmen. Ich fragte, ob er Gäste erwarte, nachdem er den Tisch für so viele gedeckt hatte, aber er sagte nein, nur zwei Götter hätten versprochen, sich um Mitternacht bemerkbar zu machen. Wir fingen an, Kaffee zu trinken. Wie eine gastfreundliche Frau auf dem Land bot er mir immer wieder das armselige Gebäck an und lachte über mich, als ich ihm den Gefallen tat, davon zu probieren.

Wie sehr wollte ich diesen Mann näher kennenlernen, mich lange mit ihm unterhalten, ihn über viele Dinge aus dieser Welt und aus anderen Welten befragen; ganz besonders aber über ihn selbst, wer er war und warum er so war, wie er war; aber ich wußte nicht, was ich sagen sollte. Da knüpfte er wieder an unser früheres Gesprächsthema an: Wie gesagt, ich habe tagsüber keine Zeit, aber spät abends oder früh morgens sind Sie willkommen.

Ich fragte, mit Verlaub, welcher Tätigkeit gehen Sie tagsüber nach?

Er sagte: Ich träume.

Den ganzen Tag, fragte ich.

Ich stehe spät auf, sagte er. Wollen Sie eine Grammophonplatte hören?

Er ging in das innere Zimmer, und ich hörte, wie er das Grammophon aufzog, die Nadel wurde auf die Platte gesetzt, und dann begann die Musik. Zuerst dachte ich, das Grammophon sei nicht in Ordnung, denn man hörte nur ein Krachen und Plumpsen, Klappern und Rasseln, doch als der Organist wieder zu mir herauskam, mit treuherziger Miene und stolz, als ob er selbst das Stück komponiert hätte, glaubte ich zu wissen, daß alles so war, wie es sein sollte; trotzdem kam ich ins Schwitzen: immer wieder die verschiedensten schrillen Laute, die aus dem Brummen aufstiegen, und ich verstand plötzlich, wie einem Hund zumute ist, der hört, wie auf einer Mundharmonika geblasen wird, und anfängt zu jaulen: ich hätte am liebsten schreien wollen; und ich hätte zumindest laut gestöhnt und das Gesicht verzogen, wenn der Organist mir nicht andächtig still und strahlend am Tisch gegenübergesessen hätte. Nun also, fragte er, als er das Grammophon abgeschaltet hatte.

Ich sagte, ich weiß nicht, was ich sagen soll.

Fanden Sie nicht, Sie hätten das auch selbst machen können, fragte er.

Doch, das kann ich nicht leugnen – wenn ich ein paar Blechdosen gehabt hätte und ungefähr zwei Kochtopfdeckel; und eine Katze.

Er sagte lächelnd: Es ist ein Merkmal großer Kunst, daß der, der nichts kann, glaubt, er könnte das selber machen – wenn er dumm genug wäre.

War das schön? fragte ich. Oder habe ich eine so häßliche Seele?

Unsere Zeit, unser Leben – das ist unsere Schönheit, sagte er. Jetzt hast du den Tanz der Feueranbeter gehört.

Und während er das sagte, wurde die Haustür aufgemacht, und es begann eine lange Reise den Flur entlang, bis ein Kinderwagen ins Zimmer gefahren kommt, geschoben von einem jungen Mann, dem Gott Nummer eins.

Dieser fleischgewordene Geist war groß und wohlproportioniert und auf seine Weise gutaussehend, er trug einen Mantel mit Fischgrätmuster und eine sorgfältig gebundene Fliege, wie sie nur die Leute in der Stadt zustande bringen, die Leute auf dem Land lernen das nie, er war ohne Kopfbedeckung, sein lockiges, in der Mitte gescheiteltes Haar hatte den Glanz und Duft von Brillantine. Er nickte mir zu und starrte mir ins Gesicht, seine Augen hatten etwas Glühendes, Stechendes, und er lächelte mich hämisch an, wie man jemanden anlächelt, den man umbringen will – später; und ließ seine schönen Zähne sehen. Er schob den Kinderwagen in die Mitte des Zimmers und stellte zwischen den Blumen einen flachen, dreieckigen Gegenstand ab, der in Papier eingepackt und mit Bindfaden verschnürt war. Dann kam er zu mir, reichte mir seine feuchtkalte Hand und murmelte etwas, das sich wie Jesus Christus anhörte, und er schien nach Fisch zu riechen; vielleicht hat er Jens Kristinsson gesagt; ich jedenfalls grüßte ihn auch und stand auf, wie es die Frauen auf dem Land tun. Dann schaute ich in den Kinderwagen hinein, und dort schliefen echte Zwillinge.

Das ist der Gott Brillantine, sagte der Organist.

Du lieber Himmel, mit diesen süßen Kindern so spät unterwegs zu sein, sagte ich. Wo ist denn ihre Mama?

Die ist draußen in Keflavik, sagte der Gott. Heute ist Amiball.

Kinder halten viel aus, sagte der Organist. Manche Leute glauben, es schade Kindern, wenn sie ihre Mutter verlieren, aber das ist ein Mißverständnis. Selbst wenn sie ihren Vater verlieren, macht ihnen das nichts aus. Hier ist Kaffee. Mit Verlaub, wo ist der Atomdichter?

Er ist im Cadillac, sagte der Gott.

Und wo ist Zweihunderttausend Kneifzangen, sagte der Organist.

F. F. F., sagte der Gott. New York, thirty fourth street, twelve fifty.

Keine neuen metaphysischen Entdeckungen, keine großen mystischen Visionen, keine theologischen Offenbarungen? fragte der Organist.

Nicht die Bohne, sagte der Gott. Nur dieser Oli Figur. Er behauptet, er habe Verbindung zum Lieblingssohn der Nation. Der Rotz läuft ihm aus der Nase. Wer ist dieses Mädchen?

Du, der du ein Gott bist, sollst nicht nach Menschen fragen, sagte der Organist. Das ist ungöttlich. Es ist eine Privatangelegenheit, wer man ist. Und eine noch privatere Angelegenheit, wie man heißt. Nie fragte der alte Gott, wer ist dieser Mensch und wie heißt er.

Hat sich Kleopatra von ihrem Tripper erholt, sagte der Gott.

Was heißt erholt, sagte der Organist.

Ich habe sie im Krankenhaus besucht, sagte der Gott. Es ging ihr schlecht.

Ich weiß nicht, was du meinst, sagte der Organist.

Krank, sagte der Gott.

Man kann nicht krank genug werden, sagte der Organist.

Sie schrie, sagte der Gott.

Schmerz und Glück sind zwei Dinge, die sich so ähnlich sind, daß man sie nicht voneinander unterscheiden kann, sagte der Organist. Die größte Lust, die ich kenne, ist es, krank zu sein, vor allem schwer krank.

Da hört man, wie in fanatisch gottesfürchtigem Ton an der Tür gesagt wird: Ich wünschte, ich würde endlich Krebs bekommen.

Der Mann war noch so jung, daß sein Gesicht elfenbeinfarben war und nur schwachen Flaum auf den Wangen hatte, das Jugendbildnis eines ausländischen Genies, Postkarten wie diese hängen auf den Bauernhöfen über dem Harmonium, und man kann sie in Saudarkrokur kaufen, eine Mischung aus Schiller, Schubert und Lord Byron, mit knallroter Krawatte und dreckigen Schuhen. Er blickte mit dem fürchterlich angestrengten Blick eines Schlafwandlers um sich, und jedes Ding, ob tot oder lebendig, hatte für ihn ein entsetzliches Geheimnis. Er reichte mir seine schmale Hand, die so weich war, daß ich glaubte, ich könnte sie zu Brei drücken, und sagte:

Ich bin Benjamin.

Ich sah ihn an.

Ja, ich weiß, sagte er. Aber ich kann nichts dafür: Dieser kleine Bruder, das bin ich; dieses schreckliche Geschlecht, das ist mein Volk; diese Wüste – mein Land.

Sie haben die Heilige Schrift gelesen, sagte der Organist; und der Heilige Geist hat sie beim Lesen nach den Regeln unseres Freundes Luther erleuchtet: Sie haben das Göttliche ohne Vermittlung des Papstes gefunden. Bitte, nimm dir eine Tasse Kaffee, Atomdichter.

Wo ist Kleopatra, sagte der Atomdichter Benjamin.

Reden wir nicht davon, sagte der Organist. Nehmt euch Zucker in den Kaffee.

Ich bete sie an, sagte der Atomdichter.

Und ich muß auch mit ihr sprechen, sagte der Gott Brillantine.

Glaubt ihr denn, sie würde mit zwei Göttern herumtändeln wollen, sagte der Organist. Sie braucht ihre dreißig Männer.

Da konnte ich mich nicht zurückhalten und sagte, nein, ich bin zwar nicht gerade ein Ausbund an Tugendhaftigkeit, aber von so einem liederlichen Frauenzimmer habe ich noch nie gehört, und ich möchte bezweifeln, daß es so ein Frauenzimmer überhaupt gibt.

Liederliche Frauen gibt es nicht, sagte der Organist. Das ist ein Aberglaube. Dagegen gibt es sowohl Frauen, die dreißigmal mit einem Mann schlafen, als auch Frauen, die einmal mit dreißig Männern schlafen.

Und Frauen, die mit gar keinem Mann schlafen, sagte ich – und meinte damit in Wirklichkeit mich und hatte angefangen zu schwitzen und alles wie im Nebel zu sehen, sicher war ich schon bis zum Hals hinunter rot geworden und machte mich völlig lächerlich.

Der Kirchenvater Augustinus sagt, der Geschlechtstrieb sei nicht unserem Willen unterworfen, sagte der Organist. Der heilige Benedikt befriedigte ihn, indem er sich nackt in die Nesseln warf. Es gibt keine andere sexuelle Abartigkeit als das Zölibat.

Darf ich Sie nach Hause begleiten, sagte der Gott Brillantine.

Warum, sagte ich.

In der Nacht sind Amis unterwegs, sagte er.

Was macht das schon? sagte ich.

Die haben eine Pistole, sagte er.

Ich habe keine Angst vor einer Pistole, sagte ich.

Die vergewaltigen Sie, sagte er.

Wollen Sie für mich kämpfen, sagte ich.

Ja, sagte er und lächelte durchdringend.

Aber die Kinder? sagte ich.

Benjamin kann sie im Cadillac mitnehmen, sagte er. Wenn du willst, werde ich Benjamin verprügeln und ihm den Cadillac wegnehmen. Ich habe genauso ein Recht darauf, diesen Cadillac zu stehlen, wie er.

Ich gehe und suche Kleopatra, sagte der Atomdichter Benjamin.

Nur ein Lied, sagte der Organist. Das eilt nicht.

Der Gott Brillantine stand auf und holte das flache, dreieckige Ding, das er zwischen die Blumen gestellt hatte, machte den Bindfaden auf und wickelte das Papier ab. Es war ein Klippfisch. Er band den Bindfaden sehr kunstvoll, wie zwei Saiten, der Länge nach über den Fisch und begann, darauf zu spielen. Er bewegte seine rechte Hand rasch hin und her, so daß es aussah, als schlüge er die Saiten, und man hörte etwas, das wie eine Gitarre klang, eine Hawaii-Gitarre. Dabei winselte er kraftlos durch Mund und Nase, und der Gitarrenklang entstand dadurch, daß er mitten im Spiel mit zwei Fingern seine Nase packte und den Luftstrom aus seinem Innern unterbrach. Der Atomdichter trat vor in die Mitte des Zimmers und stellte sich in Positur. Er hatte die Gebärden der Großen dieser Welt. Ich hätte nicht geglaubt, daß er singen könnte, und war deshalb um so mehr überrascht, als er den Mund aufmachte: Ein Sänger, in dessen Stimme sich Dunkles mit Hellem vereinte, außerdem ein Schauspieler, der das Entsetzen der Seele kannte und das Schluchzen der Italiener imitierte. Er wandte sich mir zu.

Du bist ein Traum, doch etwas fett,
Du bist die Tugend, doch ziemlich nett,
Du bist die Unschuld und vom Land,
Dem schlimmsten Verbrechen eng verwandt.
– Und ich hasse dich so gut wie gar nicht,
Das letzte Mal soll wie das erste Mal sein,
Ich breche aus zu dir, ich breche ein
Durch Atom und Sonne, Erde, Mondenschein.

Während des Nachspiels greift er zufällig in seine Tasche, und es war, als hätte er Eier in den Taschen gehabt und sie wären zerbrochen und er würde ganz glitschig an den Händen, war das Schauspielkunst? Tatsache war, daß er anfängt, eine Menge von Geldscheinen aus seinen Taschen zu ziehen, einen Stoß Banknoten nach dem anderen, Zehner, Fünfziger, Hunderter, er verfällt plötzlich in Raserei und fängt an, die Geldscheine auseinanderzureißen, knüllt die Schnipsel zusammen, wirft sie auf den Boden und trampelt darauf herum, wie wenn man Ungeziefer totmacht; dann setzte er sich hin und rauchte eine Zigarette. Der Gott Brillantine machte mit dem Nachspiel weiter, bis es zu Ende war. Der Organist lachte zunächst recht freundlich, nahm dann aber Besen und Kehrichtschaufel und fegte den Boden sauber, kippte dann das, was in der Kehrichtschaufel war, ins Feuer, bedankte sich für den Gesang und bot mehr Kaffee an. Die Zwillinge waren aufgewacht und hatten angefangen zu weinen.

Theologische Nachtwanderung

Der Atomdichter fuhr im Cadillac davon, diesem hochherrschaftlichen Auto, wie ich noch nie eines gesehen hatte. Zurück blieb der Gott Brillantine mit den weinenden Zwillingen; und ich.

Jetzt begleite ich dich nach Hause, sagte er.

Sollte nicht eher ich Ihnen mit den Zwillingen helfen, sagte ich.

Die können mich gern haben, sagte er.

Wem gehören diese Zwillinge, wenn ich fragen darf, sagte ich; sind das nicht Ihre Kinder?

Die gehören meiner Frau, sagte er.

Na und, sagte ich, man kann die Kinder doch nicht weinen lassen.

Ich versuchte, so gut ich konnte, die armen Kleinen mitten in der Nacht im Nieselregen dort draußen auf der Straße zu trösten, und bald waren wir von Besoffenen umringt; nach kurzer Zeit schliefen die Würmchen ein. Da wollte ich mich verabschieden, doch es stellte sich heraus, daß ich den gleichen Weg nach Westen gehen mußte wie der Gott.

Als wir einige Zeit die Straße entlang gegangen waren, konnte ich mir nicht verkneifen zu fragen:

War das echtes Geld; oder war es falsches?

Echtes Geld gibt es nicht, sagte er. Alles Geld ist falsch. Uns Götter widert Geld an.

Der Atomdichter muß aber finanziell gut gestellt sein, daß er so ein Auto fährt.

Alle, die stehlen können, sind gut gestellt, sagte der Gott. Alle, die nicht stehlen können, sind schlecht gestellt. Die Schwierigkeit besteht darin, stehlen zu können.

Ich wollte wissen, wo und wie dieser kleine Dichter dieses große Auto gestohlen hatte.

Natürlich von Zangen, unserem Hausherrn, sagte der Gott. Was, du kennst Zangen nicht? Zweihunderttausend Kneifzangen? F. F. F.? – der in New York sitzt und für die Aktiengesellschaft Snorredda und die anderen Fakturen fälscht; und einen Zeitungsartikel über das Jenseits geschrieben und im Nordland eine Kirche gebaut hat?

Sie müssen entschuldigen, daß ich etwas schwer von Begriff bin, sagte ich. Ich komme vom Land.

Es ist überhaupt nicht schwierig, das zu verstehen, sagte er. F. F. F., the Federation of Fulminating Fish, New York; übersetzt: Faktura-Fälschungs-Firma. Ein Knopf kostet in Amerika einen halben Öre, aber du hast eine Firma in New York, F. F. F., die ihn dir für zwei Kronen verkauft und auf die Faktura schreibt: ein Knopf zwei Kronen. Du verdienst viertausend Prozent. Nach einem Monat hast du eine Million. Das verstehst du.

Da wurde plötzlich nach uns gerufen, und ein Mann ohne Kopfbedeckung kam hinter uns hergerannt. Es war der Organist.

Entschuldigt, sagte er, ganz außer Atem vom Laufen. Ich habe etwas vergessen: Ist einer von euch vielleicht in der Lage, mir eine Krone leihen zu können.

Der Gott fand nichts in seinen Taschen, doch ich hatte eine Krone in der Manteltasche und gab sie ihm. Er dankte und entschuldigte sich und sagte, er werde sie mir das nächste Mal zurückzahlen: Ich muß mir nämlich morgen früh fünfzig Gramm Bonbons kaufen, sagte er. Dann wünschte er uns eine gute Nacht und ging.

Wir schoben eine Weile schweigend den Kinderwagen, es war schon nach Mitternacht. Ich versuchte in Gedanken, mir einen Reim auf diesen Abend zu machen, bis mein Begleiter sagt:

Findest du denn nicht, daß ich ein wenig anders bin als andere Männer?

Er sah eigentlich ausgesprochen gut aus und hätte bestimmt manches Mädchen betört mit diesen glühenden Augen und mit diesem weichen Mörderlächeln; doch aus irgendeinem Grund wirkte er nicht auf mich, ich hörte es nicht einmal richtig, wenn er etwas sagte.

Glücklicherweise sind keine zwei Menschen gleich, sagte ich.

Ja, aber spürst du denn nicht, daß ein seltsamer Strom von mir ausgeht, fragte er.

Wenn Sie selbst fühlen, daß ein seltsamer Strom von Ihnen ausgeht, ist das nicht genug? sagte ich.

Ich habe immer gespürt, daß ich anders bin als andere, sagte er. Ich spürte das schon, als ich klein war. Ich fühlte, daß eine Seele in mir war. Ich sah die Welt aus vielen tausend Metern Höhe. Und selbst wenn ich verprügelt wurde, berührte es mich nicht. Ich konnte Reykjavik unter den Arm klemmen und davontragen.

Es muß eigenartig sein, solche Ideen zu haben, sagte ich. Und es fällt mir schwer, das zu verstehen, ich selber habe noch nie eigenartige Ideen gehabt.

Für mich ist das ganz normal, sagte er. Alles, was andere sagen, berührt mich nicht. Ich bin erhaben über andere; über alles. Ich kann über andere Menschen nur lächeln.

Ach so, sagte ich.

Er fuhr fort: Ich spüre, daß ich und das Göttliche eins sind. Ich spüre, daß ich und Jesus und Mohammed und Bu-Buddi eins sind.

Können Sie das beweisen, sagte ich.

Ich bin damit geboren, sagte er. Zuerst glaubte ich lange Zeit, daß die anderen es auch hätten und alle Menschen Dummköpfe seien. Da fragte ich die anderen Jungen. Doch sie verstanden mich nicht. Es stellte sich dann heraus, daß nur ich es hatte; und Benjamin; wir zwei hatten es.

Was hattet ihr? fragte ich.

Eine Seele, sagte er, eine göttliche, unsterbliche Seele: Das ist, wenn Gott und ich eins sind. Du gehst hinaus, um zu stehlen, vielleicht bringst du einen Menschen um: Das berührt dich nicht, du bist eine Seele; du bist ein Teil Gottes. Du wirst verprügelt, das berührt dich auch nicht, besonders wenn du windelweich geschlagen wirst; oder in einen Kampf um Leben und Tod verwickelt wirst; oder die Polizei dich auf den Kopf schlägt und dir anschließend Handschellen anlegt – trotzdem bist du vollkommen glücklich und hast keinen Körper; am folgenden Morgen wirst du vor Gericht gestellt, doch deine Seele ruht in Gott; du wirst ins Gefängnis gesteckt, doch du weißt nichts; verstehst nichts außer Jesus und Mohammed und wie heißt er denn wieder, der dritte; du hörst nur diese eine Stimme, die immer flüstert: Du bist ich, ich bin du. Ich bin sogar auch dann vollkommen glücklich, wenn ich nicht verprügelt werde, Himmel und Erde stehen mir offen, nichts kann mir schaden, ich verstehe alles und kann alles, habe alles und darf alles.

Ich finde, sagte ich, wenn Sie der sind, der Sie zu sein behaupten, dann müssen Sie irgendein Wahrzeichen dafür liefern; er verstand jedoch das Wort Wahrzeichen nicht, deshalb fügte ich erklärend hinzu: Ein Wunder vollbringen.

Er sagte: Kein Mensch auf der Welt außer mir kann auf einem Klippfisch Musik machen. Wenn ich wollte, könnte ich nach Hollywood fahren und Millionär werden.

Ich sagte nichts; da faßte er mich am Oberarm, zog mich zu sich heran und sah mich an: Staunst du nicht? Bist du nicht verrückt nach mir? Hör zu, geh mit mir hier hinein in den Hof, ich muß dir etwas sagen.

Ich weiß nicht, was für ein Idiot ich war, so dumm zu sein und mit ihm hinter das Haus zu gehen, denn natürlich drückte er mich sofort gegen die Wand und fing an, mich zu küssen und zu versuchen, meinen Rock hochzuheben, und der Kinderwagen stand daneben. Ich versuchte zunächst nicht einmal, ihn zu schlagen, doch als ich mich von der ersten Überraschung erholt hatte, sagte ich: Nein, das läßt du lieber bleiben, Freundchen, auch wenn du ein dreifacher Gott bist und außerdem Brillantine im Haar hast. Dann schlug ich ihn, versetzte ihm einen Fußtritt und stieß ihn weg.

Verdammt, bist du gefährlich, sagte er. Weißt du nicht, daß ich dich umbringen kann.

Das dachte ich mir schon, daß du ein Mörder bist, sagte ich. Das wußte ich gleich, als ich dich sah.

Dann kannst du in das Loch von der da schauen, sagte er und fuchtelte mit etwas vor mir herum, ich sah in der Dunkelheit nicht, was es war, es hätte ohne weiteres eine Pistole sein können.

Ein Mann in dem Haus öffnete ein Fenster über uns und fragte, was zum Teufel wir da täten, das sei sein Grundstück, er sagte, wir sollten verschwinden, sonst würde er die Polizei rufen. Der Gott Brillantine steckte seine Pistole in die Tasche, wenn es eine Pistole war, und schob den Kinderwagen wieder hinaus auf die Straße.

Ich wollte dich auf die Probe stellen, sagte er. Du kannst dir ja wohl denken, wie ernst ich es meinte, ein armer Familienvater. Jetzt begleite ich dich nach Hause.

Doch dann fiel ihm plötzlich etwas ein: Ach, jetzt habe ich tatsächlich den verdammten Klippfisch vergessen. Ich bin sicher, daß mich meine Frau verprügelt, wenn ich ihr nichts zu essen bringe für morgen – und er lief wieder hinter das Haus, um das Mittagessen für die Familie zu holen, ich aber machte mich davon, während er nach dem Fisch suchte.

Eine Orgie

Der Hausvater ist auch für kurze Zeit weggeflogen mit seinem weichen, gelben Lederkoffer, der duftet und knarrt, und ich bin allein mit der Kinderschar. Und kaum ist seine Anwesenheit nicht mehr zu spüren, da ist das Haus kein Haus mehr, sondern ein Marktplatz. Zuerst kommen die offiziellen und die heimlichen Freunde der Kinder, dann die Freunde der Freunde der Kinder des Hauses, schließlich deren Freunde; und damit die ganze Hafenstraße. In der Diele steht eine Kiste Schnaps, ich weiß nicht, wer sie bezahlt hat. Einige der Gäste haben ihre Musikinstrumente mitgebracht, ein weibliches Wesen tanzt auf dem Flügel. Gegen Mitternacht werden von einem Restaurant kalte Platten ins Haus geliefert, ich weiß auch jetzt nicht, wer bezahlt; aber immerhin, die Dienstboten des Hauses werden nicht dazu aufgefordert, zu bedienen, sondern die Gäste versorgen sich selber, die Sünderin Jona ist auch schon längst schlafen gegangen, und in ihre tauben Ohren dringt kein Lärm, nur die Stimme des Gewissens. Ich wandere durch das Haus, überflüssig.

Ich nehme an, das sollte ein Hausball sein, doch wenn sich vereinzelte Paare auf die Tanzfläche schleppten, um eine Weile zu jitterbugen, so geschah das nur mit Widerwillen; dagegen wurde ständig »Lustig waren Männer« und »Über kalten Wüstensand« gesungen; vor allem aber bemühte man sich, ohne zu sprechen die fürchterlichsten Laute auszustoßen, ich habe noch nie in einer Nacht so viele undefinierbare menschliche Laute gehört. Dann begann man, sich zu übergeben, zuerst in den Toiletten, dann auf den Gängen und Treppen, schließlich auf die Tischtücher und über die Möbel und in die Musikinstrumente hinein. Es war, als ob alle mit allen verlobt wären, die Leute schleckten sich wild durcheinander ab, aber ich glaube, daß gar niemand mit jemandem verlobt war und die Küsse nur zum Jitterbug gehörten; nur das Mädchen Apfelblut hing strahlend an einem großen, amerikanisch aussehenden Kerl, der mindestens doppelt so alt war wie sie und schon anfing, eine Glatze zu bekommen, und verschwand schließlich mit diesem Burschen in ihrem Zimmer und drehte den Schlüssel um.

Ich hatte nicht die Kraft, und schon gar nicht die moralische Autorität, mich in irgend etwas einzumischen, das war nur eine neue Form menschlichen Lebens, und vielleicht war sie gar nicht einmal so neu, auch wenn sie für mich neu war, doch als es schon bald drei Uhr nachts war, dachte ich daran, wie es wohl meinem Goldwidder bei all dem ergehen mochte, treibt er sich womöglich draußen im Dunkel der Nacht herum und versucht, Nerze und Pistolen zu stehlen, oder vielleicht das Telefon droben in der Mosfellssveit, dieser süße Racker; und ich öffne die Tür zum Zimmer der Brüder und schaue vorsichtig hinein. Da liegt im Bett des älteren Bruders ein stockbesoffenes Pärchen und knutscht, und im Bett des Jüngeren war ein Fräulein in einem Brokatkleid aufgebahrt worden, auf christliche Weise, die Hände auf der Brust. Das Radio war auf einen amerikanischen Zuchtpferdesender mit schrecklichem Gewieher und gewaltigen Fürzen eingestellt. Da sehe ich, daß der Kleiderschrank offensteht und ein Lichtschein herausdringt, und was geht dort mitten in der Orgie des Jahrhunderts vor? Zwei Jungen spielen Schach. Sie kauern, zwischen sich ein Schachbrett, einander gegenüber im Schrank, unendlich weit entfernt von allem, was in ihrer unmittelbaren Umgebung geschieht, die Nerz- und Pistolendiebe, der Goldwidder und sein Vetter. Sie antworten mir nicht, als ich sie ansprach, schauten nicht auf, obwohl ich lange an der Schranktür stehe und zuschaue. Und bei diesem Anblick erfüllte mich wieder jene Sicherheit des Lebens, jene Helligkeit des Gemüts und Linderung des Herzens, die kein Unglück schmälern kann. Ich betrachtete eine Weile die kultivierte Ruhe des Schachspiels im Lärm des amerikanischen Senders und der vier Plattenspieler, die im Haus verteilt waren, einiger Saxophone und einer Trommel, ging dann hinauf in mein Zimmer, schloß mich ein, zog mich aus und legte mich schlafen.

Lingo

Am Morgen war es selbstverständlich meine Aufgabe, das Erbrochene aufzuwischen, zerschlagenes Kristall und Porzellan wegzuwerfen, Weinflecke und Essensreste aus Tischtüchern und von Möbeln zu entfernen und ich dachte, wie viele solcher Nächte wohl nötig wären, um ein Haus völlig zu verwüsten; ich bin fast den ganzen Tag damit beschäftigt, bis die Kinder eines nach dem anderen aus ihren verschiedenen Schulen nach Hause kommen. Plötzlich wird es laut in der Diele, und als ich nachschaue, sehe ich, daß das Ganze offensichtlich wieder von vorne anfangen soll, ein paar blonde Lackaffen im Realschulalter trinken Schnaps aus der Flasche, singen »Lustig waren Männer« und übergeben sich in der Diele vor den Augen des Mädchens Apfelblut. Sie waren deutlich verliebt in das Mädchen und wollten ihr zeigen und beweisen, daß sie Männer seien, die es wert waren, von einem jungen Mädchen geliebt zu werden. Sie saß auf der Treppe und rauchte eine Zigarette mit der langen Zigarettenspitze, sah etwas müde aus und lächelte ihnen kalt und verführerisch zu.

Ich stürzte in die Diele hinaus und sagte: Ich denke nicht daran, heute noch mehr Kotze aufzuwischen, diese Jungen sollen bitte machen, daß sie verschwinden.

Natürlich überschütteten mich diese blondgelockten, schnapsbleichen Jünglinge mit all den Schimpfwörtern und obszönen Ausdrücken, die nur gebildete Kinder aus gutem Hause über ihre Lippen bringen, darunter so weit hergeholte Unflätigkeiten wie doppelter Minusmensch, Gaskammerfutter, polnisch-jüdische Kettenhure; aber schließlich zogen sie widerwillig, den Schnaps in der Hand, ab. Und ich warf die Tür ins Schloß.

Als sie fort waren, kam Apfelblut auf mich zu; sie trat ganz dicht an mich heran, als erwartete sie, daß ich vor ihr zurückwiche, und sah mich mit haßerfülltem Blick an, wie der weibliche Schurke in einem Film.

Wie kannst du es wagen, meine Männer aus meinem Haus zu jagen?

Männer, dieses Kroppzeug, sagte ich und ließ sie so dicht an mich herangehen, wie sie wollte.

Ich verbiete dir, Leute aus dem Südland zu beschimpfen, sagte sie.

Sie steckte sich das eine Ende der Zigarettenspitze in den Mund und schwebte dann mit erhobenem Haupt und ausladenden Armbewegungen von mir weg; sie wackelte majestätisch mit ihrem kleinen, hübsch geformten Hintern, während sie sich entfernte, ließ sich in einen Sessel fallen, lehnte sich ermattet zurück, schloß die Augen und rauchte mit unendlicher Müdigkeit; alles war genau wie im Kino.

Ugla, sagte sie. Komm her. Sprich mit mir. Setz dich hin.

Als ich mich hingesetzt hatte, schaute sie zuerst eine Weile träumerisch in die Luft, dann sagte sie:

Ist er nicht wundervoll.

Wer, sagte ich.

Ist er nicht herrlich.

Ich sagte, ich wüßte nicht, wovon sie spräche.

Göttlich, sagte sie.

Ist es ein Mann, sagte ich.

Glaubst du, es sei ein Hund, sagte sie.

Ich weiß nicht, sagte ich.

Wer denn sonst als dieser verdammte Lingo, sagte sie. Mein lieber Lingo – findest du nicht, daß er ein prima Kerl ist? Ich liebe ihn. Ich könnte ihn umbringen.

Du meinst doch nicht etwa dieses lange Ungeheuer mit der Glatze und was weiß ich sonst noch?

Doch, sagte sie. Den meine ich. Leider. Ich weiß, er ist schrecklich groß; und fängt an, eine Glatze zu bekommen; und ist außerdem verheiratet. Aber ich schlafe trotzdem mit ihm; schlafe, schlief, schliefen, geschlafen; werde schlafen.

Bist du verrückt, Kind, glaubst du, du darfst in deinem Alter mit einem Mann schlafen. Er kann dafür ins Zuchthaus kommen.

Das ist meine Sache, Kameradin.

So etwas wäre mir nie eingefallen, als ich im Konfirmandenalter war, sagte ich.

Hör mal, flüsterte sie. Hast du davon gehört, daß Mädchen nicht mehr weiterwachsen sollen, wenn sie sich zu früh mit einem Mann einlassen?

Das weiß ich nicht, antwortete ich, aber ich weiß, daß du noch ein solches Kind bist, Apfelblut, daß ich diesen langen Teufel verprügle, wenn ich ihn das nächste Mal sehe.

Eine Anemone kaufen

Wenn jetzt heute abend alles wieder anfängt, das Haus wieder voller Leute ist, die Kristall zerschlagen, sich auf Teppiche übergeben und die furnierten Möbel kaputtmachen, was soll ich dann tun? Die Polizei rufen?

Warum fragst du mich danach, meine kleine Freundin, sagte der Organist.

Ich weiß nicht, was ich tun soll, sagte ich.

In meinem Haus sitzen Verbrecher und Polizei am selben Tisch, sagte er; manchmal sogar Pfarrer.

Es ist entsetzlich, mitansehen zu müssen, wie sich diese betrunkene Teufelsbrut benimmt, sagte ich.

Sprecht in meinem Beisein nicht schlecht über junge Leute, sagte er, ohne zu erklären, weshalb er mich in der Mehrzahl anredete, und wurde ernst. Nach kurzem Überlegen fuhr er fort: Ich dachte, es gäbe genug Kristall auf der Welt für die, die Kristall sammeln: Ich für meine Person habe mehr Freude an einer dünnen Eisschicht auf einem klaren Bach an einem Herbstmorgen.

Was soll man tun, wenn die, die um einen herum sind, sich schlecht und falsch benehmen, sagte ich.

Verhaltensweise falsch? fragte er. Biochemisch schlecht?

Sittlich falsch und schlecht, sagte ich.

Es gibt keine Sittlichkeit in den Dingen, sagte er. Und es gibt kein sittliches Verhalten, nur verschieden praktische Sitten. Bei dem einen Volksstamm gilt als Verbrechen, was bei dem anderen als Tugend gilt; das Verbrechen der einen Zeit ist die Tugend der anderen Zeit; sogar innerhalb derselben Gesellschaft und zur selben Zeit kann das, was bei der einen Schicht ein Verbrechen ist, bei einer anderen Schicht eine Tugend sein. Die Dobu-Insulaner haben nur ein sittliches Gesetz, und das ist, einander zu hassen; einander so zu hassen, wie es die Europäer taten, bevor der Nationalitätsbegriff ausgerottet und durch Ost und West ersetzt wurde: Bei ihnen ist jeder einzelne dazu verpflichtet, den anderen zu hassen, wie bei uns der Westen dazu verpflichtet ist, den Osten zu hassen. Das einzige, was den armen Dobu-Insulanern Kummer macht, ist, daß sie keine so guten Mordinstrumente haben wie Du Pont; und auch kein Christentum wie der Papst.

Sollen denn betrunkene wie nüchterne Verbrecher nach Belieben ihr Unwesen treiben dürfen, sagte ich.

Wir leben in einer etwas unzweckmäßigen Gesellschaft, sagte er. Die Dobu-Insulaner stehen uns ziemlich nahe. Aber es gibt einen Trost, und der ist, daß der Mensch nie der Notwendigkeit entgehen kann, in einer zweckmäßigen Gesellschaft zu leben. Es ist ganz egal, ob Menschen schlecht oder gut genannt werden: Wir sind alle hier; jetzt; es gibt nur eine Welt, und in ihr herrschen entweder zweckmäßige oder unzweckmäßige Verhältnisse für die, die leben.

Darf ich dann stockbesoffen hier eindringen und deine Blumen totschießen, sagte ich.

Bitte schön, sagte er und lachte.

Wäre das recht? fragte ich.

Alkohol verursacht bestimmte chemische Reaktionen im lebenden Körper und verändert die Tätigkeit des Nervensystems: Du kannst die Treppe hinunterfallen. Jonas Hallgrimsson ist die Treppe hinuntergefallen; manche sind der Meinung, damit habe Island gleichzeitig seine besten Gedichte verloren, nämlich die, die er nicht mehr gedichtet hat.

Natürlich trank er zuviel, sagte ich.

Spielt es wirklich eine Rolle für uns, ob es sittlich falsch war von dem Mann oder nicht, daß er sich so oft ein Gläschen genehmigte? Vielleicht wäre er nicht hinuntergefallen, wenn er nur zehn Schnäpse getrunken hätte. Vielleicht war es der elfte Schnaps, der ihn zu Fall brachte. Vermutlich ist es moralisch etwa ebenso verwerflich, ein Gläschen zuviel zu trinken, wie fünf Minuten zu lange draußen in der Kälte zu sein: Du kannst dir eine Lungenentzündung holen. Und beides ist unzweckmäßig.

Ich hörte nicht auf, diesen Mann anzusehen.

Dagegen würde es meinen Schönheitssinn gröblich verletzen, ein schönes Mädchen aus dem Nordland betrunken zu sehen, fügte er hinzu; doch Schönheitssinn und Moral haben nichts miteinander zu tun: Niemand kommt ins Himmelreich, weil er schön ist. Die Verfasser des Neuen Testaments verstanden nichts von Schönheit. Dagegen sagte Mohammed: Wenn du zwei Geldstücke hast, dann kaufe dir für das eine Brot, für das andere eine Anemone. Mein Kristall dürfen alle zerschlagen. Und auch wenn mein Grundsatz null Schnaps ist, so ist das doch kein moralischer Grundsatz. Aber ich kaufe eine Anemone.

Ich dachte eine Weile nach und begann wieder: Willst du behaupten, daß sich ein vierzehnjähriges Mädchen richtig verhält, wenn es sich mit einem verheirateten Mann in ein Zimmer einschließt und vielleicht schwanger wieder herauskommt?

Er kicherte immer leise vor sich hin, wenn er etwas komisch fand: Sagtest du vierzehn, meine Liebe? Zweimal sieben: das ist ganz einfach eine doppelt heilige Zahl. Und jetzt will ich dir von einem anderen Geschöpf berichten, das in diesem Fall auch zählt, allerdings zählt es bis sechzehn, das ist eine Kaktusart, die in Spanien wachsen soll. Da steht diese gesegnete Pflanze in der Sommerhitze der kastilischen Hochebene und zählt und zählt mit Genauigkeit und Sorgfalt, ja, ich darf wohl sagen, mit einem Gefühl für Sitte und Moral, bis sechzehn Jahre vergangen sind, dann blüht sie. Erst nach sechzehn Jahren wagt sie, diese zarte, rote Blüte zu tragen, die schon am nächsten Tag verwelkt ist.

Ja, aber ein Kind ist ein Kind, sagte ich trotzig, und um ganz ehrlich zu sein, es ärgerte mich ein wenig, daß ich einen so leichtsinnigen Organisten hatte.

So ist das eben, sagte er. Ein Kind ist ein Kind; dann hört das Kind auf, ein Kind zu sein – ganz ohne Rechenkunststücke. Die Natur fordert ihr Recht.

Ich bin vom Land, und da läßt man nie den Widder zu den einjährigen Schafen.

Die Lämmer von einjährigen Schafen sind für gewöhnlich zu mager zum Schlachten, sagte er. Wenn die Menschen gemästet würden, um sie zu schlachten und pfundweise zu verkaufen, würde dein Argument gelten. Der isländische Volksmund sagt, daß die Kinder von Kindern Glückskinder sind.

Soll man alle verdammten Sprichwörter glauben, sagte ich und war ein wenig wütend geworden.

Sieh mich an, sagte er. Hier siehst du ein Glückskind.

Es war wie neulich; im Gespräch mit diesem Mann wurde alles, was man dachte, zu plumpen Übertreibungen, allgemein anerkannte Ideen zu Obszönitäten. Ich wußte nicht, was ich sagen sollte, denn ich spürte, daß jedes Wort, was ich vielleicht noch in dieser Richtung sagen könnte, eine unverzeihliche Beleidigung für ihn würde – der die reinsten und mildesten Augen von allen Menschen hatte.

War es falsch, daß ich gezeugt wurde: Daß meine Mutter mich im Sommer nach ihrer Konfirmation bekam, sagte er. War das schlecht? War das häßlich?

Etwas in mir machte plötzlich einen Ruck, und ich schwieg. Er hörte nicht auf, mich anzuschauen. Erwartete er, daß ich antwortete? Schließlich sagte ich leise das einzige, was ich sagen konnte: Du bist mir so weit voraus, daß ich dich kaum sehen kann; und ich höre dich wie im Telefon aus einem anderen Landesviertel.

Sie war Pfarrerstochter, sagte er. Das Christentum hat ihr allen Seelenfrieden geraubt. In diesen wenigen Jahrzehnten eines ganzen Lebens hat sie die meisten Nächte durchwacht, um den Feind des menschlichen Lebens, den Gott der Christen, um Vergebung zu bitten; bis die Natur ihr schließlich aus Barmherzigkeit das Gedächtnis weggenommen hat. Du glaubst jetzt vielleicht, daß diejenigen, die an einen so bösen Gott glauben, schlechte Menschen werden müssen, aber dem ist nicht so: Der Mensch ist vollkommener als Gott. Obwohl die Lehre, in der diese Frau in ihrer Jugend erzogen wurde, ihr sagte, daß alle Menschen verlorene Sünder seien, habe ich nie gehört, daß sie irgendeinen Menschen verurteilt hätte. Ihr ganzes Leben wird durch die wenigen Wörter symbolisiert, die sie noch weiß, obwohl sie völlig senil ist und alle anderen Wörter vergessen hat: Bitte sehr; und Gott segne euch. Ich glaube, sie war die ärmste Frau in Island. Und doch hat sie ein halbes Jahrhundert lang ganz Island umsonst bewirtet; und zwar insbesondere Verbrecher und Huren.

Ich schwieg lange, bis ich ihn ansah und verzeih mir sagte, und er tätschelte mir die Wange und küßte mich auf die Stirn.

Ich glaube, du verstehst jetzt, sagte er mit einem entschuldigenden Lächeln, warum ich immer so heftig reagiere, wenn ich eine Meinung höre, die sich gegen meine Mutter richtet; und gegen mich; meine Existenz als Lebewesen.

Ein Mädchen bei Nacht

Im Thorri, dem vierten Wintermonat nach dem alten Kalender, den es in der Stadt allerdings nicht gibt, war ich absolut sicher, und eigentlich schon viel früher, alle Anzeichen paßten, in mir geschah alles, was man in Büchern für Frauen lesen kann, und ich glaube, noch viel mehr. Manchmal träumte ich die ganze Nacht von dem Mann, oft waren es Angstträume, und ich fuhr aus dem Schlaf auf und mußte Licht machen und schlief erst wieder ein, nachdem ich mir gelobt hatte, zu ihm zu gehen und ihn um Verzeihung dafür zu bitten, daß ich ihm in der Silvesternacht die Tür vor der Nase zugeschlagen hatte; und es ihm zu überlassen, das mit mir zu tun, was er für richtig hielt.

Wenn ich dagegen morgens aufwachte, fand ich, daß ich ihn nicht kannte, und er mich ganz und gar nichts anging, das Kind würde mir allein gehören. Dann fand ich auch, daß Kinder überhaupt nie Männern gehörten, sondern nur der Frau, wie auf Bildern von der Jungfrau Maria mit dem Kind: Der Unsichtbare ist der Vater aller Kinder, der Anteil des Mannes an der Sache ist nur Zufall, und ich verstand die Naturvölker, die den Beischlaf von Mann und Frau nicht mit dem Kind in Verbindung bringen. Er soll nie mein Kind sehen und nie dessen Vater heißen, sagte ich zu mir selbst. War es nicht an der Zeit, daß in diesem Land ein Gesetz verabschiedet wurde, das Männern verbot, sich die Väter von Kindern zu nennen? Doch als ich mir die Sache genauer überlegte, fand ich, daß in Wirklichkeit das Kind auch nicht der Mutter gehörte; Kinder gehörten sich selbst – und ihre Mutter gehörte ihnen auch, gemäß den Gesetzen der Natur, aber nur, solange sie sie unbedingt brauchten: Sie gehörte ihnen, solange sie in ihrem Bauch wuchsen; und solange sie sie aßen, oder besser gesagt tranken, das erste Jahr. Die menschliche Gesellschaft ist jemand, der Pflichten gegenüber Kindern hat, soweit sie überhaupt Pflichten gegenüber jemandem hat; soweit überhaupt jemand Pflichten gegenüber jemandem hat.

Und wenn ich mich abends nach der Stunde auf den Heimweg mache, gehe ich unversehens eine bestimmte Straße entlang, starre auf ein bestimmtes Haus und zu einem bestimmten Fenster hinauf, in dem manchmal ein bestimmtes Licht brennt, manchmal ein bestimmtes Dunkel ist. Ich bleibe stehen, doch einen Augenblick später halte ich es nicht mehr aus, weil ich mir einbilde, daß mich aus unzähligen Fenstern Augen beobachten, und ich laufe davon und komme erst wieder zu mir, wenn ich am anderen Ende der Straße meinen eigenen Herzschlag höre; es ist unglaublich, wie viele Seelen ein weibliches Wesen haben kann, besonders abends.

Ja, ich hatte ihm die Tür vor der Nase zugeschlagen; aber tat ich das nicht, weil ich damals noch nicht sicher wußte, ob ich schwanger war; und wenn ich mich jetzt nach ihm sehnte, war das nicht nur, weil ich es jetzt sicher wußte; und mich an ihn hängen wollte; ihn vielleicht sogar zum Traualtar schleppen wollte. So erbärmlich muß ein Frauenzimmer denken, weil die Mutter ihrem Kind gehört und das Kind sie trinken will, sie muß sich einen Sklaven anschaffen und mit ihm diesen Milchladen aufmachen, den man Ehe nennt und der einmal ein Sakrament war, das einzige Sakrament, auf das heilige Männer pfeifen durften; tut sie das nicht, so läuft sie ihr Leben lang als Pechmarie herum, hat den Liebeskummer im Nervensystem wie eine Art versteinertes Kind und ein lebendes Kind an ihrer Seite, eine Anklage gegen Götter und Menschen, eine Herausforderung gegen die Gesellschaft, die alles versucht hat, sie dazu zu bringen, es vor der Geburt abzutreiben oder nach der Geburt auszusetzen, doch ohne Erfolg. In aller Kürze gesagt, ich liebte ihn; und ich hatte ihm die Tür vor der Nase zugeschlagen, weil ein Frauenzimmer viele Seelen hat; und deshalb konnte ich mich jetzt nicht darauf verlassen, daß jemand Zwillinge für mich ausfahren würde.

Nein. Ich gehe wieder denselben Weg in die Straße zurück. Es mag wohl sein, daß ein schwangeres Mädchen den ersten besten heiratet, weil es ihr, wie der Natur, ziemlich gleich ist, wer beim Pfarrer als Vater des Kindes eingetragen wird, doch er, er, er ist es, den ich liebe, trotz allem und trotz allem. Ja, dieser ungewöhnliche Mann; still, klug, rein; er hat eine Berufung, über die er nicht sprechen will; und sieht einen mit heimlich brennendem Blick an, der umhüllt, aber nicht sticht, so daß es um ihn herum nie leblos ist, soviel er auch schweigt; ein Mädchen findet ihn allein und keinen anderen unter einer ganzen Menschenmenge; und geht danach schweigend mit in sein Zimmer hinauf; und er legt sie in sein Bett, ohne sie zuerst zu überreden, indem er ihr einen ganzen Zeitungsartikel vorschwatzt: Es ist nichts selbstverständlicher. Und als ich ihm in der Silvesternacht die Tür vor der Nase zumachte, da blieb er bei mir; und er blieb bei mir, weil ich ihn nicht hereingelassen hatte. Wenn er versucht hätte, mich mit Argumenten zu überzeugen oder mich mit Bitten zu erweichen, dann hätte ich ihn am Ende hereingelassen, aber er wäre nicht bei mir geblieben, als er am Morgen ging; seine Argumente hätten höchstens mein Gehirn herumgekriegt. Und wenn ich ihn jetzt träfe, würde ich ihm mit keiner Silbe zu verstehen geben, daß ich schwanger bin, und schon gar nicht drängen, daß er mich heiraten solle, sondern ich würde zu ihm sagen, ich liebe dich – und deshalb verlange ich nichts von dir; oder, ich liebe dich, und deshalb will ich dich nicht heiraten.

Ein anderes Mädchen in der Nacht

Und dann sehe ich plötzlich eine Frau auf einer Treppe sitzen. Sie hält sich den blutigen Kopf und weint laut in der Stille der Nacht. Ihre Handtasche liegt offen auf dem Gehweg, als ob sie jemand weggeworfen hätte, und Spiegel, Lippenstift, Taschentuch, Puderdose und Geld sind weit verstreut. Drinnen im Haus wurde gesungen. Ich ging zu der Frau hinüber, um nachzusehen, was mit ihr los war; und da war es Kleopatra.

Du, der wiedergeborene Skarphedinn Njalsson, du heulst doch hoffentlich nicht, sagte ich.

Doch, sagte Kleopatra.

Was ist passiert, sagte ich.

Sie haben mich geschlagen und hinausgeworfen, sagte Kleopatra.

Wer hat das getan, sagte ich.

Natürlich Isländer, sagte sie; diese verdammten Isländer.

Und weshalb, sagte ich.

Sie wollten nicht zahlen, sagte sie. Zuerst haben sie mich zu sich hineingelockt. Dann wollten sie nicht zahlen. Ich werde diese verdammten Isländer umbringen, by golly.

Ja, aber das sind doch unsere Landsleute, sagte ich.

Das ist mir scheißegal, sagte Kleopatra. Sie wollen nicht zahlen. Sie schlagen einen und werfen einen hinaus. Und nehmen Schnupftabak.

Ich werde einen Arzt für dich holen, liebe Patra, sagte ich; und es bei der Polizei anzeigen; und dich nach Hause bringen.

Neineinein, sagte sie. Keinen Arzt; und nicht bei der Polizei anzeigen; und am allerwenigsten mich nach Hause bringen.

Nach Hause zu unserem Organisten, sagte ich.

Ich bin nirgends zu Hause, sagte sie, und schon gar nicht bei ihm, obwohl ich schon seit vier Jahren Schlafgast bei seiner Mutter bin, weil er ein Heiliger ist. Das ging prima, solange die Amis hier waren. Aber jetzt sind nur noch ein paar ärmliche Überbleibsel da, und die haben alle etwas Festes; deshalb muß ich mir wieder die Hacken ablaufen, wie damals, als ich noch ein junges Mädchen war, und gehe wieder mit Isländern, die Schnupftabak nehmen und einen schlagen und nicht zahlen wollen; die mit ihrem verdammten »Wüstensand« und »Lustig waren Männer«. Die lieben, netten Amerikaner, Jesus, laß sie bald mit der Atombombe kommen.

Gott steh dir bei, Kleopatra, sagte ich, so hätte Skarphedinn Njalsson nie gesprochen, nicht einmal, wenn ihm die Axt Rimmugygur mitten im Kopf gesteckt hätte.

Wenn ich nicht sorry sein darf, dann geh doch, sagte Kleopatra.

Sie hatte Nasenbluten und ein blaues Auge; sie roch ein wenig nach Schnaps, war aber einigermaßen nüchtern, wahrscheinlich war sie durch die Schläge nüchtern geworden und nur noch schwach benebelt. Ich sammelte ihre Sachen in die Tasche und reichte ihr ihr Taschentuch, damit sie sich das Blut abwischen konnte, und sofort war das Taschentuch voller Blut, auch mein Taschentuch wurde blutig. Ich dachte ein wenig nach und kam zu dem Ergebnis, daß das Blut und die Tränen dieses Mädchens aus genau denselben Stoffen bestanden wie bei anderen Mädchen, deshalb sagte ich, sie könnte mit mir nach Hause gehen und bei mir übernachten. Sie flehte immer wieder Gott und Jesus an, mich zu segnen, und ich weiß nicht, was sonst noch alles, denn gerade solche Leute sind die eifrigsten Theologen, die es gibt, und sie stand auf, und ich stand auf, und unter der nächsten Laterne nahm sie Lippenstift und Spiegel heraus und schminkte sich die Lippen; und diese Tat wirkte auf mich wie eine großartige moralische Handlung mitten in der Nacht in dieser schlimmen Welt, so daß ich mich schämte, weil ich ein so unbedeutender Mensch war.

Sie bereute, daß sie beim Amibusineß nicht Vorsorge getroffen und sich eine anständige Wohnung beschafft hatte, so dumm war man, man hoffte, der Krieg würde ewig dauern, und sie gaben ihre Parties immer in diesen schicken Baracken mit Cosy-Ecken und Fancy-Leuchten, das war ein Leben. Gee, Mensch. Sie hatte mit einem falschen Obersten zwischen Hafnarfjördur und Reykjavik angefangen und mit einem echten, grauhaarigen, zuckerkranken Obersten aufgehört. Sie war bei einem Amifest mit dem Premierminister gewesen, denn die Amerikaner sind unabhängige Menschen, weil sie die Atombombe haben, und machen keinen Unterschied zwischen einem Premierminister und einem Mädchen. Der Oberst schenkte ihr einen roten Mantel und weiße Galoschen und den breitkrempigen Hut, mit dem man sich nur schräg durch die Tür schieben konnte; und natürlich Geld wie Heu, Mensch. Gosh. Er hatte versprochen, sie nachzuholen, wenn seine Frau gestorben wäre, aber jetzt war er selber gestorben, er konnte den Frieden nicht ertragen, wahrscheinlich hatte ihn seine Frau umgebracht, denn sie war jung. Und da fing Kleopatra wieder an zu weinen, sie hatte Leid erfahren, das große materielle Auswirkungen hatte und außerdem ganz genauso seelisch war wie anderes Leid, schmerzhaft und doch herrlich, und ich hatte Mitleid mit ihr, auch im Ernst.

So verliert man alles und alles und alles, sagte sie; und stirbt; und muß wieder leben, wenn man tot ist. Ist es nicht ein starkes Stück, daß ich, die ich von einem Colonel geliebt wurde, mich von einem Volk schlagen lassen muß, das Schnupftabak nimmt?

Sie hatte das Alter erreicht, wo die chemischen Veränderungen im Körper einer Frau es mit sich bringen, daß sie sich vom Leben enttäuscht fühlt; sie hatte schon längst genug von der Nachtschwärmerei der Jugend, die Abenteuer des Ungewissen konnten sie nicht mehr locken, aus dem Glauben der Jugend an etwas Neues und Unvergleichliches war ein alltäglicher Kampf ums Dasein geworden, sie hatte, ehrlich gesagt, die Nase voll von ihren verdammten Kerlen, wo immer sie auch herkamen, die einen aus dem Nordland, die anderen von der Südwestküste, sie wollte nur ein geruhsames Leben, festen Boden unter den Füßen, wie jede andere Frau von fünfunddreißig. Und, wie sie sagte, dazu brauchte man seine eigenen vier Wände, man konnte nicht dauernd heiligen Männern zur Last fallen, die einen Kleopatra und sogar Skarphedinn im Feuer nannten; denn natürlich heiße ich nicht Kleopatra und habe nie so geheißen und schon gar nicht noch anders, ich heiße Gudrun und werde Gunna die Wüste genannt.

Ich fragte sie, ob sie gerne heiraten würde, aber sie konnte sich kaum fassen vor Entrüstung über eine so unanständige Vermutung: Das hätte mir gerade noch gefehlt. Dagegen vertraute sie mir dann, als wir schon im Bett waren und das Licht ausgemacht hatten, an, ihr Traum von einem geruhsamen Leben wäre eine kleine Wohnung mit Wohnzimmer und Schlafzimmer, geschnitzten Renaissance-Möbeln, Küche und Klo mit Dusche, und es sich dann so einzurichten, daß sie nur drei Feste brauchte: einen verheirateten Geschäftsmann mit etwas Vermögen, der schon bald silberne Hochzeit feiern konnte; einen Seemann, der nur ab und zu an Land kam; und einen gebildeten Jungen, der mit einem Mädchen aus vornehmer Familie verlobt war.

Wir diskutierten über diesen Plan, bis wir schläfrig wurden, und bald sagten wir nichts mehr, bis sie nach einer ganzen Weile, als ich glaubte, sie sei schon längst eingeschlafen, in der Dunkelheit sagt:

So, wollen wir jetzt nicht unser Vaterunser beten.

Doch, sagte ich: Du für uns beide.

Da sprach sie das Vaterunser und anschließend wünschten wir einander eine gute Nacht und schliefen ein.

Der Skalde Thormod bei den Grönländern

Jetzt wird etwas ausführlicher von dem Volk berichtet, dessen Angehörige Inuiten heißen und das in Grönland Wohnstätten in den nördlichsten Fjordenden und auf Landzungen, auf Schären und Inseln besitzt. Gleich wenn das Land vom Meer aus ansteigt, erheben sich dort Hochgletscher, manche behaupten, bis nach Schweden, dem kalten, im Norden; doch menschliches Leben gibt es nicht. Man sagt, daß der Name, den dieses Volk sich selbst gegeben hat, dieselbe Bedeutung besitzt wie bei uns das Wort Mensch. Die Inuiten gehören zu den friedfertigsten und glücklichsten Menschen, von denen je in Büchern die Rede war. Sie haben keine Herden und nutzen keine Ländereien zur Heugewinnung und zum Ackerbau, doch sind sie so große Jäger, daß ihnen kein Schuß danebengeht. Sie fangen Eisbären in Steinfallen, und Rentiere treiben sie entweder in Gehege und schlagen sie dort tot oder vom Land weg ins Meer hinaus und erlegen sie dort vom Boot aus. Sie töten diese Tiere hauptsächlich wegen der Haut und der Zunge und des Lendenstücks. Sie schießen Meeresvögel mit dem Vogelspeer, und Fische treiben sie in Flachwasser und schießen sie dann mit dem Fischspeer. Sie fahren viel mit Hunden auf dem Meereseis; und wenn sie auf ein Loch im Eis stoßen, legen sie auf den Rand faulige Schwimmblasen oder Seehundsleber, und wenn ein Hai den Köder holt, erstechen sie ihn mit einer Lanze. Sie tragen Kleider, welche die Nordländer für schändlich halten und welche sich nur für Trolle schikken, nämlich Felle, und am Körper haben sie Vogelbälge. Sie fahren auf Einmannbooten, die in nordischer Sprache Keiplar genannt werden und mit solcher Zauberkunst gebaut sind, daß ihnen kein Hindernis etwas anhaben kann; sie besitzen auch Schiffe, die aus Häuten gefertigt und mit Frauen in Hosen bemannt sind; und auch hier kennt man keinen Fall, daß ein solches Schiff auf Grund gelaufen oder untergegangen wäre. Und deshalb ist es sprichwörtlich, daß dieses Volk keine Kenntnis von der Kunst hat, im Meer zu ertrinken. Es wird auch berichtet, daß die Inuiten, obwohl es in diesem

Land schwerere Unwetter gibt als in irgendeinem anderen bekannten Land, jedes Wetter für gut ansehen und sich bei dem Wetter am wohlsten fühlen, das jeden Augenblick umschlägt; in diesem Land treten Fröste von der schärferen Art auf, und dennoch zieht sich niemand Erfrierungen zu; dort herrschen lang andauernde Stürme mit Schneefall und gefrorenem Boden, und dennoch haben wir nie gehört, daß von diesem Volk jemand draußen umgekommen ist. Bei diesem Volk wird Erde nicht zu den Urstoffen gerechnet; doch das Feuer nennt es seinen besten Freund nach den Göttern, an die es am meisten glaubt; das sind der Mann, der den Mond regiert, und die Mutter des Meergetiers, die im Meer herrscht; sie hat nur eine Hand.

Es gilt als sicher, daß die Inuiten, obwohl sie große Schützen und Jäger sind, kein Menschenblut sehen können, ohne zu weinen; ihnen sind die Kräfte und Beweggründe unverständlich, die dazu führen, daß andere Völker sich mit dem Töten von Menschen befassen; ihnen sind die Werkzeuge unbekannt, die von Leuten in anderen Ländern bei ihren Mordgeschäften benutzt werden. Die Inuiten haben starkes blauschwarzes Haar und einen nicht gerade kleinen Mund. Als sie durch Jäger, die nach Süden gegangen waren, von den Bräuchen der Nordländer erfuhren, die nach Grönland gekommen waren, und als diese die ersten Totschläge an Inuiten begingen, da fielen die Inuiten von einem Erstaunen in das andere über ein so widersinniges und nie dagewesenes Tun, und sie benannten die Nordländer nach der Tätigkeit, die allein ihnen an deren Wesen auffällig erschien, und gaben ihnen den Namen Mordmenschen oder Menschenmörder zum Unterschied von den wahren Menschen, den Inuiten. Und da den Inuiten Mord und Totschlag gänzlich unbekannt waren, kannten sie auch weder Rache noch andere Nachspiele, die zur Gerechtigkeit gehören.

Die Nordländer machten es sich zur Pflicht, die Inuiten anzugreifen, wo immer sie diese fanden, ob sie nun von ihren Wanderungen in Gruppen erfuhren oder einen Mann allein unterwegs antrafen; und wenn sie deren Hütten oder lederne Zelte auf einer Insel oder Landzunge sahen, dann legten sie Feuer an ihre Unterkünfte oder zerstörten sie auf andere

Weise und hieben jedes Menschenkind nieder. Und weil die Nordländer helle Haut, farbloses Haar und blasse Augen hatten, verlängerten die Inuiten deren Namen und nannten sie das weiße oder ausgeblichene Mordvolk oder die bleichen Mordbrenner.

Die Inuiten wohnen nicht der eine hier, der andere dort, sondern schließen sich zu Jagdgemeinschaften zusammen; im Frühjahr ziehen die Jagdhorden die Küste hinunter nach Süden zu den Fangplätzen, verweilen jedoch selten längere Zeit an einer Stelle; Ende des Sommers gehen sie wieder nach Norden; und die Stellen, an denen sie vorübergehend ihre Zelte aufschlagen, nennen sie Kochplätze.

Kurze Zeit, nachdem Nordländer einen Kochplatz in Asche gelegt und die Inuiten, die sich nicht in Felsschründen versteckt hatten, erschlagen und deren Ausrüstung nach Kräften zerstört hatten, geschah es, daß ein schweres Unwetter über sie hereinbrach und etwas eintrat, das bei Inuiten nie eintritt: Ihr Schiff kenterte vor einer Landzunge. Und da die Nordländer in Grönland sich nicht durch Schwimmen zu retten vermochten, kamen alle um, die da unterwegs waren, außer einem Mann, und der war aus Island gekommen, Skalde Thormod Bessason. Er konnte gut schwimmen und hielt sich eine Weile über Wasser, bis ihn eine Woge auf ein Tangpolster am Strand spülte. Er konnte für sich nichts weiter tun als schreien. Wenig später legte sich der Sturm. Die Reste der Jagdgemeinschaft, welche die Nordländer heimgesucht hatten, flohen mit einigen Hunden in nördlicher Richtung, um sicherere Fangplätze zu suchen, und fuhren in den Booten, welche die nordischen Männer übersehen hatten, als sie brandschatzten. Und als Frauen um die Landzunge ruderten, war Geschrei aus dem Tangpolster zu hören. Da fanden die Inuiten den Skalden Thormod, durch Kälte und Nässe zu Tode erschöpft, und sein heilgebliebenes Bein war gebrochen. Da nun die Inuiten die Gerechtigkeit nicht kannten, retteten sie den Skalden Thormod, ihren Feind, vor dem Tod und behandelten seinen Beinbruch mit Gesang. Sie gaben ihm heißes Seehundsblut zu trinken und dazu einen abgehangenen Vogel mit Federn; sie ließen Hunde auf ihm schlafen. Dort im Tangsaum waren auch viele tote Menschen, die Gefährten

Thormods, angetrieben worden; die Inuiten steckten ihnen Seehundsspeck in den Mund und trugen dann die Leichen auf Felsen. Und obgleich die Gutmütigkeit dieses Volkes ihr Wissen und ihre Kenntnisse übertraf, so war ihnen doch klar, in welcher Gefahr sie schwebten, wenn sich bei ihnen ein bleicher Mordbrenner aufhielt, auch wenn dieser Mensch sehr krank und mitgenommen war; sie glaubten zu wissen, daß er, sobald es ihm besser ginge, aufstehen und sie erschlagen würde. Und jedes Mal, wenn sie Nachtlager bezogen, ließen sie ihn bei den Hunden liegen und unter der Obhut der Männer, die diese Tiere versorgten. Wenn es dunkel wurde, bellten die Hunde laut, und einige bissen sich heftig; recht grämlich war die Kurzweil an solchen Stätten. Thormod glaubte zu wissen, daß er keine andere Wahl hätte, als bei seinen Gastgebern zu bleiben, in welche Fernen sie auch zogen, oder aber allein zurückgelassen zu werden, ein hilfloser Mann des Todes in dieser Einöde. Es war Ende des Sommers. Sie rüsteten sich zur Fahrt, trugen alles Gepäck, neugeborene Kinder und Hunde auf die Frauenschiffe; die Männer aber, die einigermaßen bei Kräften waren, fuhren jeder für sich in seinem Boot; sie ließen ihre Boote oft kentern, um den Frauen ihre Liebe zu zeigen, so daß der Kiel lange nach oben zeigte; das war feine Sitte.

Thormod fand es unerhört, mit welcher Gemächlichkeit die Leute hier weite Reisen unternahmen. Da achtete niemand auf die Tageszeit; alle zottelten weiter wie das Volk, das einem mitunter im Traum erscheint: keiner hatte es eilig, keiner trieb an. Thormod verfiel in Dämmerschlaf, wenn er die Leute so ohne Mühen vorankommen sah, als ob sie eher Kinderspiele trieben als notwendige Arbeit verrichteten; oft war schon der Abend nahe, wenn man die Schiffe zu Wasser gelassen hatte und zum Aufbruch bereit war. Dennoch schoben sie sich mit jedem Tag weiter nach Nordosten und entfernten sich von den Siedlungen der Nordländer. So kurz waren ihre Tagereisen, daß sie, wenn sie knapp um eine Landzunge herumgerudert und in den nächsten Fjord gelangt waren, meinten, sie wären für diesen Tag weit genug gefahren. Die Frauen ruderten an Land, nahmen das Gepäck, Kinder und Hunde sowie Thormod Kolbrunarskalde aus den Booten, die sie mit dem Rücken auf den Strand schoben und abstützten, zelteten und bereiteten umständlich das Essen und verbrachten dann die Nacht dort; oder sie ruderten nahe der Küste weiter in den Fjord hinein auf dessen Ende zu; nach kurzer Fahrt jedoch nächtigten sie. Dieses Volk hielt sich stets unter Land und fuhr nie geradenwegs von Landspitze zu Landspitze; Seefahrt war ihnen unbekannt. Wenn sie nach tagelanger Fahrt das Ende eines Fjords erreicht hatten, begann auf der anderen Seite an der Küste entlang eine neue Fahrt. Wenn sie Jagdbeute machten, blieben sie einige Tage an demselben Kochplatz. Es kam vor, daß sie alle ihre Schiffe mit Gepäck über eine Landzunge hinter einer Bergkuppe in den nächsten Fjord zogen oder trugen. Die Frauen stellten am Kochplatz Zelte auf und benutzten ihre Ruder als Zeltstangen. Einige Männer forschten in der Gegend nach Füchsen und Hasen oder versuchten, einen Moschusochsen auszumachen; andere richteten ihr Augenmerk auf die Tiere des Meeres: Seehunde, Wale, Walrosse und Eisbären. An verschiedenen Stellen hatten sie Schuppen mit Vorräten, und am Kochplatz ließen sie stets einen Wal oder Seehund zurück, um auf jeden Fall etwas zu haben, wenn sie wiederkämen, sie oder andere Jägerhorden; doch Zähne und Häute nahmen sie mit, auch viel Speck. Wenn sie unterwegs anderen Horden begegneten, herrschte große Freude, und alle blieben einige Tage und kochten Seehundsspeck, sangen ei und i und bereiteten sich ein Fest.

Es war ein großes Ereignis für die Jägerhorden, daß eine Gruppe, die nach Süden gezogen war, Thormod Kolbrunarskalde in ihrem Gepäck hatte. Dort hatte noch nie jemand einen bleichen Menschenmörder zu Gesicht bekommen; einige fragten, was für ein Geschöpf das sei und warum er bei den Hunden gehalten würde. Die anderen gaben über den Skalden Thormod die Auskunft, daß er vom Stamm der ausgeblichenen Inuiten wäre, jener, die außer Mord keine Tugend anerkennen; weiter erzählten sie, daß ein bleiches Mordvolk zu ihren Fangplätzen im Süden gekommen sei und alle Leute erschlagen habe, die es erreichen konnte, darunter einige Männer, die mit großer Kunst Hunde lenkten, und Frauen, die von allen am besten Speck ausließen. Es pries nun jeder sein großes Glück, daß ihn der Mann im Mond und die Mutter des Meergetiers vor einer Bekanntschaft mit den Bleichgesichtern bewahrt habe, die über die Kunde hinausging, welche weise Männer über sie in Gedichten zu vermelden wußten.

Thormod lag nachts bei den Hunden an verschiedenen Orten am nördlichen Ende der Welt, wo der Tod zu Hause ist; sein Leben war recht trostlos, und die Mörder des Kämpen Thorgeir Havarsson waren von seinen Waffen so weit entfernt wie je. Manche Stunde erfüllte die eine Sehnsucht seine Brust, den Tag erleben zu dürfen, wenn er auch jetzt weit entfernt zu sein schien, an dem er den mächtigen König aufsuchen würde, dem Thorgeir gedient hatte und der jetzt in Ehren über Norwegen herrschte. Und obgleich die Rache, die ihn dessen wert machte, vor den König zu treten, in weite Ferne rückte, trachtete er danach, einen solchen König mit einem Gedicht zu lobpreisen, das die Menschen durch die Jahrhunderte im Gedächtnis bewahren würden. Und wenn sich auch die Rache verzögerte, so schien es dem Skalden doch, daß es dafür in den Augen des Königs eine gewisse Entschuldigung gäbe, da er doch eine so weite Fahrt unternommen hatte, um die Mörder des Kämpen zu suchen; er bemühte sich, sein Gehör unempfindlich gegen das unaufhörliche nächtliche Gebell der Hunde zu machen, indem er König Olaf im Geiste verherrlichte und ihn wegen seiner Helden pries und sich jene Stunde vorstellte, in der er als Skalde in den Königssaal treten und sich vor seinem Herrn verneigen würde. Und während er diese Gedanken hegte, wuchs sein gebrochenes Bein zusammen, jedoch schief; er konnte schlecht damit gehen, zumal er nach dem Steinhagel auf dem Ögurberg auf dem anderen Bein lahmte.

Als sie einige Wochen lang nach Nordosten gezogen waren, kamen sie in schwieriges Gelände, wo Gletscher zwischen nackten Berggipfeln hinab ins Meer schreiten. Das Wetter wurde immer schlechter, und die Inuiten, durch Stürme aufgehalten, warteten oft tagelang; doch schließlich gelangten sie dorthin, wo sie zu Hause waren und ihre Wohnstätten hatten, steinerne Hütten auf Landzungen; einige hatten aus Steinen aufgeschichtete Dächer, andere hatten Walbarten als Dachsparren, zwischen denen Häute gespannt waren. Hier warteten ihre Daheimgebliebenen, alte Leute und Kinder, und eine

Menge Hunde. Nun trugen sie ihre Schiffe an Land und fetteten sie sorgfältig sein; sie befestigten sie auf hohen Gerüsten, damit die Hunde sie nicht benagen konnten, dann überholten sie Häuser, Zelte, Schlitten und andere Ausrüstung für den Winter. Im Winter ist es bei ihnen Brauch, im Mondschein mit Hunden über eisbedeckte Fjorde bis weit aufs Meer hinauszufahren, um Seehunde zu fangen, wenn es das Wetter gestattet; an Seehunden und Walrossen hatten sie mehr Freude als Menschen anderswo. Einige beschäftigten sich damit, Tang auf die Unterkünfte zu tragen und danach Schnee; andere kleideten sie innen mit Häuten aus und stellten Feuergerät und Leuchten auf, denn es fehlte nicht an Speck und Tran als Brennstoff. In diesem Land leuchtet im Winter der Mond und nicht die Sonne, und deswegen gilt der Mann im Mond dort als der trefflichste Mensch; nach und nach verschwand aus den Tagen alles Licht der Sonne, bis es so weit war, daß man mitten am Tage nur für kurze Zeit die Hand vor Augen schimmern sah. Um diese Zeit hatte Thormod Kolbrunarskalde das Vertrauen der Hunde gewonnen, so daß diejenigen von ihnen, die anfangs grimmig gegen ihn gewütet hatten, sich nicht mehr ganz so gebärdeten, als wollten sie ihn in Stücke reißen. Zugleich stieg sein Ansehen bei den Leuten, so daß sie ihm den ersten Platz unter den Tieren einräumten, die sich in der Obhut der mit ihrer Pflege beauftragten Ehrenmänner befanden. Sie zogen ihm warme Jacken und Hosen aus Seehundsfell an und gaben ihm Häute zum Zudecken und verwahrten ihn in einer Hütte, die bestimmt war für trächtige Hündinnen und altersschwache Hunde, die klug und so treu waren, daß es niemand übers Herz brachte, sie zu töten. Für kräftige Hunde wurden Schneehütten gebaut, oder man ließ sie im Freien einschneien; die Tiere wurden mit Stricken aus Tangstielen aneinandergebunden, denn das waren die einzigen Stricke, die sie nicht abfraßen. Und wenn es einige Tage hintereinander geschneit hatte, war es die Aufgabe der Menschen, die Hunde aus dem Schnee auszugraben und sie zu füttern. Einem so trefflichen Skalden wie Thormod schien das Leben gewiß recht langweilig, da er nichts hörte als das Brausen des Sturmes und das Gekläff der Hunde und auch am Tage kein Licht sah. Er hätte geglaubt, tot und in Nebelheim zu sein, hätte nicht vor seinem geistigen Auge das herrliche Bild König Olaf Haraldssons gestanden, des Herrn beider Schwurbrüder, und der Zukunftstraum, eines Tages wirklich ein Königsmann zu werden.

Thormod Kolbrunarskalde verweilte also an diesem Ort, recht gut verpflegt mit Seehundsspeck und Blut und abgehangenen Vögeln, die dort mit dem Gefieder verspeist werden – und Schneehühner mit dem Kropf; doch hatte er lange Zeit keinen Umgang mit Menschen, denn die Inuiten hegten die Befürchtung, er würde sie gemäß dem Brauch seines Volkes umbringen, wenn er bei ihnen wäre. Oft vertrug er jedoch das Essen nicht und war krank. Da geschah es eines Morgens bei kaltem Wind, wie er in Grönland häufig ist, daß er im Hundelager davon aufwachte, daß an seiner Liegestatt ein Mann mit seiner Tochter saß; sie machten Musik mit ei und i und einer Trommel; sie waren gekommen, um ihn zu besuchen, und bewirteten ihn mit heißer Seehundsleber, welche die Inuiten für einen besonderen Leckerbissen halten. Und nachdem sich Vater und Tochter der Gefahr ausgesetzt hatten, bei einem Menschenmörder zu singen und ihm etwas Gutes zu kochen, und er den Gesang angehört und den Leckerbissen gegessen hatte, da änderte sich das Verhalten der Jagdgemeinschaft gegenüber dem Gast sichtlich, und viele, die ihn nicht mehr beachtet hatten als einen Windhauch, schnitten ihm zum Zeichen ihres Wohlwollens ein Stück von ihrem Essen ab und richteten ihren Blick auf ihn. Am Abend wurde er in eine der Hütten geführt; es war ein Raum für sieben Familien, und hier wohnten dreißig Menschen bei Tag und Nacht. Da kam ihm das Mädchen entgegen, das ihn am Morgen mit einem Leckerbissen und mit Musik geweckt hatte, begrüßte ihn freundlich und bat ihn, sich zu setzen und sich mit anderen Menschen zu vergnügen. Dieses Mädchen hieß Luka. An dem Abend wurde nicht gerade wenig zur Trommel gesungen. Es schien nun so, als habe die Jagdgemeinschaft dem bleichen Mann die schlechte Nachbarschaft vergessen, die sein Volk ihr zuvor erwiesen hatte, und als man sich zur Nacht rüstete, wurde Thormod nicht mehr angewiesen, bei den Hunden zu schlafen, sondern er wurde eingeladen, in einen wunderschönen, bestickten und mit farbigen Lederperlen besetzten Schlafsack zu kriechen. Dann trat das Mädchen Luka hinzu und kroch zu ihm in den Schlafsack. In jenem Land benutzten eitle Mädchen gern Harnlauge zur Kopfwäsche und zu anderer Reinhaltung und wurden sorgfältig mit den Salben eingesalbt, die die Nordländer als Tran bezeichneten. Thormod Kolbrunarskalde ließ die Dinge auf sich beruhen.

Doch am nächsten Abend, als das Mädchen wieder zu ihm in den Schlafsack kroch, drehte er sich um und begrüßte sie nicht; und am dritten machte er sich so breit, daß sie nicht hineinkriechen konnte. Sie ging zur Wand und weinte. Ihm kam das sehr sonderbar vor. Andere Frauen gingen zu ihr und versuchten, sie zu trösten, und die Ehrenmänner, welche die Trommel schlugen, begannen laut ei und i zu singen und beugten sich nach vorn und weit nach hinten; einige drückten ihren Kopf gegen die Knie, während sie sangen. Der Inhalt des Liedes war, daß der bleiche Mordbrenner die Tochter eines Menschen nicht in seinem Bett haben wolle, daß der hochmütige Gast eine speckreiche Jagdgemeinschaft verschmähe; so wurde guten Menschen bitterer Kummer bereitet, eia, schämst du dich nicht, daß die Kiemen des an Land geworfenen Salms zittern, der eben noch mit Schwanzschlägen gesund im Strudel schwamm; eia, eia. Da standen alle, die schon schlafen gegangen waren, von ihrem Lager auf und stimmten traurig und schmerzlich klagend in den Gesang ein. Schließlich traten einige Männer vor und erboten sich, dem bleichen Mann ihre unverheirateten Töchter als Beischläferinnen zu leihen, wenn sie ihm tauglicher als dieses Mädchen erschienen; es gab auch welche, die ihm ihre Frauen leihen wollten, falls diese selber dazu bereit wären; und Luka sollte den Mann bekommen, den sie wollte. Doch als Thormod andere Frauen erblickte und zu wissen meinte, daß sie nicht anders riechen würden als das Mädchen Luka und daß der, welcher in einer Jagdgemeinschaft nicht mit einer Frau leben wolle, bei den Hunden liegen und mit Flohstichen aufwachen müsse, da hielt er es für das beste, sich der allgemeinen Pflicht zu unterwerfen, und sagte schließlich, daß das Mädchen Luka doch mit ihm in dem Sack schlafen solle, den sie selbst mit ihren Zähnen weichgekaut und außerdem mit herrlichen Perlen verziert hatte. Er sah ein, daß eine Frau, die einen so vortrefflichen Schlafsack besaß, in einer Jagdgemeinschaft sicher hoch angesehen war. Über diese Antwort war das ganze Volk froh, und jeder pries, so laut er konnte, den Mann, der den Mond zu seinem Kochplatz gemacht hatte; einige aber priesen die einhändige Mutter des Meergetiers. Das Mädchen wandte sich von der Wand ab, an der sie geweint hatte, zuerst mit gesenktem Blick, und wischte sich mit dem Handrücken die Tränen ab, dankbar dafür, daß er andere Frauen wirklich abgewiesen hatte, und wurde doch von Schluchzen geschüttelt. Und Thormod wurde weich, weil er eine Frau vorfand, die ihr Glück mit Tränen maß, wo er sich doch vordem von den tränenlosen Frauen getrennt hatte, welche von allen Frauen in nordischen Landen die hehrsten waren und im Felsen von Horn mit seinem Lebensei gespielt hatten. Er sagte, es mache wenig aus, was die Völker als Wohlgeruch ansähen. »Was dem einen Volk Wohlgeruch ist, ist dem anderen Gestank, und darum soll diese mein Gespons sein.«

Und die Zeit verging.

Nachdem Thormod Kolbrunarskalde aus den Siedlungen der Nordländer in diesen Zipfel der Welt verschlagen worden war, schien es ihm sonderbar, daß an Orten, wo er früher gelebt hatte, schlechte Jahre mit Hunger und Klagen, Tod und Viehsterben die Menschen bedrückt hatten, während hier, nördlich der Grenzen menschlichen Lebens, Überfluß an allen Dingen herrschte, die ein Volk zu den Glücksgütern zählt: Werkzeuge und Geräte, Häuser und Schiffe, Kleider und Schuhe, reichliches Essen, Nahrung für Licht und Feuer ohne Ende. Bei den Nordländern im Süden des Landes entstanden wenig Gedichte; die Skalden waren unbedeutend und ohne Schwung; doch hier waren die Gedichte lang und alle Leute Skalden; und wenn einer anfing und ihm ein Kehrreim auf die Lippen kam, stimmte die ganze Horde ein und hörte an dem Tag nicht mehr auf. Die Nordländer im Westen des Landes waren wegen der Unwetter zu Wasser und zu Lande in steter Lebensgefahr, doch hier zeigten harte Winter mit langen, schweren Stürmen und eisigen Frösten den Menschen keinen solchen Stachel; die Inuiten saßen dann im Kreis um den Specksteinkessel und waren mit ihrem Dasein nie zufriedener, als wenn ihre Häuser gänzlich eingeschneit waren, so daß in der Schneedecke unter dem Mond mit seinem Hof keine Spur von ihnen zu sehen war; nur mußten kräftige Männer sich ab und zu durch die Schneedecke schaufeln, um einen Abzug für den Rauch zu schaffen. Ihre Lampen brannten Tag und Nacht. Und in den Unterkünften der Inuiten herrschte unter dem Schnee eine solche Wärme, daß alle am Tag nackt umhergingen, nur daß sie um die Mitte eine kleine Fellschürze trugen. Da hatte jedermann eine Arbeit vor; die einen waren mit der Essensbereitung und mit Saubermachen beschäftigt, andere schnitten Stein und machten Gefäße oder bearbeiteten Knochen und fertigten Harpunen und andere Spieße an; wenn sie etwas herstellten, brauchten sie dazu keine Schneideisen, sondern schabten einen Knochen mit einem härteren Knochen; statt Nägel hatten sie Riemen, um ihr Werkstück zusammenzuhalten; wieder andere bearbeiteten Felle für Kleider mit Knüppeln oder Schabern oder mit den Zähnen; Frauen nähten Vogelbälge zu Unterkleidern zusammen, Walsehnen dienten als Faden, Hasenzähne als Nadeln; es gab auch Männer, die ständig Natureisen kalthämmerten, doch gab es an diesem Ort keinen Menschen, der auf Waffenruhm oder Fürstenherrlichkeit bedacht gewesen wäre. Und obwohl sich Thormod hier bei einem Volk befand, das friedlich und unter sich einig wie kein anderes war; und obwohl keiner dem anderen etwas zuleide tat, sondern ein jeder seines Nächsten Freund und Helfer war, und nur der Furcht erregte, der sich absonderte; und obwohl diese Leute in Glück und Wohlstand in einem Land lebten, das den Nordländern nur Not und Tod brachte; und obwohl dieses Volk über jede Fertigkeit verfügte, die man notwendigerweise besitzen muß, um in diesem Land sich eines guten Lebens zu erfreuen; und obwohl ihm alles Glück geschenkt war, das dem Speck entströmen kann und das viel sicherer und begehrenswerter ist als jenes, das aus dem Gold erwächst – so war doch dieser seltsame Gast, der sich nun endlich bei einem Volk aufhielt, das in seinem Land wahrlich seines Glückes Schmied geworden war, von alledem wenig erbaut. Und wenn Thormod Hand anlegen wollte, um sich in irgendeiner Arbeit zu versuchen, bekam er das Gerät oder Werkzeug, das man dort zum Werken oder zur Kunstfertigkeit benutzte, nicht in den rechten Griff, und doch war ihm, als er noch am Djup wohnte, alles spielend von der Hand gegangen. Die Sprache der Inuiten verstand er in derselben Weise, wie Hunde den Klang der menschlichen Sprache aufnehmen. Und wenn das Volk sich im Kreise hinsetzte, um seine Gedichte aufzusagen, und jedes Menschenkind sein Scherflein dazu beitrug, dann verschloß der Skalde seine Ohren vor ihrem Vortrag, so fest er konnte; er hielt alles für unbedeutend, was dieses Volk bedichtete, das, soweit man wußte, niemals Ruhmestaten vollbracht hatte; doch schien es ihm an Schwachsinn alles zu übertreffen, daß diesem Volk nie in den Sinn kam, welch vorzügliche Sache es ist, kraftvollen Herrschern und Königen oder anderen Großen untertan zu sein, die durch Siege in Schlachten oder durch bedeutende Eroberungen sich vor anderen auszeichnen, oder auch dadurch, daß ihnen Helden und Skalden Gefolgschaft leisten; auch kam ihm eine Bevölkerung sonderbar vor, in der es keine angesehenen Bauern gab, welche die Rechte der kleineren beschnitten. Er hat selber gesagt, daß ihn, als er bei diesem Volk weilte, Tag und Nacht nur der eine Gedanke bewegte, wie bedauerlich es sei, daß frei geborene Helden und Skalden sowie deren Könige nicht über die nötige Macht verfügten, ein so dummes und leidiges Volk auszumerzen.

Es wird berichtet, Thormod Kolbrunarskalde habe sich an diesem Kochplatz daran gewöhnt, heiße Seehundsleber zu essen. Doch erregte es ziemliches Mißfallen, daß Frau Luka dem bleichen Mann mehr Leckerbissen brachte, als andere Ehemänner in der Jagdgemeinschaft von ihren Frauen erhielten, oder daß sie ihn fütterte, während andere Männer ohne Hilfe essen mußten. Es wurde daher ein kluger Mann, der sich etwas auf den Mann im Mond verstand, zu den Eheleuten geschickt, um Thormod zu eröffnen, daß in einer Jagdgemeinschaft keine Frau ihren Mann mehr lieben solle, als andere Frauen ihre Männer liebten. Es gefiel der Horde auch nicht sehr, daß der bleiche Mann ständig trübselige Sprüche vor sich hin summte, wenn alle anderen sangen, und man wollte den Grund dafür wissen. Thormod sagte, es sei nur recht und billig, daß ihm mehr Seehundsleber zuteil werde als allen anderen, da er ein Mann Olaf Haraldssons sei, des trefflichsten Königs im Norden, und um seines Schwurbruders willen sei er diesem König ergeben und singe stets dessen Lob, gleich, was andere Leute sängen. Von dieser Rede verstanden die Inuiten kaum etwas; sie waren in der Länderkunde nicht ganz zu Hause und hatten noch nie etwas von Königen und Helden gehört, »oder«, fragten sie, »kann dieser Olaf vielleicht Hunde besser lenken als andere Männer?«

Nun währte dieser Winter ebenso lange wie andere; die Nacht begann zu schrumpfen, und Männer mit einer feinen Nase verkündeten, daß jetzt die Mutter des Meergetiers aus den fremden Meeren, wo sie ihren Kochplatz hatte, Tauwind zum Lande hauchte. Und als die Sonne ihre hellen Himmelshunde am Südrand des Gletschers entlanglenkte und der Mann im Mond, der Wächter der Mitternacht, schlafen gegangen war, da weckten die Leute ihre irdischen Hunde, kratzten den Schnee von den Kufen und fuhren los, um die Gaben zu holen, welche die einhändige Frau auf dem Eisrand bereitgelegt hatte.

Thormod blieb zu Hause in der Hütte und hatte größere Ruhmestaten im Sinn, als Seehunde und Walrosse zu erlegen. Und als ihm die Zeit allzu lang wurde, vertrieb er sie sich damit, Frauen zu verführen, die dort in der Hütte arbeiteten, während die, welche ihm nach Recht und Gesetz angetraut war, draußen auf dem Eis war. Dieses Verhalten rief Unzufriedenheit unter den Leuten hervor; die Frauen wurden aufeinander eifersüchtig, denn viele wollten gleichzeitig mit diesem ausgeblichenen Menschenmörder schlafen; die Männer waren tief betrübt, weil die Ehre verlorenging, die zu tragen sich für Frauen geziemte; es kam so weit, daß Frau Luka ihre Schwester, Jungfrau Mamluka, eines Abends unter dem Fell des Menschenmörders entdeckte. Und als Luka Mamluka unter dem Fell entdeckt hatte, wollte sie das Mädchen aufscheuchen, doch aus Gründen der Liebe wollte das Mädchen nicht aufstehen; da setzte sich die Frau an die Wand und brach in Weinen aus. Ihre Mutter kam hinzu und hockte sich neben sie und schluchzte aus Leibeskräften, und dann folgten die verwandten und verschwägerten Frauen, und es erhob sich ein lautes Geweine; aber das Mädchen wollte dennoch nicht unter Thormods Fell hervorkommen.

Es war Brauch bei den Nordländern, daß die Männer für vogelfrei galten, die Frauen anderer Männer verführten; doch, wie schon gesagt, dieses Volk kannte so etwas nicht. Hingegen gilt als sicher, daß, wenn auch die Inuiten niemals Rache übten, es bei ihnen doch eine unsühnbare Schuld gab, schlimmer als alle anderen Verbrechen, nämlich wenn ein Mann ohne Grund von seiner Frau ging und sie in Kummer zurückließ und sich vor ihren Augen mit einer anderen abgab. Auf dieses Verbrechen standen schwerere Strafen und härtere Bußen als auf jede andere Missetat, die sich in einer Jagdgemeinschaft zutragen konnte. Diese schreckliche Strafe besteht darin, daß man eine Schneeammer greift und ihr in den Schnabel pustet; damit bläst man sein Mißfallen an der begangenen Tat von sich; dann läßt man den Vogel dort frei, wo der Übeltäter wohnt, und alle Leute gehen fort. Von dem Tag an hat niemand mehr einen Blick für den Verbrecher, und er ist ausgeschlossen aus der Jagdgemeinschaft; er soll von da an allein sein. Und wer allein ist, ist ein toter Mann.

Die Zeit rückte heran, zu der man sich aufmachen und auf Sommerbeute ausgehen mußte; die Nächte wurden schon hell. Da wurde man eines Abends gewahr, daß sich ein Vogel in die Hütte verirrt hatte und in der Angst seines Vogelherzens mit den Flügeln gegen das Dach schlug. Das Erscheinen des Vogels ließ alle verstummen. Die Leute wurden von Furcht gepackt, standen eilends auf und verließen die Hütte; es entfernte sich auch Thormods Verwandtschaft, Frau und Schwägerin und die ganze Sippe sowie die anderen Frauen, die mit dem Gast befreundet gewesen waren; jeder nahm mit, was er gerade in der Hand hatte, und Thormod blieb allein im Hause zurück, mitsamt dem Vogel. Er blieb eine Weile sitzen und horchte, wie der Vogel mit seinen Flügeln von innen gegen das Dach schlug; er erwartete, daß die Horde wieder zurückkäme; doch das geschah nicht. Schließlich stand Thormod auf und öffnete dem Vogel die Tür; dieser flog, wie ihn gelüstete, den Weg, den der Mann im Mond und die Mutter des Meergetiers den Vögeln weisen. Thormod ging nun hinaus und rief, der Vogel sei fortgeflogen, doch niemand achtete darauf. Die Nacht hindurch war es schon hell genug zur Arbeit. Auf dem Harsch um die Winterwohnungen war alles auf den Beinen; er glaubte zu sehen, daß man sich in dieser Nacht zum Aufbruch rüstete. Doch wenn er jemanden mit den Worten ansprach, die er von der Sprache der Inuiten gelernt hatte, traf er auf taube Ohren. Und wenn er jemanden berührte, um sich bemerkbar zu machen, ging der Betreffende schweigend fort; niemand sah zu Thormod hin, als wäre er unsichtbar. Es erging ihm wie vielen Männern; als ihn die Geliebten im Stich ließen, suchte er Schutz bei seiner Frau. Er ging dorthin, wo Luka arbeitete, und fragte, warum er kein Essen bekäme. Aber seine Frau sah und hörte ihn nicht; und als er sie anstieß, bekam sie einen Schreck, als ob plötzlich etwas Schmutziges vom Himmel gefallen wäre, klopfte sich eilends ab, ging fort und versteckte sich hinter mit ihr nicht verwandten Leuten. Niemand forderte ihn auf, sich fertigzumachen und sich den anderen anzuschließen. Und als die Leute ihre Habe beisammen hatten, zogen sie mit ihren Schlitten und Schiffen über das Eis in Richtung auf das Meer. Als er das Hundegebell und das Knarren der Schlitten aus immer größerer Ferne hörte, da begriff er, daß er ein toter Mann war. Er blieb die ganze Nacht wach und überlegte, was er unternehmen könnte, um sein Leben wiederzuerlangen. Als er am Morgen aus der Hütte trat, geschah es, daß die alten Leute, die im Winterlager geblieben waren, ihn weder kannten noch sahen, sondern vorbeiglitten wie Schatten; und auch für die Daheimgebliebenen, die sich an diesem Kochplatz den Sommer über um Hunde und Hausrat kümmern sollten, war er unsichtbar; ihm kam der Verdacht, daß in der Schar auch einige Leute waren, die aus irgendeinem Grunde selber Ausgestoßene und sozusagen tot waren. Die Hunde, die ihn früher im Winter gekannt hatten, wenn er ihnen Futter brachte, beschnupperten ihn nicht mehr.

Am nächsten Abend, als er in der leeren Hütte allein unter ein schlechtes, zerschlissenes Fell kroch und am Tage nichts anderes zu essen gehabt hatte als Reste aus Abfallhaufen, da überdachte er das traurige Schicksal des Skalden, der einer der größten Helden und Frauenliebhaber war, die es je im Norden gegeben hatte; nicht einmal die Hunde witterten ihn, den nördlich der Welt lebendig Begrabenen. Als er so dalag und prüfte, welche Möglichkeit es gäbe, wieder zum Leben zu erwachen und den Ruhm König Olafs zu preisen, von dem er glaubte, daß er mehr Macht und Würde besäße als andere Könige, da hörte er heiseres Hundegebell und das Sausen von Schlittenkufen draußen auf dem Harsch und danach vor dem Eingang das Rascheln von Fellen, das immer entsteht, wo Inuiten umgehen; und jetzt wurde die Platte von dieser Grabesöffnung gehoben, und ein Mensch stieg hinein, dorthin, wo der Skalde tot dalag, setzte sich an das Kopfende seines Lagers und legte den Mund an seinen Körper, und er erkannte am Atem, daß es das Mädchen Mamluka war, sein Verbrechen. Sie zog aus ihrem Busen heiße Seehundsleber und reichte sie ihm. Er glaubte die Worte des Mädchens zu verstehen:

»Gewiß sind wir nach Süden gezogen, fort von deiner Leiche; doch als die Nacht gekommen war und wir unsere Zelte aufgeschlagen hatten und alle schlafen gegangen waren, da blieb ich wach und wußte nur das eine, daß ich zu dir zurückkehren mußte, obwohl du tot bist. Denn ich liebe dich so, daß ich lieber bei dir, dem Gestorbenen, sein will als ohne dich.«

Sie blieb eine Weile im Dunkel der Nacht bei dem Skalden, gab ihm Leber zu essen und wickelte ihn in einen warmen Pelz; dann ging sie fort. Sie hörte nicht, was er zu ihr sagte, antwortete dem toten Mann auf keine Frage, doch war sie ihm in so schmerzlicher Liebe zugetan, wie es sie nur bei den Frauen der Menschen gibt; und fort war sie. Man hält es für sicher, daß das Mädchen Mamluka in dieser Weise drei Nächte lang die Frau des toten Thormod Kolbrunarskalde gewesen ist, indem sie aus dem Zeltlager zu ihm zurückkehrte, wenn die anderen eingeschlafen waren. Doch in der vierten Nacht kam sie nicht wieder und nie mehr danach.

Bericht über die Reise von der Hauptstadt zum Gletscher

Ich fuhr mit dem Linienbus und hatte meine Sachen in einem Seesack. Schlußtag der Fischfangsaison 11. Mai. Diese Zeit heißt »zwischen Heu und Gras«, vom Gesichtspunkt des Schafes aus gesehen: die Heuvorräte sind erschöpft, aber das Gras sprießt noch nicht. Dann ist es oft traurig bestellt um die Wiederkäuer; der Frühling war in Island schon immer die Zeit, in der Mensch und Tier verhungerten.

Die wenigen, die zu dieser Zeit des Jahres unterwegs sind, sind ungefähr ebenso merkwürdige Leute wie der Unterzeichnete selber; sie sind mürrisch und unwirklich, schlüpfen an einer unerwarteten Stelle aus dem Wagen und verschwinden querab im Wiesenmoor, als wohnten sie dort in einem Sumpfloch; oder der Fahrer hält unbegreiflicherweise irgendwo im freien Gelände und wirft etwas durch das Fenster; gewöhnlich fällt es in eine Pfütze: ein Zeitungsbündel, ein Beutel, ein Paket.

Die Berge rechts vom Weg sind oben schwarz. Einzelne Schneewehen; auf den Hängen verdorrtes Gras; das große Wiesenmoorgelände zwischen Gebirge und Strand kaffeebraun. Doch ein sonderbar heller Glanz auf Flüssen und Seen begleitet den Reisenden, wenn auch der Himmel bedeckt und der Zweck seiner Reise vielleicht wenig erfreulich ist. Um diese Zeit steht die Sonne hoch, und die Nächte werden nicht so dunkel, daß es der Rede wert wäre; doch noch sind sie nicht ganz hell. Die Schafe scheinen mir noch ziemlich schwerfällig, wie sie da im Wiesenmoor nach etwas suchen; doch bald wird es für sie besser werden. Die Vögel hingegen sind zu Wasser und zu Lande lebhaft, sie finden eher Nahrung als andere Geschöpfe. Eistaucher sind schon auf den Seen und schwimmen lange unter Wasser, sie finden also etwas; Schwäne zu zweit auf den Teichen, so weiß, daß sie leuchten, oder in einer Schar am Ufer, wo sie sich putzen. In einer Gemeinde fliegt eine Seeschwalbe landeinwärts und wieder hinaus zum Meer. »Komisch, nur diese eine Seeschwalbe«, sagt jemand, »sonst sieht man sie immer bloß zu Tausenden.« Da ruft eine Frau schrill dazwischen, daß es ein Erkundungsvogel sei, von anderen Seeschwalben ausgeschickt, um nachzusehen, ob das Land noch aus dem Meer emporrage.

»Woher weiß die Frau das?« wird gefragt.

»Das kann sich doch jeder selber sagen«, erwidert die Frau, »denn heute ist erst der elfte, und die Seeschwalbe kommt nie vor der Kreuzmesse am vierzehnten.«

Frage: »Wer kann behaupten, daß alle Seeschwalben außer dieser am vierzehnten kommen?«

Die Frau: »So steht es in der Zeitung.«

Die Raubmöwe ist ein düsterer Vogel; sie fliegt bei Windstille so, wie ein Stück Papier im wütenden Sturm davonsaust, ohne die Flügel merklich zu bewegen. Sie läßt die Luft arbeiten und steuert nur; manchmal tut sie so, als hätte die Kraft sie verlassen oder als hätte sie die Kunst des Fliegens verlernt, und flattert und flattert, bis sie mit dem weißen Bürzel nach oben zur Erde fällt; am Boden fängt sie dann an, sich abzurakkern; es ist, als seien ihre Flügel gebrochen oder ausgerenkt; sie verhaspeln sich fortwährend, wenn sie zu trippeln versucht, so daß sie sich halb überschlägt. Was hat dieses sonderbare Getue zu bedeuten? Soll das vielleicht nur die Weibchen in Versuchung führen?

Merkwürdig, daß die Vögel nicht alle auf die gleiche Weise fliegen. Die Luft ist doch am selben Ort und zur selben Zeit die gleiche. Ich habe gehört, daß den Flügeln aller Flugzeuge die gleiche Formel zugrunde liegt, während jeder Vogel seine eigene Formel hat. Unbestreitbar hat es keiner geringen Vorstellungskraft bedurft, um jedem der vielen Vögel seine eigene Formel zu geben, und es wurden keine Kosten gescheut. Dennoch hat sich vielleicht noch kein Vogel gefunden, der so richtig fliegt wie ein Flugzeug; aber trotzdem fliegen alle Vögel besser als Flugzeuge, wenn sie überhaupt fliegen können. Vielleicht sind alle Vögel ein wenig fehlerhaft, weil man keine Formel hat finden können, die für alle Vögel gilt; so wie alle Romane schlecht sind, weil noch nie die richtige Formel für einen Roman gefunden worden ist.

Abend am Gletscher

Wir sind am Gletscher; der Fahrer sagt: »Hier müssen Sie aussteigen.« Auf der anderen Seite der Straße, nach dem Meer zu, hinter einem grünen Wiesenhügel, ist ein grasfreier, mit Schotter bedeckter Platz. Dort steht ein alter Schuppen, etwa zwei mal drei Meter groß, mit Wellblech verkleidet. Er ist verschlossen. Abend; Nebel hat sich auf die Bergränder gelegt. Außer dem Schuppen gibt es keine Anzeichen menschlicher Behausungen, nur eine morsche, in die Erde eingelassene Holzbank aus drei Planken an der einen Seite neben der Schuppentür. Unterzeichneter setzt sich auf die Bank, den Seesack neben sich, und nimmt die Karte heraus. Der Nebel ist überall vom Gebirge herabgekommen und nirgends dunkler als da, wo nach der Karte der Gletscher sein soll. Es nieselt. Der ergrünende Wiesenhügel leuchtet in der Dämmerung; hier und dort ragen Lavazacken aus ihm empor.

Als ich wieder an der verschlossenen Schuppentür rüttelte, sah ich über der Tür ein Brett, auf das vor langer Zeit mit Ruß oder Teer Buchstaben gemalt worden waren; obwohl die Schrift ausgeblichen und verstaubt und das Brett morsch war, konnte man diese Worte entziffern: »Hier werden Primuskocher repariert.«

Der Weg zum Pfarrsitz führte im Halbkreis um den Wiesenhügel. Dicht am Weg stand ein angepflocktes Kalb, äußerst elend, dickbäuchig, mit Durchfall, faltig, mit zottiger Stirn; es ließ den Kopf hängen, brüllte nicht. Der Gast stand auf dem Hofplatz. Die Längsseite des Hauses war dem Meer zugekehrt, und die Hauswiese erstreckte sich bis zu den Küstenfelsen, über denen weiße Vögel schwebten.

»Ist das der Bischof?« fragte eine Frau und trat in die Tür.

Vebi: »O nein, leider nicht. Aber ich bringe einen Brief aus Reykjavik.«

Die Frau: »Sie sind so gut wie der Bischof, und Sie wurden durch ein Telegramm angekündigt. Bitte treten Sie ein. Der Pfarrer ist aber nicht zu Hause.«

Es war ein langer Gebäudekomplex, aus vielen einzelnen Bauten bestehend; ein länglicher Vorbau von Osten nach Westen, aus Holz, mit Wellblech verkleidet; Fenster und Tür auf der Seite, die zum Meer hin lag. Daran schlossen sich unförmige hölzerne Schuppen an, die allmählich in eine unendliche Zahl baufälliger oder bereits zerfallener Grassodenhütten übergingen; die entferntesten verwuchsen mit den grünen Hügeln auf der Hauswiese. Diese Architektur, eine Hütte an der anderen, erinnerte ein wenig an die Vermehrung der Korallen oder die eines Kaktus. Die Frau führte mich in das Besuchszimmer. Dann verschwand sie.

Ich wartete. Alle Türen standen offen. Feuchte Zugluft kam herein, und das schrille Geschrei der Meeresvögel von den Felsen erfüllte das Haus. Es dämmerte. Die Außentür war aus den Angeln; eine Zimmertür führte zum Flur; sie knarrte durchdringend, wenn man sie zu bewegen versuchte. Das Zimmer war einst hellblau gestrichen gewesen, doch die Farbe war abgeblättert, und darunter war dunkelrote Farbe von einem noch älteren Anstrich, und in den dunkelroten Flecken hatten sich andere Flecke gebildet; diese inneren Flecke waren giftgrün. Im Zimmer stand ein riesig langer Tisch mit Holzbänken an beiden Seiten. Alles aus unbearbeiteten Planken, mit Vierzöllern zusammengenagelt; das Mobiliar des Hauses bestand aus Kommode, Schreibtisch und Sekretär, alles in mehr als verkommenem Zustand. Es war nicht leicht, sich vorzustellen, was aus den Schubladen geworden sein mochte, denn sie waren samt und sonders aus den Möbeln verschwunden. Als der Vertreter des Bischofs eine Stunde lang dagesessen hatte, begann er in der feuchten Kälte zu frieren. Was sollte Ihr Vertreter mit sich anfangen? Sollte er vielleicht die Frau suchen und ihr sagen, ihm sei kalt? War er denn in dieses unbekannte Haus gekommen, um über sein Los zu klagen? Er gelangte zu dem Ergebnis, daß er kein Recht hätte zu klagen. Er war zu nichts anderem hierhergeschickt worden, als nach Tatsachen zu suchen. Wenn er heute nacht unversorgt hier aufbleiben müßte, so war das eine Tatsache für den Bericht, so gut wie jede andere. Es ist ebenso unwissenschaftlich wie unredlich, einen wissenschaftlichen Prozeß aus moralischen Gründen mittendrin abzubrechen, zum Beispiel, weil man kalte Füße bekommen hat.

Ihr Vertreter hatte die erste Stunde damit verbracht, den Reisebericht des Tages stenographisch hinzukritzeln, hörte jedoch wegen der Kälte damit auf. Auch war es zum Schreiben nicht mehr hell genug, und daher bricht der Bericht bei den Raubmöwen in der Gemeinde Kolbeinsstadir ab. Er stand auf, räkelte sich, kämpfte ein bißchen mit der knarrenden Tür, ging hinaus in Richtung auf das Meer; gelangte an den Rand der Felswand. An vielen Stellen war sie vierzig Klafter hoch, an manchen sicher sechzig. Diese kohlschwarzen Felsen waren wie mit Schnee bedeckt, so dicht gedrängt saßen die weißen Vögel im nächtlichen Dunkel darauf. Auf einem nur handbreiten Felssims wohnten viele Familien. Es war eine Kolonie von Dreizehenmöwen.

Sogar um Mitternacht ist zu dieser Jahreszeit eine Dreizehenmöwenkolonie nie still, wenigstens nicht für lange, und nie alle Möwen auf einmal. Wenn auch alle ihr Abendgebet gesprochen zu haben scheinen, so unterbricht doch plötzlich eine Möwe die Stille in schrillem Falsett, als ob die Feuerglocke läutet. Einmal klingt das Geschrei abgerissen und schmerzlich, wie das Geheul eines Hundes, der aufwacht, weil ihm jemand auf den Schwanz tritt; ein anderes Mal klingt es, wie wenn ein kleines Kind aus tiefem Schlaf aufschreckt und schreit, durch einen wortlosen Traum geweckt, der höchstens von geringfügigen Beschwerden in der Brust herrührt. Die Kolonie der Dreizehenmöwen wird hellwach und stimmt eine Weile in das Geschrei der einen Möwe mit ein, bis das Völkchen übereinkommt, noch einmal das Vaterunser zu beten und auf den nächsten Weckruf zu warten. Unterzeichneter hatte sich aufwärmen wollen, doch das Kältegefühl wird nur noch durchdringender, wenn man des Nachts im zeitigen Frühjahr bei feuchter Kälte dem Geschrei der Vögel zuhört.

Stößeldora und der Elfenwidder

Es ist 00.00 Uhr. Mitternacht. Wahrhaftig, kommt einem da nicht so etwas wie Kaffeeduft aus dem Haus entgegen! Drinnen hat man ein Tuch über den Tisch gebreitet und Gebäck hingestellt, sehr unterschiedlich nach Farbe und Form; ich glaube behaupten zu dürfen, daß es Hunderte von Einzelstücken auf ungefähr zwei Dutzend Tellern waren. Doch wurde das Maß erst voll, als die Frau drei Kriegstorten auftischte, so genannt, weil sie im Krieg modern wurden. Jede maß etwa zwanzig Zentimeter im Durchmesser und war etwa sechs bis acht Zentimeter hoch. Schließlich brachte die Frau Kaffee herein und schaltete das Licht ein, eine nackte Fünfzehn-Watt-Birne, die an einem Kabel von der Decke hing.

Die Frau sagte entschuldigend: »Jetzt will ich doch das da einschalten, obwohl wir es auf dem Hof hier kaum tun. Das da wurde Sira Jon vor ein paar Jahren aufgezwungen, als es nach den neuen Gesetzen auf jeden Hof geleitet wurde, ob die Leute es haben wollten oder nicht.«

Unterzeichneter wußte zuerst nicht genau, was »das da« war, das man nicht beim Namen nennen durfte. Allmählich ging mir auf, daß die Frau über elektrisches Licht sprach.

Vebi: »Es ist nicht nötig, meinetwegen das elektrische Licht anzuschalten. Eine Kerze genügt.«

Die Frau: »Das kann man Bischöfen kaum zumuten.«

Am Ende jedoch knipste die Frau das Licht aus, das man nicht beim Namen nennen durfte, und steckte eine Kerze an; das war in der Tat viel feierlicher als die nackte Fünfzehn-Watt-Birne. Die Frau goß Kaffee in die Tasse des Gastes und bat ihn, sich zu bedienen, postierte sich dann an der Tür, sah streng aus. Der Kaffee schmeckte nach Erde, und wenn ich die Wahrheit sagen soll, so sank mir der Mut, als ich so vielerlei Gebäck um so schlechten Kaffee versammelt sah. Mir kam es so vor, als ob die Frau mit jenem Pflichtgefühl auf mich aufpaßte, aus dem heraus man nachsieht, ob das Vieh das frißt, was man ihm gibt. Sie war eine ehrbare, doch wortkarge Frau. Vielleicht wünschte sie sich ewiges Schweigen und fühlte sich unwohl an Körper und Seele, wenn sie zuerst angesprochen wurde; es war besser, vorsichtig zu Werke zu gehen. Vielleicht war nur ein kleines Gitter um sie herum wie um ein Denkmal auf einem Platz. Eine saubere Frau. Kaum viel älter als sechzig. Gedrungen, ein wenig plump.

Vebi: »Vielleicht ist der Pfarrer schon im Bett?«

Die Frau: »Das ist mir nicht bekannt.«

Vebi: »Mit Verlaub, sind Sie nicht die Frau des Hauses?«

Die Frau: »Bisher wurde ich nicht dafür gehalten.«

Vebi: »So viele Kuchen habe ich noch nie auf einmal gesehen. Haben Sie alle diese Kuchen selber gebacken?«

Die Frau: »Wer denn sonst? Die hier nennen mich ja Stößeldora.«

Vebi: »Ein sonderbarer Name.«

Frl. Stößeldora: »Die hier sind wohl der Ansicht, daß ich den Stößel im Mörser etwas kräftig handhabe.«

Vebi: »Das ist doch sehr nett gedacht.«

Frl. Stößeldora: »Manches wird hier in der Gemeinde mit scheelen Augen angesehen. Große Damen, die eine Rührmaschine haben, reden abfällig über meinen Mörser. Was ist Kardamom, ehe er unter dem Stößel gewesen ist, sage ich. Bitte, langen Sie zu.«

Vebi: »Entschuldigen Sie, ist die Pfarrersfrau selbst nicht zu Hause?«

Frl. Stößeldora: »Ich weiß nicht. Ich denke, sie ist vielleicht nicht anwesend. Hätte der Bischof mit ihr zu sprechen?«

Vebi: »O nein. Ich frage nur so.«

Frl. Stößeldora: »Ja, eben. Man könnte versuchen, in Nedratradkot weiter im Osten nachzufragen. Es soll dort manchmal im Frühjahr nicht geheuer sein, sagen die hier.«

Vebi: »Sie sind doch die Wirtschafterin, nicht wahr?«

Frl. Stößeldora: »Ich bin bloß so hier. Ich gehöre zum Pfarrhof.«

Vebi: »Waren Sie schon hier, als Sira Jon hierher zog?«

Frl. Stößeldora: »Ja, ich bin von hier oben aus den Bergen.«

Vebi: »Oben aus den Bergen?«

Das Fräulein rang nach Luft, schloß die Augen und sog eine Art Luxus-Ja tief in die Lunge, sagte sozusagen ja im Ansaugtakt.

Vebi: »Oben aus den Bergen – ist das ein besonderes Geschlecht?«

Frl. Stößeldora: »Ich stammte nicht aus einem besonderen Geschlecht. Das tun andere.«

Vebi: »Keine besonderen Neuigkeiten hier in der Gegend?«

Frl. Stößeldora: »Es geschieht nicht gerade viel bei denen hier. Keinem passiert je etwas. Keiner hat etwas gesehen.«

Vebi: »Ihnen ist auch nichts passiert? Haben Sie nie etwas gesehen?«

Frl. Stößeldora: »Nichts Nennenswertes.«

Vebi: »Vielleicht etwas, was Sie nicht nennenswert finden. Zum Beispiel: Haben Sie nie ein Pferd besessen?«

Frl. Stößeldora: »Nein, Gott sei Dank. Zum Glück haben andere Pferde besessen, nicht ich.«

Vebi: »Wem gehört das Kalb?«

Frl. Stößeldora: »Das Kalb! Das da, das am Verrecken ist? Ich weiß nicht, wozu man mir so etwas schenkt. Außer ab und zu einmal Kaffee gibt es hier nichts, um ein Kalb zu füttern, und altes Gebäck, das ich in den Kaffee brösele. Hingegen halte ich nicht hinter dem Berge damit, daß mir einmal etwas passiert ist. Ich sah etwas. Aber nur dieses eine Mal.«

Vebi: »Es scheint besser zu gehen, als ich zuerst dachte.«

Frl. Stößeldora: »Natürlich erzähle ich das keinem einzigen Menschen.«

Vebi: »Tja, das ist nun wieder nicht so gut.«

Frl. Stößeldora: »Ich will in die Küche gehen und noch einmal Kaffee aufbrühen.«

Vebi: »Danke, das ist ganz unnötig. Ich pflege nie mehr als eine halbe Tasse zu trinken. Mir scheint aber, daß diese Kanne mindestens anderthalb Liter faßt.«

Es war nicht zu verhindern, daß das Fräulein wieder mit der Kanne in die Küche ging, um sie aufzufüllen, obwohl sie noch ziemlich voll sein mußte. Während der Vertreter des Bischofs im Zimmer allein war, konnte er die Augen nicht von den drei Kriegstorten lassen, die mit allerlei Köstlichkeiten reich gefüllt waren und zusammen sechzig Zentimeter Durchmesser hatten. Mir trat der Schweiß auf die Stirn.

In der Hoffnung, daß mit einiger Geduld etwas Lehrreiches aus dem Fräulein herauszuholen sei, ließ ich mir wider alle Gewohnheit die dritte Tasse eingießen. Das half. Das Kaffeetrinken des Gastes hatte eine befreiende Wirkung auf diese gehemmte Frau. Ihre Reaktionen wurden menschlicher, und vor Gott und den Menschen kapitulierend, unterzog sie sich jener seelischen Demütigung, die darin besteht, daß man eine Geschichte erzählt. Sie kam wieder auf jene eine Sache zurück, die ihr einst zugestoßen war, auf jenes eine Mal, als sie etwas gesehen hatte. »Es war vor fast fünfzig Jahren«, sagte sie, »aber ich weiß es noch so genau, als ob es gestern gewesen wäre. Darf ich dem Herrn Bischof ein Stück Torte abschneiden?«

Vebi: »Das ist wirklich ganz unnötig. Doch, hm, danke.«

Frl. Stößeldora: »Soll ich nicht ein Stück von dieser hier abschneiden? Kommt gar nicht in Frage, damit die Köter in den Teerbuden zu füttern.«

Der Gast bat sie inständig, nur von einer Torte ein Stück abzuschneiden, am liebsten von der mit der Zuckerkruste, denn sie war nicht so feucht wie die anderen, auch quollen aus ihr nicht so viel Sirup und Dosenfrüchte heraus. Dann schnitt sie mir ein Stück ab, das für sieben Personen genug gewesen wäre, und legte es auf meinen Teller.

Frl. Stößeldora: »Ich war ein junges Ding wie andere auch. Man schickte mich in irgendwelchen Angelegenheiten nach Bervik. Statt unten am Meer den Weg entlangzugehen, folgte ich oben den Schafpfaden über die Gletscherhügel. Dort gibt es viele schöne Mulden voller Moos und Beerenheide. Und wie ich nun so einen Hügel hinaufging, sah ich dort plötzlich einen braunen Widder ganz allein stehen, kein anderes Schaf weit und breit; er sah mich von unten aus der Mulde an; seine Hörner waren künstlich gerichtet. Ich habe mich mein Lebtag nicht so gefürchtet, ein sprachloses Menschenkind, ein schutzloses Mädchen; denn ich wußte, daß es hier am Gletscher weder diesen noch einen anderen Widder mit künstlich gerichteten Hörnern gab. Er schimmerte wie Gold. Mein ganzes Leben lang habe ich bei keinem einzigen Schaf ein solches Vlies gesehen. Mir kam es vor, als würde ich zu Stein. Ich konnte den Blick lange nicht von diesem wunderschönen Tier lassen, von dem ich wußte, daß es weder in den Gemeinden im Inneren noch in den Küstengemeinden, noch überhaupt in Island existierte. Er stand ganz still und sah mich an. Mir ist, als stünde ich noch heute dort und er sähe mich an. Was sollte ich tun? Zuletzt hatte ich doch so viel Verstand, aus seinem Blickfeld zu verschwinden. Ich lief in einem großen Bogen vom Hügel hinunter und die Senken entlang bis hinab ans Meer, und dann war ich auf der Straße, Gott sei Dank.«

Vebi: »Ein Elfenwidder?«

Die Frau atmete die Antwort im Falsett ein, sicher noch immer mit klopfendem Herzen. »Ich weiß es nicht.«

Vebi: »Ist man der Sache je auf den Grund gekommen?«

Frl. Stößeldora: »Nein, natürlich ist niemand der Sache auf den Grund gekommen. Es wußten alle so gut wie ich, daß es hier in der Gegend keine braunen Widder mit künstlich gerichteten Hörnern gab. Vom nächsten Hof gingen Burschen los und suchten, doch natürlich fanden sie nichts. Und seitdem habe ich nie mehr etwas gesehen, was man so sehen nennt. Und nie ist mir etwas passiert.«

Bibliographische Angaben

Die Texte des Halldór-Laxness-Lesebuchs stammen aus folgenden Werken:

Seite 7 bis 39: *Der große Weber von Kaschmir,* übersetzt von Hubert Seelow (Halldór-Laxness-Werkausgabe, Band 1). Das isländische Original, Vefarinn mikli frá Kasmír erschien erstmals 1927. »Ein Telegramm« und »Hotel Regina« entsprechen den Kapiteln 53 und 54; »Auf dem Friedhof«, »Leonardo Peppino«, »Der Balkon« und »Träume« den Kapiteln 56 bis 61. »Gäste im Haus Ylfing« ist Kapitel 83 entnommen.

Seite 41 bis 103: *Fótatak manna.* Aus dieser in ihrer Gesamtheit bisher nicht auf deutsch erschienenen Sammlung von Erzählungen, die im isländischen Original erstmals 1933 gedruckt wurde, hat der Herausgeber »Das gute Fräulein und das herrschaftliche Haus« (»Úngfrúin góda og Húsid«) für das Halldór-Laxness-Lesebuch neu übersetzt.

Seite 105 bis 114: *Sieben Zauberer,* übersetzt von Hubert Seelow (Halldór-Laxness-Werkausgabe, Band 4). Auf isländisch erschien die Erzählsammlung *Sjö töframenn* erstmals 1942. Die Erzählung »Die Niederlage der italienischen Luftflotte 1933 in Reykjavik« trägt im Original den Titel »Ósigur ítalska loftflotans í Reykjavík 1933«.

Seite 115 bis 143: *Atomstation,* übersetzt von Hubert Seelow (Halldór-Laxness-Werkausgabe, Band 3). Das isländische Original, *Atómstödin,* erschien erstmals 1948. »Das Haus hinter den Häusern«, »Zwei Götter« und »Theologische Nachtwanderung« entsprechen dem 3. Kapitel; »Eine Orgie«, »Lingo« und »Eine Anemone kaufen« dem 13. Kapitel; »Ein Mädchen bei Nacht« und »Ein anderes Mädchen in der Nacht« dem 17. Kapitel.

Seite 145 bis 160: *Die glücklichen Krieger,* übersetzt von Bruno Kress (Halldór-Laxness-Werkausgabe, Band 5). Das isländische Original, *Gerpla,* erschien erstmals 1952. »Der Skalde Thormod bei den Grönländern« entspricht den Kapiteln 41 und 42.

Seite 161 bis 170: *Am Gletscher,* übersetzt von Bruno Kress (Halldór-Laxness-Werkausgabe, Band 2). Das isländische Original, *Kristnihald undir Jökli,* erschien erstmals 1968. »Bericht über die Reise von der Hauptstadt zum Gletscher«, »Abend am Gletscher« und »Stößeldora und der Elfenwidder« entsprechen dem 3. bis 5. Kapitel des Romans.

Nachwort

Halldór Laxness wurde im April 1902 geboren. Das Halldór-Laxness-Lesebuch des Steidl Verlages erscheint also rechtzeitig zum 90. Geburtstag des *grand old man* der isländischen Literatur und ist natürlich auch als Beitrag zu diesem großen Ereignis gedacht. Der Verleger und der Herausgeber der Halldór-Laxness-Werkausgabe freuen sich, ihrem Autor auf diese Weise gratulieren zu können.

Doch bei der Konzeption des Buches stand nicht seine Funktion als Festgabe im Vordergrund. Es ging vielmehr vor allem darum, eine Anzahl von Texten zu einem handlichen Buch zu vereinigen, das dazu geeignet wäre, einen neuen, jüngeren Kreis von Lesern auf Halldór Laxness aufmerksam zu machen. Die Texte sollten eine erste Bekanntschaft vermitteln, aus der dann vielleicht ein stärkeres Interesse am Werk des Autors erwachsen könnte.

Es ist eine Binsenweisheit, daß jede Generation von Lesern ihre Autoren neu für sich entdecken und daß ein Autor jede Generation von Lesern neu für sich gewinnen muß. Das gilt selbstverständlich auch für Laxness und seine deutschsprachigen Leser. Im Falle von Laxness kommt aber noch hinzu, daß seine Werke bei uns nie wirklich kontinuierlich rezipiert werden konnten. Widrige Zeitumstände (Nationalsozialismus, Zweiter Weltkrieg, Teilung Deutschlands) und eine Verkettung unglücklicher Zufälle (unzureichende Übersetzungen, weite Streuung der Verlagsrechte im deutschsprachigen Raum, Mangel an Neuauflagen) haben verhindert, daß dieses Wechselspiel zwischen dem Werk des großen Isländers und seiner deutschen Leserschaft stattfinden konnte. Hier schafft die Halldór-Laxness-Werkausgabe Abhilfe.

Die Auswahl der Texte für das vorliegende Lesebuch war nicht leicht. Die Gefahr, daß ein Lesebuch zu einer beliebigen Aneinanderreihung von Kostproben verkommt, besteht immer. Einerseits sollen die Werke des Autors in möglichst großer Breite vertreten sein, andererseits sollen die einzelnen Texte auch umfangreich genug sein, um das Typische eines

Werkes erkennen zu lassen. Daß diese Aufgabe nicht ohne Kompromisse lösbar ist, liegt auf der Hand, aber ich habe mich als Herausgeber bemüht, nur solche Kompromisse zu schließen, die ich vor mir selbst verantworten kann. Auch Literatur ist Geschmackssache, und jeder Leser kann nur für sich entscheiden, ob er die von mir gewählten Romanpassagen und Erzählungen als typisch für Laxness empfindet.

Die beiden Erzählungen – »Das gute Fräulein und das herrschaftliche Haus« und »Die Niederlage der italienischen Luftflotte 1933 in Reykjavik« – sind abgeschlossene Texte, die auch nach der Intention des Autors für sich allein stehen können, selbst wenn sie innerhalb der von Halldór Laxness zusammengestellten Erzählsammlungen noch einen anderen Stellenwert haben. Schwieriger ist es mit den Abschnitten aus Romanen: Hier habe ich jeweils längere zusammenhängende Textstücke zu finden versucht, die für sich allein verständlich sind, gleichzeitig aber auch etwas von der Thematik und der Stimmung des ganzen Buches ausdrücken. Ich hoffe, daß mir das wenigstens teilweise gelungen ist und daß Halldór Laxness durch dieses Lesebuch möglichst viele neue – jüngere und ältere – Leser finden möge.

Hubert Seelow

Halldór Laxness Werkausgabe

Herausgegeben von Hubert Seelow
Alle Bände in Leinen gebunden, Fadenheftung,
chlorfreies Papier. Erhältlich in Ihrer Buchhandlung

Band 1
DER GROSSE WEBER VON KASCHMIR

Band 2
AM GLETSCHER

Band 3
ATOMSTATION

Band 4
SIEBEN ZAUBERER

Band 5
DIE GLÜCKLICHEN KRIEGER

Band 6
SEIN EIGENER HERR

Band 7
DIE ISLANDGLOCKE

Band 8 (Herbst 1993)
DAS WIEDERGEFUNDENE PARADIES

Band 9 (Frühjahr 1994)
DIE LITANEI VON DEN GOTTESGABEN

Band 10 (Herbst 1994)
WELTLICHT

Band 11 (Frühjahr 1995)
ERZÄHLUNGEN II (ARBEITSTITEL)

Band 12 (1996)
FISCHKONZERT

HALLDÓR LAXNESS

Sieben Zauberer

Erzählungen. Aus dem Isländischen von Hubert Seelow

144 Seiten, Leinen, 26,– DM

Mit »Sieben Zauberer« erscheint zum ersten Mal eine Erzählsammlung in der vom Autor getroffenen Zusammenstellung in deutscher Sprache. Alle Geschichten sind um einen Schnittpunkt herum erzählt, in dem sich große Welt und kleine Welt, alltägliches Leben und träumerisches Abenteuer überkreuzen. Es gibt sehr realistische und daneben mystische Geschichten, »heimische« und exotische. Allen gemeinsam ist die Mischung aus großzügiger Weltaufgeschlossenheit und isländischer Fabulierfreude, aus sozialem Engagement und menschlicher Verständnisbereitschaft.

Die glücklichen Krieger

Roman. Aus dem Isländischen von Bruno Kress

352 Seiten, Leinen, 38,– DM

Island vor tausend Jahren. Zwei junge Männer haben einen Traum: Heldentum und Dichterruhm. Früh schon entwickelt Thorgeir eine Schwäche für Waffen. Sein Freund Thormod dagegen liebt die Poesie. Sie schwören einander Blutsbrüderschaft; denn ohne Heldentaten keine Dichtung im alten Island und ohne Dichtung kein Heldenruhm. Thorgeir schließt sich einem Wikingerheer an und wird zum berüchtigten Totschläger. Der Dichter Thormod heiratet eine schöne Frau und muß doch bald in die Welt aufbrechen, um den Tod seines Schwurbruders zu rächen. Mit feiner Ironie stellt Halldór Laxness die Ideale einer Kriegerkaste bloß und belustigt sich in einem modernen Roman mit respektloser Deutlichkeit über die klassischen Formen literarischer Heldenverklärung.

Sein eigener Herr

Roman. Aus dem Isländischen von Bruno Kress

576 Seiten, Leinen, DM 44,00

»Sein eigener Herr« ist einer der großen Romane unseres Jahrhunderts. In einer auf Gegenseitigkeit, Austausch und Kommunikation beruhenden modernen Welt verschreibt sich Bjartur, Bauer auf Sumarhus, einer Wahnvorstellung von Autarkie, die seine Familie ruiniert. Dem bitteren Überlebenskampf in der kargen Einöde von Sumarhus fallen seine erste und auch seine zweite Frau zum Opfer. Trotz aller Einschränkungen ist Bjartur schließlich gezwungen, seinen Hof aufzugeben. Aber schon schmiedet der Unbelehrbare neue Pläne für ein zweites Anwesen – noch weiter in der Einsamkeit und noch entfernter von den Menschen.